이윽고

슬픈

외국어

YAGATE KANASHIKI GAIKOKUGO
by Haruki Murakami
Copyright © 1994 Harukimurakami Archival Labyrinth
All rights reserved.

Originally published in Japan by KODANSHA LTD., Tokyo.
Korean translation rights arranged with Harukimurakami Archival Labyrinth, Japan
through THE SAKAI AGENCY and BOOKPOST AGENCY.

Illustrations copyright © 1994 Mizumaru Anzai

이 책은 지난 1996년 3월 출간된 《슬픈 외국어》의 개정판으로, 원서의 타이틀
《やがて哀しき外国語》를 그대로 번역한 《이윽고 슬픈 외국어》로 제목을 바꿔 출간한 것입니다.

이윽고 슬픈 외국어

Murakami Haruki

무라카미 하루키 에세이

안자이 미즈마루 그림
김진욱 옮김

문학사상

개정판《이윽고 슬픈 외국어》를 위한 머리말

책 내용을 읽으면 알겠지만, 나는 1991년 초부터 약 이 년 반에 걸쳐 미국 뉴저지 주 프린스턴에서 살았고 그 후 이 년간을 매사추세츠 주 캠브리지에서 살았습니다. 이 책은 프린스턴 시절 동안의 이야기를 쓴 것입니다.

개정판인 현재 시점(1997년)에서 한 번 더 읽어보니, '여러 가지가 많이 바뀌었구나' 하는 실감이 듭니다. 오 년인가 육 년 동안, 정말 나는 새를 떨어뜨릴 기세였던 일본 거품경제는 지금은 완전히 사그라져버렸고, 밑바닥이었던 미국 경기는 그럭저럭 확실히 회복되었고 덕분에―기뻐해야 할지 슬퍼해야 할지― 당시의 '일본 때리기'는 이제 대부분 모습을 감추었습니다. 또 그와 동시에, 나 자신의 그 시기의 입장이나 기분 같은 것도 역시 조금 다른 장소로 옮겨온 걸까, 하는 느낌도 있습니다. 그렇지만 뭐 당시는 이런 상황이었고, 이런 심경이었다고 생각해서 읽어주시는 것도 고마운 일입니다.

지금은 일본에 돌아와서 살고 있지만(대략 일 년 반이 됩니다) 이렇게 되돌아보면 여러 일이 꽤 오래전에 일어났던 것같이 생각됩니다. 미국에 살았을 동안은 기쁜 일도 있었고, 그다지 기쁘지 않은 일도 있었습니다. 하지만 여하튼 나는 외국에 가서 그렇게 한눈팔지 않고 열심히 자리 잡고 살려고 했고, 그 나름대로(남들 앞에 나서는 것이 매우 서투른 나로서는) 노력도 했습니다. 대학에 속했던 것도 있었고 적극적으로 사람과 관계해서 나아가 뭔가를 하려고 힘썼던 것입니다. 여러 대학에 가서 강연을 하거나 세미나를 가지기도 했습니다. '꽤 열심히 노력했구나' 하고 스스로도 생각합니다.

물론 지친 적도 있었고, 생각한 것보다 잘되지 않았던 적도 있었습니다. 기뻤던 적도 있었지만 그와 비슷하게 자기혐오에 빠지기도 했습니다. 그러나 그 덕분에 내 안에 있던 딱딱한 껍질 같은 것은 어느 정도는 부술 수 있었다고 생각합니다. 아마 '미국이었기 때문에'라는 게 컸다고 생각합니다. 이렇게 말하는 건, 미국이란 나라에는 이쪽이 열심히 노력하면 저쪽도 꽤 열심히 받아들여주는 점이 있기 때문에, 그렇기 때문에 '잘하든 그렇지 않든 어쨌든 해보는 게 좋지 않은가'라는 기분이 들기도 합니다.

이 책의 글은 지금 다시 읽으면 스스로도 '음, 꽤 직접적이군' 하고 감탄하는 점이 있습니다. 그것은 아마도 그 당시 내 기분이 정직하게 반영되었기 때문일 것입니다. 그러므로 프린스턴 시절은 내 인생 중에서 좀 특별한 색을 가진 시기일지도 모릅니다. 그 시기는 그 후 여러 곳에서, 내 일과 인생의 전개를 적지 않게 변화시켜준 듯한 기분이 듭니다. 아마도 좋은 방향으로.

그런 의미에서는, 이 시기의 자신의 심정과 주위에서 일어난 일(아무래도 상관없을 일도 많이 있지만)을 이런 형태로 착실히 기록해두어서 다행이라고 생각합니다. 기분의 흐름 같은 것은 시간이 지나버리면 꽤 지세히는 생각나지 않기 때문입니다. 그리고 변화라는 것은 대수롭지 않은 사소한 것이 쌓인 것에서 의외로 뚜렷하게 알아차릴 수 있는 것이기 때문입니다. 이 책은 내게 심정의 기념사진 같은 것일지도 모릅니다.

하지만 그런 개인적인 부분을 넘어서, 만약 이 책이 어떤 형태로 당신에게 어떤 도움이 될 수 있다면 나로서는 그에 비할 기쁨은 없습니다.

1997년 1월 12일 도쿄에서

차례

프린스턴 — 처음에

내가 뉴저지 주 프린스턴을 처음 방문한 것은 1984년 여름이었다. 암트랙 열차를 타고 워싱턴 디시에서 뉴욕으로 가던 도중에 프린스턴 정크션 역에서 내려 택시를 타고 대학까지 갔다. 1984년이라면 레이건 대 먼데일의 대통령 선거전이 열린 해였다. 브루스 스프링스틴의 〈본 인 더 USA(Born In The USA)〉가 어디를 가도 들렸고, 마이클 잭슨이 화상을 입고 은색 장갑을 끼고 다니던 해였다(이렇게 말하고 보니 불과 삼사 년 전의 일 같은 느낌이 드는 건 나이 때문일까?).

프린스턴에 온 것은 프린스턴 대학이 F. 스콧 피츠제럴드의 모교이고 그 캠퍼스를 한번 내 눈으로 직접 보고 싶다는 아주 단순한 이유 때문이었다. 그 밖에 특별히 다른 볼일이 있었던 것은 아니다. 모처럼 프린스턴이라는 곳을 기차를 타고 지나가게 되었고, 앞으로 이 근처에 올 일도 없을 것 같아 잠깐 들러볼까 하는 정도였다. 캠퍼스를 어슬렁거리며, 도서관의 특별실에서 그가 직접 쓴 원고를 보기도 하고, 거리를 산책하고, 프린스턴 모토 롯지라는 도로변의 조그마한 모텔에서 하룻밤을 묵고, 다시 암트랙 열차에 올라 뉴욕으로 향했다. 어쩐지 참 평화롭고 목가적인 곳이구나, 하고 느꼈던 것을 아직도 기억하고 있다. 여름방학인 탓도 있어 넓은 캠퍼스에는 사람의 모습이 거의 보이지 않았고 거리도 쥐 죽은 듯이 고요했다. 아침 조깅을 할 때 근처에서 토끼가 많이 눈에 띄었고, 다람쥐도 많이 있었다(다음에 왔을 때, 이 부근의 벌판은 커다란 쇼핑몰로 바뀌어 있었다).

또 한 가지 그 여행에서 제대로 기억하고 있는 것은 프린스턴 정크션에서 탔던 택시다. 요즘은 프린스턴 정크션 역 앞에 꽤 많은 택시가 손님을 기다리고 있는 모양이지만, 공교롭게도 그때는 한 대도 없었다. 무슨 이유인지는 잊어버렸지만 프린스턴 정크션 역과 대학을 잇는 작은 연락 열차도 그때는 운행되지 않고 있었다. 당시 프린스턴 정크션 역 건물은 아무것도 없는 벌판 한가운데 외따로 서 있었고, 주위에는 집 한 채도 없었다. 역에서 내린 승객이라곤 모두 네 명뿐이었다. 이십 대 중반쯤으로 기억되는 여자와 스무 살 안팎의 젊은 흑인, 그리고 나와 나의 아내였다. 우리 네 사람은 역 앞에 앉아서 택시가 오기를 그저 꾹 참고 기다릴 수밖에 없었다.

택시는 아무리 기다려도 오지 않았다. 삼십 분이 지나서 도대체 어찌 된 영문인지 점점 걱정이 되기 시작할 쯤 택시 한 대가 겨우 모습을 보였다. 우리는 안도의 한숨을 내쉬고는 다 같이 합승을 하기로 했다. 젊은 여자가 운전사 옆자리에 앉고 나머지 세 사람이 뒷자리에 앉았다. 운전사는 몸집이 큰 중년의 백인 남성이었다. 이로써 일단은 안심이 되었다. 그런데 차가 출발하고 나서 조금 지나자, 내 옆에 앉아 있던 흑인이 보스턴백에서 헤어스프레이 통을 주섬주섬 꺼내더니 위아래로 몇 번 흔들고는 그것을 자기 머리에 뿌려대기 시작했다. 무엇 때문에 택시 안에서 헤어스프레이를 뿌려야 하는지 도대체 영문을 알 수 없었지만, 같이 타고 있는 사람들이 묵묵히 견딜 수 있는 일은 아니었다. 아무리 지나도 그 짓을 멈추지 않는다. 이윽고 운전사가 차를 길가에 세우고 내리더니 뒷좌석 문을 열고는 "이봐, 당신 여기서 내려!" 하고 그 흑인에게 고함을 쳤다. 흑인은 잠깐 동안 중얼거리며 저항했지만 운전사가 워낙 터프한 타입이었던지, 머뭇대다가 보스턴백과 스프레이를 들고 얌전히 차에서 내렸다. 겉보기로는 잘 알 수 없었지만 약 같은 걸 조금 한 모양이었다.

운전사는 다시 차에 올라타고는 아무 일도 없었다는 듯이 나머지 세 사람을 시내까지 데려다주었다.

"옛날에는 저런 놈들은 오지도 않았어요" 하고 운전사는 잠시 후 우리에게 내뱉듯이 말했다. "그런데 비즈니스 단지인가 뭔가를 이 근처에 유치한 탓에 저런 놈들이 자꾸만 오게 되었죠. 몇 년 뒤엔 이 주변도 어떻게 되려고 이러는지, 원."

그로부터 칠 년 후에 나는 다시 프린스턴을 찾게 되었다. 이번에는 장기간에 걸쳐 대학에 체류하기 위해서였다. 내가 어떤 미국인과 만났을 때, 몇 년 전 프린스턴을 방문했던 이야기를 하면서, 가능하다면 그런 조용한 곳에서 누구로부터도 방해받지 않고 느긋하게 소설을 쓰고 싶다고, 지나가는 말처럼 한 적이 있었다. 그랬더니 그가 "그렇다면" 하고 프린스턴 대학 관계자를 만나서 이야기를 하고, 일을 재빠르게 처리해주었다. "이봐, 프린스턴 대학이 자네를 초청해준대. 살 집도 정해놓았대. 짐을 챙겨서 내년 일월 말까지 그쪽으로 가보라고." 아무튼 일이 빠르게 진행되는 것이 미국의 장점이다.

그것이 1990년 가을의 일이었다. 우리는 다시 허겁지겁 짐을 챙겨 미국으로 갈 준비를 시작했다. 나와 아내는 삼 년간에 걸친 유럽 체류를 끝내고 그해 초에 막 일본으로 돌아온 참이었지만, 뭐랄까 영문도 모르는 사이에 다시 외국으로 이주하게 된 것이었다. 좀 지나치게 서두르는 느낌이 들긴 했지만 프린스턴에서 살 수 있는 모처럼의 기회를 놓치고 싶지 않았다.

일월에 미국 영사관으로 비자를 발급받으러 갔을 때, 마침 걸프전이 시작되었다. 우리는 아카사카로 가는 택시 안에서 미군이 바그다드를 미사일로 공격했다는 뉴스를 들었다. 그것은 우리에게 좋은 조짐으로는 생각되지 않았다. 설사 아주 먼 곳에서의 싸움이라고는 해도, 전쟁을 치르고 있는 나라에 가서 생활한다는 것이 썩 기분 내키는 일은 아니다. 하지만 모든 수속이 이미 끝나버렸고 우리는 그대로 미국으로 갈 수밖에 없었다. 결과적으로는 전쟁으로 인한 직접적인 영향을 받은 적은 없지만, 솔직히 말해서 그 당시 미국의 애국적이고 호전적인 분위기가 그다지 유쾌하지는 않았다. 프린스턴 대학 캠퍼스에서 학생들이 걸프 워 뭔지가 적힌 플래카드를 들고 데모를 하기에 '오오, 그리운 반전 집회'라고 생각하고 자세히 봤더니, 다름 아니라 프로 워(전쟁 지지) 데모였다. 남의 나라 일이니까 이러쿵저러쿵 할 처지도 아니었지만 옛날 생각에 감회가 새로웠다. 그 후에 럿거스라는 주립대학(이곳은 좀 더 서민적인 대학이다)의 학생과 이야기를 해보았더니, "그건 프린스턴이기 때문이에요, 무라카미 씨. 우리 학교는 반전 집회를 제대로 한걸요"라고 말하는 것이었다. 프린스턴에서는 그 후에도 반전 플래카드를 들고 있던 학

생을 프로 워 학생 그룹이 습격해 플래카드를 빼앗아 부러뜨린 폭력적인 사건도 일어났다.

그러나 어쨌든 그 전쟁도 잘 끝나, 이제 겨우 한숨 돌릴 수 있을까 생각했더니, 이번에는 진주만공격 오십 주년 기념을 앞두고 미국 전역에서 반일 기운이 점점 고조되어갔다. 걸프전에 의해 촉발된 애국적 고양심 같은 것이 그대로 유입된 탓도 있고, 미국 경제의 장기적인 불황에 대한 좌절감의 분출구를 모든 사람이 찾고 있었다는 요소도 있었다. 일본에는 어떻게 보도되었는지 모르지만, 실제로 그 속에서 몸을 부지하고 살자니 꽤나 힘들었다. 아무튼 왠지 모르게 마음이 불편하다고 할까, 주위의 공기 속에서 가시 같은 것이 콕콕 찌르는 걸 느낄 때가 자주 있었다. 특히 십이월에 접어들어서는 필요한 물건을 살 때 외에는 거의 밖에 나가지 않고 집 안에 틀어박혀 있을 때가 많았다. 이런 식으로 느끼고 있었던 건 나뿐만이 아니라 주위에 있는 일본인 대부분도 대체로 같은 감정을 갖고 있었던 듯했다. 그런 때에 하지 않아도 좋을 말을 해서 미국인의 신경을 거슬린 정치가가 있기라도 하면(실제로 있었지요), 도대체 그 인간들은 무슨 생각을 하고 있는 건가 싶어 정말로 화가 났다.

그 무렵의 일인데, 내가 한 미국인 친지의 집에 저녁 초대를 받았을 때, 동석한 한 미국 백인(은퇴한 대학교수)이 이야기 도중

입을 잘못 놀려 나에게 "당신들 잽(JAP, 미국인이 일본인을 경멸해 부르는 호칭-옮긴이)이……" 하고 말하는 바람에 온 방이 순간적으로 머리부터 찬물을 뒤집어쓴 듯 소리 하나 없이 조용해지고, 집주인은 그야말로 새파랗게 질려버렸다. 미국 만찬 자리에서 절대 일어나서는 안 되는 일이 실제로 일어난 것이었다. 정작 말을 한 본인은 자기가 말실수를 했다는 사실을 전혀 눈치채지 못한 듯했지만. 나중에 집주인이 조용히 나를 불러, "이보게, 하루키. 그에게 특별히 악의가 있었던 건 아니네. 너그럽게 용서해주게. 그 사람은 젊었을 때 군대에 끌려가 태평양에서 일본군과 싸웠는데, 그때 받은 교육이 지금도 의식 속에 남아 있는 걸세. 결코 자네들에게 개인적으로 반감을 갖고 있는 건 아니야" 하고 해명을 했다. 그런 건 별로 개의치 않으니까 신경 쓰지 않아도 된다고 나는 말했다. 실제로 그렇게 신경 쓰지도 않는다. 하지만 동석한 사람들은 상당히 긴장했던 걸로 기억하고 있다. 그것은 좀처럼 겪기 어려운 경험이었다. 일본에서 비슷한 일이 일어났다면 어떻게 됐을까.

그런 일도 있고 해서 처음 일 년은 이것저것 신경이 많이 쓰이는 한 해였다. 그것은 미국인에게도, 우리에게도 힘든 한 해였던 것 같다. LA 폭동이 일어난 것도 바로 그 뒤였다. 그 일 년 동안 나는 줄곧 집 안에 틀어박혀 장편소설을 썼다. 거의 아무 데도 가지 않았고, 거의 아무것도 하지 않았다. 이 장편소설은 이상한 우여곡절 끝에 두 개로 세포 분열해, 하나는 《국경의 남쪽, 태양의 서쪽》이라는 약간 긴 중편소설(혹은 약간 짧은 장편소설)이 되었고, 또 다른 하나는 《태엽 감는 새》라는 상당히 긴 장편소설이 되었다.

그렇게 집중하던 일 년이 지나고 약간 한숨을 돌릴 때쯤, 이번에는 수필 같은 것을 써보고 싶다는 기분이 점점 강해졌다. 그래서 고단샤의 《책〔本〕》이라는 작은 잡지에 매달 연재를 하게 되었다. 한 회분의 원고량은 사백 자 원고지 스물한 장에서 스물두 장 정도로, 그때까지 내가 쓴 연재 수필 중에서 가장 많은 매수였다. 그렇지만 연재를 계속하는 일 년 반 동안, 길다고 느낀 적은 한 번도 없었다. 작가라는 사람은, 많든 적든 모두 그럴지는 모르겠지만, 나는 어느 쪽이냐 하면, 글을 써나가면서 사물을 생각하는 인간이다. 문자로 바꾸고 나서 시각적으로 사고하는 쪽이 편할 때가 많다. 그런 의미에서는 매달 그 정도 분량의 매수가 있는 쪽이 넓게 생각할 수 있어서 좋았다고 생각한다. 아마도 미국에 오고 나서 일 년 정도 사이에 차분하게 글자로 써놓고 생각해야 할 일들이 그만큼 쌓여 있었던 것이라고 생각한다.

"몇 년 뒤에는 이 주변도 어떻게 되려고 이러는지, 원" 하고 1984년에 중얼거리던 프린스턴의 택시 운전사의 걱정이 결과적으로 들어맞았다고도 할 수 있고, 맞지 않았다고도 할 수 있다. 프린스턴이 여전히 평화롭고 복잡한 세상과는 동떨어진 아름다운 교외의 작은 도시라는 점에서 그의 걱정은 기우로 끝났다고 말할 수 있을 것이다. 쇼핑몰이나 분양주택 같은 게 많이 늘어나 아침저녁으로 교통 체증도 일어나게 되었지만, 도시의 모습 자체는 거의 변화가 없다. 다만 그것을 포함한 미국이라는 나라 자체가 변했다는 점에서는 그의 걱정이 아무래도 현실의 것이 된 것 같다. 이 나라를 안에서 자세히 보고 있으면, 이기고 이기고 마구 이긴다고 하는 것도 꽤나 힘든 일이라는 사실을 통감하게 된다. 베트남에서는 좌절했다지만 확실히 이 나라는 냉전에서도 이겼고 걸프전에서도 이겼다. 하지만 그래서 사람들이 행복해졌느냐 하면, 결코 그렇지는 않은 듯하다. 사람들은 십 년 전에 비해서 훨씬 많은 무거운 문제를 안고 있고, 그 때문에 어느 정도 당혹스러워하고 있는 것처럼 보인다. 국가도 사람도, 좌절이나 패배라는 게 어느 부분에서는 역시 필요할지도 모른다는 생각이 든다. 하지만 그렇다고는 해도 미국을 대신할 만큼 명확하고도 강력한 가치관을 제공할 수 있는 다른 나라가 현재 있느냐 하면 그렇지는 않다. 그런 의미에서는 현재 일반적인 미국인이 느끼고 있는 깊은 피로감은 현재 일본인이 느끼고 있는 근질근질한 마음의 불편함과 동전의 앞뒤를 이루는 건 아닐까 하는 느낌이 든다. 단순하게 말하자면 명확한 이념이 있는 피로와 명확한 이념이 없는 불편한 심기라고 말할 수 있을지도 모르겠다. 이 고통스러운 선택은 우리 일본인에게 있어서도 어쩌면 앞으로 커다란 의미를 갖게 되는 것은 아닐까.

나는 여기에 수록된 문장을 쓰는 것으로써 여러 가지 일에 대해 내 나름대로 이것저것 생각할 수 있었다. 그러나 대부분의 경우에 결론 같은 건 내지 않았다. 따라서 유감스럽게도 이 책은 "읽으면 미국을 술술 알 수 있다"라고 할 도움되는 책은 아니다. 얼마쯤 "보탬" 정도 된다면 글쓴이로서는 정말로 고맙겠지만.

1993년 12월

보스턴에서

우메보시 도시락
반입 금지

1992년의 보스턴 마라톤은 사월 이십 일 '패트리어트 데이'(Patriot's Day, 애국자의 날−옮긴이)에 치러졌다. 내가 이 유명한 마라톤 대회에서 뛴 것은 작년에 이어 두 번째다. 봄에는 보스턴, 가을에는 뉴욕에서 열리는 마라톤 대회는 내게 있어서 미국 생활에서 느끼는 가장 큰 즐거움의 하나(또는 둘)다. 일본에도 텔레비전으로 자주 중계되고 있기 때문에 보신 분도 계시겠지만, 보스턴 마라톤은 반환점이 있는 일반적인 왕복 코스가 아니라, 뉴욕 마라톤과 마찬가지로 한 지점에서 다른 지점으로 향하는 편도 코스다. 출발 지점은 보스턴 교외에 있는 홉킨턴이라는 작은 도시이고, 골인 지점은 보스턴 시내 중심가다. 그리고 대충 30킬로미터 정도를 달리고 나서 이제 슬슬 골인 지점이 가까워지겠구나 하고 생각할 무렵에 그 유명한 보스턴의 명물 '심장 터지는 언덕Heartbreak Hill'이 모습을 드러낸다. 약간 과장된 이름이지만 실제로 달려보면, 거짓말 하나 안 보태고 정말 가혹한 언덕이다. 언덕을 넘는 것 자체는 뭐 그다지 고통스럽지는 않지만 넘고 난 뒤가 괴로운 것이다. 여기만 잘 넘으면 그 뒤로는 더 이상 대단한 언덕은 없으니까 여기만 참고 견디면 된다고 스스로를 격려하며 힘을 쥐어짜내 언덕을 넘어선다. 그러고 나서 한숨 돌리고 자, 이제 나머지는 평탄한 길이니까 보스턴 다운타운까지 곧장 달리기만 하면 된다고 생각하는 순간, 마치 기다리고 있었다는 듯이 피로가 와르르 몰아닥치는 것이다.

이 피로는 사람에 비유하자면 마흔의 액년(厄年, 음양도에 따라 사람의 일생 중 재난을 당하게 되는 해—옮긴이)과 비슷하다. 이십 대, 삼십 대를 힘겹게 넘기고 겨우 한숨 돌리는가 싶을 무렵에, 와르르 밀려오는 예의 그것 말이다(이렇게 말해도 경험하지 않은 사람은 이해 못하겠지만). 시가지에 들어서면 나타나는 아주 완만한 언덕이—이런 언덕 같은 건 경사도나 거리로 보아 '심장 터지는 언덕'에 비할 것조차 없지만—마치 고문처럼 느껴지게 된다. 작년에도 그랬고, 올해에도 그랬다. 특히 올해는 출발 직후부터 기온이 점점 올라가서 체력 소모도 심했다. 시간도 작년보다 칠 분 늦은 세 시간 삼십팔 분이었다. 도로가 원래 좁은 탓으로 출발 지점은 매년 지독하게 혼잡해 출발 신호가 떨어지고도 실제로 달리기 시작하기까지 오 분 이상이 걸리기 때문에 그 점을 계산에 넣으면 나로서는 뭐 이 정도면 괜찮다 싶은 시간이다.

여하튼 우리는 모두 보스턴에서 대회 출전자 전용 버스를 타고 출발 지점 마을로 온다. 그리고 여기에서 정오의 출발 신호를 기다리는 것이다. 약 2천5백 명의 인구가 사는 이 작은 교외의 마을이 미국 각지, 세계 각국에서 찾아온 8천 명이나 되는 열성적인 마라톤 주자들로 두세 시간 동안 술렁이게 된다. 일 년에 한 번, 말 그대로 축제 분위기다. 홉킨튼이라는 곳은 미국 어디를 가도 볼 수 있는 도시 근교의 주택지로 외부인의 눈으로 보는 한, 이렇다 할 만한 게 아무것도 없다. 교회가 하나, 고등학교가 하나, 소방서가 하나, 짧은 중심가가 하나. 주유소, 펍pub, 부동산 중개소, 꽃집. 중심가가 끝나면 그 너머에는 마당이 딸린 예쁜 단독주택이 끝없이 늘어서 있다. 집은 손질이 잘되어 있는 듯하고 잔디도 깔끔하게 깎여 있다. 하지만 그곳에는 보는 사람의 상상력을 자극할 만한 요소가 하나도 없다. 사람의 눈길을 끌 만한 호화 주택도 없는 대신, 눈길을 끌 만큼 지저분한 집도 없다. 마치 사람의 눈길을 끌지 않는 것이 인생에서 가장 중요한 미덕이기라도 한 것처럼, 그런 집들이 줄줄이 늘어서 있는 것이다. 만약 보스턴에서 정확하게 26마일(42킬로미터) 떨어져 있다는 단순한 이유 때문에 보스턴 마라톤의 출발 지점으로 선택되지 않았더라면, 이 홉킨턴 마을은 아마도 이곳 주민 외에는 그 누구의 주의도 끌지 못한 채—어쩌면 그것이 원래 이 마을의 바람이었는지도 모르지만—잠자듯이 조용히 존속하고 있었을 것이다.

그러나 우연찮게 이곳이 보스턴 마라톤의 출발 지점이라는 이유로 나는 이 년 연속 이 작고 평화로운 마을을 자세히 관찰할 기회를 얻게 되었다.

작년에 내가 보스턴 마라톤에 참가했을 때 미국은 한창 걸프 전의 한가운데에 있었다. 미국 어디를 가도 노란 리본과 성조기와 애국적인 슬로건이 눈에 띄었다. 언뜻 보기에 평화 그 자체로 보이는 홉킨턴 마을도 예외는 아니었다. 교회 인근의 어떤 집 마당에 낡아빠진 크라이슬러 다지가 세워져 있었고, 보닛 위에는 흰 페인트로 'SADAM'이라고 써 있었다. 그리고 그 옆에는 큰 망치가 있었다. 이 차를 사담 후세인으로 생각하고 실컷 때려달라는 뜻이다. 요금은 한 번 때리는 데 1달러로, 모인 돈은 마을 청년들을 위한 장학금으로 적립된다고 했다.

누가 생각해낸 건지는 모르지만 이 아이디어는 꽤 인기를 끌어, 내가 보고 있는 앞에서도 마을 주민인 듯한 사람 몇 명이 1달

러를 내고 망치를 손에 쥐고 마음껏 그 차를 때려부수고 있었다. 격조 높은 보스턴 마라톤의 출발 지점에 어울리는 풍경이라고 는 생각할 수 없었지만 뭐 '전시'니까 어쩔 수 없구나, 라고 생각 했다.

하지만 걸프전도 이미 끝났고 올해는 이제 그런 짓은 하지 않 을 거라고 생각하며 홉킨턴 마을로 다시 찾아왔지만, 놀랍게도 올해도 역시 같은 장소에 비슷한 차가 세워져 있었다. 작년과 똑 같은 차를 그대로 둔 게 아닐까 여겨질 정도로, 그 두 대의 차는 모양도 찌그러진 상태도 아주 비슷했다. 하지만 뭐 그렇게 무참 하게 찌그러진 차가 임무를 다시 수행하는 건 불가능할 터였으 니, 아마도 아주 비슷한 다른 차를 어딘가에서 조달해왔을 것이 다. 어쨌든 이번 차의 보닛에는 아무런 메시지도 써 있지 않았 다. 다만 작년과 마찬가지로 차 옆에 큰 망치가 놓여 있고, 똑같 이 '한 번 치는 데 1달러'라는 팻말이 걸려 있을 뿐이었다. 모인 돈은 역시 장학금으로 쓰인다고 했다. 대회 참가자 한 사람이 옆에 서 있는 아저씨에게 "이거 일본 차입니까?" 하고 물었다. 아저씨는 약간 어물거리면서 "아니…… 음, 이건 일본 차는 아 니에요" 하고 대답했다. 그리고 최소한 내가 보고 있는 동안 그 메시지 없는 낡아빠진 차를 1달러를 내고 망치로 내리치려고 하는 사람은 한 명도 없었다. 망치로 차를 때려부수는 일 따윈 결국 스트레스 발산을 위한 것이기 때문에 특별히 명목 같은 건 필요하지 않을지 모르겠지만, 역시 뭔가 기운을 북돋아줄 만한 게 필요한 것이다.

만약 그 보닛 위에 ‘Japanese Car’라고 쓰여 있었다면, 어쩌면 몇 사람쯤은 1달러를 내고 망치를 손에 쥐고 그것을 내리쳤을지도 모른다. 혹은 아무도 내리치지 않았을지도 모른다. 그것은 어디까지나 가정일 뿐 나로서는 아무 말도 할 수 없다. 하지만 그럼에도 불구하고 누군가의 집 앞뜰에서, 누군가가 망치로 때리기를 묵묵히 기다리고 있는 그 초라하기 짝이 없는 차는 왠지 모를 불길한 폭력의 분위기를 풍기고 있었다. 거기에는 말로 표현할 수 없는 것, 구체적인 메시지로는 표현할 수 없는 무기운 무언가가 내포되어 있는 것처럼 느껴졌다. 옆에 있던 아저씨도 지나가던 그 참가 선수의 질문에 “아니, 이건 일본 차는 아니에요” 하고 딱 잘라 말하지 못하고, “아니…… 음(우물쭈물)” 하고 뜸을 들였던 것이다. 그 속에는 “이게 일본 차라고 해도 이상할 건 없지만”이라는 의식이 있었을 것으로 짐작된다. 그 우물쭈물거림이야말로 말로 표현하지 않은 언어고, 글로 쓰이지 않은 메시지인 것이다.

미국인이 적대의식을 갖는 대상이 그 일 년 사이에 사담 후세인에서 일본 경제로 옮겨가버렸다. 어떤 뉴스 매체를 봐도 그 전환을 확실히 알 수 있다. 신문에는 일본과 일본인을 규탄하는 투서와 논설이 흘러넘치고 있다. 그러나 미국인들은(자동차 산업에 종사하는 소수의 사람들을 제외하면) 아직은 망치로 일본 차를 때려부수려고는 하지 않는다. 매사추세츠 주 홉킨턴 마을의 일반 주민들과 마찬가지로, 그들은 공기 속에 감춰진 말로 표현하지 않은 언어를 듣고, 글로 쓰이지 않은 메시지를 읽어내려고 하고 있을 뿐이다.

그렇다고는 해도 내가 미국에서 '일본인이라는 사실'로 구체적이고 직접적으로 험한 꼴을 당한 적은 단 한 번밖에 없다. 호놀룰루의 에이비스 렌터카에서 차를 빌렸다가 브레이크 성능이 좋지 않아 차를 교환해달라고 갔더니, 그곳에 있던 직원이 "당신네 일본인들은 외국인인 주제에 남의 나라에 몰려와서는 잘난 척하려 든단 말이야" 하고 말했다. 하지만 자동차의 브레이크 성능이 좋지 않은 것과 내가 일본인인 것과는 아무런 상관이 없는데 그런 말을 들으니 참 난감했다. 뭐 그 후로는 되도록 에이비스에서는 차를 빌리지 않고 있지만, 그건 벌써 오 년도 더 지난 이야기다. 지금 한창 고조되고 있는 반일 감정과는 직접적인 관계는 없다.

내가 살고 있는 프린스턴은 대학을 중심으로 한 평온한 고급 주택가로, 주민 대부분이 부자나 인텔리, 혹은 돈 많은 인텔리여서 눈에 보이는 직접적인 반일의식이라 할 만한 건 없다. 이곳에서 조금 떨어진 트렌턴 시 근교에는 GM 공장이 있는데, 그곳에서는 조업 단축으로 많은 노동자가 해고당했다. 일본 차를 망치로 때려부수는 일도 분명히 있었다. 1번 국도 옆에 있는 토요타 판매 대리점 앞에서는 자동차 공장에서 일하는 노동자들이 주도한 바이 아메리칸 집회가 열리기도 했다. 그러니까 그런 움직임이 전혀 없다고는 할 수 없다. 하지만 그런 일도 이 조용하고 학자인 척, 신사인 척하는 프린스턴까지 미치지 않는다. 이 마을에서는 메르세데스, 포르쉐, 렉서스, 사브, 볼보, 재규어, BMW 같은 차가 무척 많이 달리고 있다. 이렇게 외국 차가 많은 마을도 또 없을 것이다. 바이 아메리칸 같은 것도 그다지 호응을 얻지 못한다.

내가 지금까지 이 마을에서 본 반일 메시지라 할 만한 것은 아래의 그림 A와 같은 '재팬 배싱'(Japan Bashing, 일본 타도―옮긴이) 스티커뿐이다. 이 스티커는 상당히 낡은 대형 미국 차 뒤 범퍼에 붙어 있었다. 집 근처 도로에서 신호 대기를 하고 있을 때, 이 차가 내가 운전하는 차 앞에 멈춰 있었던 것이다. 처음에 나는 그게 뭔지 잘 알 수 없었다. 중심에 있는 빨간 원이 너무 작았기 때문이다. 그래서 그것은 일장기라기보다는 꼭 우메보시

도시락(매실에 차조기의 잎을 넣고 소금에 절인 밑반찬. 색깔이 빨갛고 모양은 둥글다. 그것을 흰밥 가운데에 박아 만든 도시락—옮긴이)처럼 보였다. 원래는 그림 B처럼 되어야 했다. 그러면 틀림없이 '스톱 재팬'(Stop Japan, 일본 접근 금지—옮긴이)이란 느낌이 된다. 이래서는 '우메보시 도시락 반입 금지'로밖에 보이지 않는다. 이 스티커를 제조한 업자는 아마도 일장기가 정확하게 어떻게 생겼는지 잘 몰라서, "어쨌든 하얀 바탕에 빨간 원을 그리면 되지" 하는 느낌으로 적당히 만들었을 것이다. 그런 대충주의가 우습다면 우습다. 적어도 그림 B의 스티커가 붙어 있는 것보다는 어느 정도 유머러스하게 보였던 건 사실이다. 뭐 어찌 됐던 별로 기분 좋은 일은 아니었지만.

'우습다면 우습다'라고 하니까 작년 십이월 칠 일 '펄 하버 데이'(Pearl Harbor Day, 진주만 공습 기념일—옮긴이)에 칼럼니스트

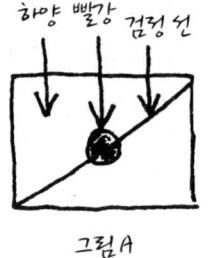

하양 빨강 검정 선

그림 A

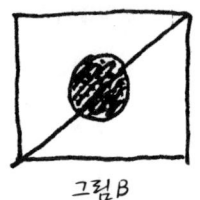

그림 B

인 앤디 루니(이 사람의 칼럼집은 일본에서도 번역되었기 때문에 이름을 알고 계신 분들도 많을 것이다)가 이상한 반일 칼럼을 썼다. 그것은 '일본이 덤핑을 하고 있으니 똑같은 행동을 미국도 하면 되지 않겠느냐'라는 취지의 글이다.

일부를 발췌해본다.

"아마도 미국 정부는 포드와 크라이슬러와 GM에 보조금을 내야 할 것이다. 일본에서 파는 차 한 대당 2,500달러씩 원조해주면 된다. 쉐보레 콜벳을 원가보다 싼값에 파는 것이다. 그렇게 하면 일본의 어느 가정에나 미국 차가 두 대 나란히 늘어서게 되고, 혼다는 파산하게 될 것이다. 그러면 일본 시장도 마지못해 미국 제품에 문호를 개방하지 않을 수 없을 것이다."

앤디 루니는 텔레비전 해설자로서 또 유머 칼럼니스트로서 유명한 사람이지만, 가끔 농담과는 거리가 먼 상당히 보수적인 정치 신조를 토로하기도 하는데, 이것도 그 일례라고 말할 수 있다. 전체 문맥에서 봐도 그가 전혀 농담으로 말하는 게 아니라는 게 명백하다. 실제로 보수적인 신조를 가진 일반 미국인이라면, 이 글을 읽고 아마도 "그래, 맞는 말이야" 하고 고개를 끄덕였을 게 틀림없다. 나는 경제 전문가가 아니기 때문에 그가 운운한 덤핑이나 보조금 등에 대해 여기서 감히 논평할 수는 없다. 그래도 이 칼럼을 읽고 내가 재미있다고 생각한 것은 "일본의 어느 가정에나 미국 차 두 대가 늘어서고"라는 부분이다. 이 부분이 원문에서는 "two American cars in every Japanese driveway"로 되어 있다. driveway는 영어 번역을 하는 사람이면 반드시 한두 번은 고민하는 단어로, 흔히 '차를 대는 곳'으로 번역되기도 한다. 즉 문에서 현관까지의, 앞뜰에 이어진 길이다. 차고가 없는 집은 이곳에다 차를 나란히 세워둔다. 물론 일본에는 그런 곳이 없으니까 그에 상응하는 단어 역시 존재하지 않는다. 앞뜰이든 뒤뜰이든 미국 차를 두 대 세울 수 있는 공간을 가진 집은 일본에는(적어도 도시 근교에는) 거의 없을 것이다. 아무래도 누군가가 앤디 루니 씨를 일본에 초대해서, 일본에는 미국처럼 넓은 드라이브웨이 같은 건 없을뿐더러, 그것이 일본에서 미국 차가 팔리지 않는 원인의 하나라고 설명해야 할 것이다. 하지만 그런 이야기를 하면, 보통 미국인은 "드라이브웨이도 없는 나라가 왜 그렇게 많은 차를 만들어야 하는 거야" 하고 더욱 화를 낼지도 모른다. 그런 말을 들으면 나로서도 설명할 도리가 없어 곤란할 것 같다.

곤란한 일이다.

이처럼 일 년 사이에 미국인의 대일 감정이 갑자기 나빠져(최근 한두 달은 그래도 좀 나아졌지만) 자주 일본인에게 "미국에서 살기가 힘들지 않습니까?" 하고 질문받는다. 며칠 전 펜실베이니아 대학에서 공부하고 있다는 일본인 여학생을 만나 대화를 나누는데, "저는 어렸을 때 미국에서 잠시 살다 일본으로 돌아가고 나서도 줄곧 미국을 그리워했어요. 그런데 이번에 다시 미국에 와서 살아보니, 역시 일본이 좋았다는 생각이 드네요. 무라카미 씨는 어떠세요?" 하고 질문받았다.

하지만 그런 식으로 물어도 나로서는 어떻게 대답해야 좋을지 몰라 정말 곤란해진다. 일본에 있든 미국에 있든 생활의 기본적인 질이란 건 그다지 크게 다를 건 없지 않을까 하는 게 내 솔직한 심정이기 때문이다. 물론 나이와 입장에 따라서 사정은 다를 것이다. 특히 젊을 때 외국에서 생활하면, 여러 가지 외석 영향도 받기 쉽고, 마음도 흔들리게 되는 법이다. 그건 그대로 자연스런 현상이라고 생각한다. 젊다는 건 그런 거니까. 그러나 나 개인에 관해 말한다면 미국에 있든 일본에 있든 생활 자세에서는 그다지 차이가 없다. 미국에도 사람을 불쾌하게 하는 변변찮은 녀석은 있다. 화나는 일도 있다. 눈에 보이지 않는 인종차별도 물론 있다. 말이 제대로 통하지 않아 오해를 사거나 불안해지는 일도 있다. 잘난 척하며 뻐기는 놈도 있고, 완고하고 융통성 없는 녀석들도 있다. 다른 사람의 발목을 붙잡는 데 급급한 사람들도 있다. 그런 사람과 관계를 맺게 되면 그건 뭐 그 나름대로 불쾌한 기분이 든다. 하지만 생각해보면 그런 일들은 비슷한 비율과 빈도로 일본에서도 있었던 것이다. 생각해보니 일본어로도 말이 잘 통하지 않아 화가 난 적이 몇 번이나 있었다. 일본에도—여러분도 잘 알고 계시듯이—변변치 않은 녀석은 꽤 있다. 백 명의 미국인과 일본인을 무작위로 추출해서 자세히 조사해보면, 변변치 않은 녀석, 잘난 체하는 녀석, 남의 험담만 늘어놓는 녀석 들이 차지하는 비율은 어느 쪽의 그래프에서도 거의 똑같지 않을까 생각한다. 친절한 사람이나 재미있는 사람의 비율도 역시 엇비슷할 것이다.

물론 일본인이라는 것 때문에 미국에서 살기 힘든 점이 있지 않느냐는 질문을 받는다면, 확실히 그런 점이 있을지도 모른다. 그러나 일본에 있을 때에도 여러 종류의 차별이 있었다. 나는 소설가가 되기 전에 찻집 겸 바 같은 것을 도쿄에서 경영했는데 그때 이런저런 기분 나쁜 일을 당했다. 아파트를 구하러 부동산 중개소에 가도, "아아, 물장사를 한다고요. 안 되겠는데, 우리는 그런 사람은 사절이에요"라는 말을 자주 들었다. 소설가가 되고 나서도 비슷한 일이 있었다. 집을 구하러 갔다가, "우리 집은 일부 상장기업에 다니시는 분밖에는 안 됩니다"라는 말을 듣기도 했다. 일본이 외국인(비일본인)을 차별하는 역사적 치열함에 비하면 아마도 하찮은 일이겠지만 그래도 이런 것 역시 차별이라고밖에 말할 수 없다. 그리고 차별이란 것이 어떤 것인지는 실제로 차별당하는 쪽에 서보지 않으면 모른다.

인생을 살아가는 과정에서 그런 일을 몇 번 겪다 보면 "역시 일본이 좋다"라든가 "미국이 좋다"라는 양자택일적인 견해가 점점 희박해질 것이라고 생각한다. 물론 내가 조금 더 젊다면, 어쩌면 그런 식으로 생각했을지도 모르겠다. 그러나 나는 이제 그 정도로 젊지도 않고 좀 더 실질적인, 혹은 회의적인 견해를 갖도록 훈련되어버렸다. "미국에 살면서 지내기 힘들지 않습니까" 하고 묻는다면 "하지만 도쿄에서 살면서 지내기도 꽤 힘들었어요" 하고 대답할 수밖에 없을 것이다. 그런 대답은 대답으로써 기대되지 않는다는 사실도 잘 알고는 있지만.

뒷이야기

그로부터 약 이 년이 지난 지금은 일본 두들겨 패기 경향이 표면적으로는 상당히 약해진 듯싶다. 사람들은 어느 쪽인가 하면 독일의 신나치주의 문제에 더 깊은 관심을 기울이고 있다. 독일인은 "미국인은 얼굴만 마주치면 신나치주의에 대해서만 질문한다. 그런 건 독일 전체에서 보면 극히 일부에 지나지 않는데 말이야" 하고 분개하지만, 뭐 이런 일도 한 차례씩 돌아가며 생기는 일인가 보다. 일본도 경기후퇴로 고민하고 있다는 보도도 자주 나오고, 일본 기업이 미국 부동산을 샀다는 이야기도 전혀 들리지 않게 되었다. 일본제 자동차의 매출도 요즘은 떨어지고 있고,

전미(全美) 자동차 매상 1위가 혼다 어코드에서 포드 토러스로 바뀐 것도 있어서 미국인의 자존심에 약간 숨통이 트인 것도 있을 것이다.

하지만 그와는 별도로 황태자의 결혼이 미국 사회에 끼친 선전 효과도 꽤 컸던 것 같다고 나는 느낀다. 특히 오와다 마사코라는 개인이 일반 미국인들에게 미친 영향력은 생각 외로 강력했다. 하버드 출신의 엘리트라는 점도 물론 대단한 화젯거리였지만, 아마 그녀의 개성 속에 뭔가가 사람들을 끌어당기는 게 있는 듯하다. 그거야 왕실 관련 보도란 건 어느  나라에서건 대중적인 관심의 대상이 되게 마련이지만, 그 대중적인 관심이란 것도 꽤나 강한 것이구나 하고 새삼 느꼈다. 문제라는 것은 뜻밖의 곳에서 풀리는 게 아닌가 하는 느낌이 든다.

대학가 스노비즘의 흥망

　　일본에 살 때의 나는 원칙적으로 신문이란 것을 구독하지 않지만 미국에서는 어찌 된 영문인지 두 신문이나 보고 있다. 하나는 《트렌턴 다임스》라는 시방지로, 이것은 뉴저지 주의 주도(州都) 트렌턴에서 발행되고 있다. 프린스턴은 트렌턴에서 자동차로 이십 분 정도밖에 떨어져 있지 않기 때문에 우리 집 근처에서 일어난 사건은 대개 이 신문에서 다루고 있다. 일주일에 나흘은 화재나 교통사고가 1면 머리기사로 실리는 꽤 지역적인 신문으로, 절대로 인텔리(던 쿠엘 씨의 말을 빌리면 '문화 엘리트') 대상의 신문이라고는 말할 수 없지만 "뭐야, 이건" 하고 아연할 만한 기묘한 사건도 자주 볼 수 있고, 지방과 관련 있는 자질구레한 사건을 다루는 방법이 꽤나 흥미로워 나는 이곳에 온 이래 줄곧 애독하고 있다. 이 신문을 읽다 보면 우리 주변에 있는 일반 미국인의 생활상을 조금씩 이해하게 된다. 일본의 《아사히》나 《요미우리》에 비하면 훨씬 생생하고 컬러풀하다. 사실을 말하자면 내가 '일본에서 와서 프린스턴에 살고 있는 소설가'라는 것으로 이 신문의 제1면 머리기사가 된 적이 있다. 그런 일이 1면 톱이 될 정도니까 나머지는 미루어 짐작하고도 남을 것이다. 프린스턴에서 발행되는 지방지로는 《프린스턴 패킷》이라는 신문이 있는데, 사무실은 우리 집 바로 앞에 있지만 이것은 약간 마을신문 같은 지방지에 불과해서 구독하지 않는다. 사실 이 신문에서도 나를 인터뷰하긴 했지만.

《트렌턴 타임스》 외에 또 하나 내가 구독하고 있는 것은 그 유명한 《뉴욕 타임스》다. 하지만 《뉴욕 타임스》를 매일매일 읽는 건 꽤나 버겁기 때문에 나는 주말에만, 즉 토요일과 일요일에만 받아보고 있다. 이것은 참 편리한 제도로, 주말이 되면 북 리뷰나 티브이 프로그램 가이드나 레저 앤 아트 안내 등이 빽빽하게 실린 두툼하고 묵직한 일요판이 마치 버려진 아이처럼 집 앞에 덩그러니 놓여 있다. 제대로 읽으려면 한나절은 족히 걸릴 내용이다. 《뉴욕 타임스》는 확실히 신뢰성이 높은 뉴스를 제공하는 훌륭한 신문이라고 생각하지만 정치나 경제를 전문으로 하지 않는 나 같은 사람에게는 주말판에 담긴 정보량만으로도 충분하다. 부족한 부분은 《뉴스위크》와 《타임》지의 기사로 대략 따라잡을 수 있다. 아마도—이건 내 개인적인 의견이지만—《뉴욕 타임스》같이 점잔 빼는 신문을 매일 읽고 있으면 어깨가 결려서 못 견딜 것이다.

그래도 내가 알고 있는 프린스턴 대학 관계자는 모두 매일 《뉴욕 타임스》를 구독하고 있다. 《트렌턴 타임스》를 보고 있는 듯한 사람은 없고, 내가 구독하고 있다고 하면, 어, 하는 듯한 기묘한 표정을 짓는다. 그리고 《뉴욕 타임스》를 구독하지 않는다고 하면 더욱 이상한 얼굴을 한다. 그러고는 곧바로 화제를 바꿔버린다. 지방지를 구독하는 것은 프린스턴 대학가(이런 표현이 실로 어울리는 곳이다)에서는 그다지 칭찬받을 일이 아닌 듯하다. 특히 《뉴욕 타임스》를 주말에만 보고, 매일 《트렌턴 타임스》를 읽는다는 건 여기에서는 꽤나 이상한 생활 태도로 간주된다. 좀 더 극단적으로 말하자면 '코렉트(올바름)'하지 않은 자세인 것이다.

이런 비슷한 것은—신문에서 꽤 이야기가 나오지만—맥주에 대해서도 말할 수 있다. 내가 본 바로는 프린스턴 대학 관계자는 대부분 수입 맥주를 즐겨 마시는 듯하다. 하이네켄이나 기네스, 벡스 혹은 그 비슷한 것을 마셔야 '올바른 것'으로 간주된다. 미국 맥주라도 보스턴의 '새뮤얼 애덤스'나 샌프란시스코의 '앵커 스팀' 정도는 그리 일반적인 브랜드가 아니기 때문에 허

용된다. 보스턴과 샌프란시스코라는 약간 시크한 지역 이름도 평가 대상이 된다. 학생은 싸고 목이 탁 트이는 듯한 느낌이 나는 롤링 록을 자주 마신다. 소문에 따르면 얼마 전만 해도 동부에서는 쿠어스가 비교적 손에 넣기 어려웠기 때문에 '코렉트'였다고 하는데 최근에는 이쪽에서도 구하기가 쉬워져 상당히 평가가 떨어진 듯하다. 일본 맥주도 마이너한 존재여서 물론 코렉트지만 실제로 마시는 사람의 숫자는 그렇게 많지 않다. 어쨌든 그와 같은 것들을 마시면 뭐 문제는 없다.

그러나 버드와이저, 미켈롭, 밀러, 슐리츠 따위를 마시면 역시 의아해하는 얼굴을 마주할 일이 많아질 것이다. 나도 달착지근한 미국 맥주를 그다지 좋아하지 않아서, 어느 쪽인가 하면 유럽계 맥주를 좋아하지만, 버드 드라이는 좋아해 예외적으로 즐겨 마신다. 좀 더 드라이하면 좋지 않을까 하는 느낌이 없진 않지만 객관적으로 말해 상당히 잘 만들어진 맥주이며 초밥에도 잘 어울린다. 계속 마셔도 그리 질리지 않고 무엇보다 값도 싸다. 여섯 병들이 한 팩을 500엔 정도면 살 수 있다. 나쁘지 않다. 하지만 어느 교수와 만났을 때 세상 돌아가는 이야기 끝에 "나는 미국 맥주 중에서는 버드 드라이를 비교적 좋아해 자주 마시고 있어요" 하고 말했더니, 그는 고개를 저으며 무척 슬픈 얼굴이 되었다. "나도 밀워키 출신이라 미국 맥주를 칭찬해주니

기쁘기는 한데, 그러나 좀……" 하고는 말끝을 흐렸다.

　말하자면 버드나 밀러처럼 텔레비전에서 열심히 광고하는 맥주는 주로 노동자 계급용이고, 대학이나 연구에 종사하는 사람은 좀 더 클래식하고 인텔리적인 맥주를 마셔야 한다는 것이다— 라고나 할까, 어쨌든 마시는 것이 좀 특별해야 하는 것이다. 이곳에서는 신문에서 맥주에 이르기까지 무엇이 코렉트이고 무엇이 인코렉트인지는 구분이 꽤 명확하다.

　일본의 대학 사회에도 역시 그런 암묵적인 제도 같은 게 조금은 있을 거라고 생각한다. 하지만 이 정도로 확실한 제도적 경향이라 할 만한 것이 존재하지는 않을 듯하다. 나는 일본의 대학인의 생활에 대한 지식은 거의 없어도 "대학인은 이래야 한다"는 규범은 미국에 비하면 더 희박할 것 같다는 인상을 받는다.《도쿄 스포츠》지를 애독하고 프로레슬링과 톤네루주(Tunnels, 일본 희극 콤비−옮긴이)와 소주를 좋아하고 엔카밖에 듣지 않는 교수가 있다고 해도 특별히 문제가 되진 않을 것이다. 그 사람 좀 괴짜구나라고 여길지는 모르겠지만, 그 사람 때문에 주변 사람들이 얼굴을 찌푸리는 일 따위는 없을 거라고 생각한다. 또 그것이 원인이 되어 출세할 수 없거나 사회적 지위가 위협당하든가하는 일도 없을 것이다. 오히려 "저 사람은 교수답지 않게 인간미가 있다"라는 말을 들어 더 호감을 살지도 모를 일이다. 그런 의미에서는 일본의 대학이 더 대중화되었고, 일본의 대학교수가 더 샐러리맨화되었다고 말할 수 있을지도 모른다.

그러나 이 나라에서는(적어도 동부의 유명 대학에서는) 버드와이저를 좋아하고, 레이건의 팬이고, 스티븐 킹의 책은 모조리 다 읽었고, 손님이 오면 케니 로저스의 레코드를 트는 선생이 있다면—실제 사례가 없으니 어디까지나 상상할 수밖에 없지만—아마 주위 사람들이 별로 상대해주지 않을 것이다. 상대해주지 않는다는 말은 결국 집으로 누구를 초대하거나 누구로부터 초대받는 대학 사회 내에서의 교제에서 밀려난다는 뜻으로, 그렇게 되면 학자로서 굉장히 뛰어난 실적을 올리지 않는 한 현실적으로 대학에서 살아남기가 상당히 어려워진다. 그런 견지에서 보면 미국이라는 나라는 일본보다 훨씬 계급적이고 신분적인 사회라는 느낌이 든다.

"결국 미국의 대학인은 말하자면 사회적으로 고립된 존재입니다" 하고 한 미국인이 알려주었다. "그들의 존재는 정말로 특수합니다. 대학이라는 곳은 일반 세상과는 완전히 다른 세계입니다. 말하자면 망망대해 한가운데에 떠 있는 섬과 같은 곳이라, 그야말로 그들은 자신들의 몸을 지키기 위해 자기들만의 룰 같은 걸 확실하게 세워두지 않으면 안 됩니다. 그리고 그 룰을 깨뜨리는 사람이 있으면 그런 사람은 정도의 차이는 있지만 배

제됩니다." 그의 말이 100퍼센트 맞는지는 모르겠지만, 그런 부분이 있는 것은 분명하다고 생각한다.

따라서 영화는 유럽 영화나 실험적인 영화를 좋아하고, 음악은 클래식이나 지적인 재즈를 선호한다. 차는 그다지 눈에 띄지 않는 것이 코렉트인 듯하다. 번쩍번쩍하는 새 차는 구내 주차장에서 거의 눈에 띄지 않는다. 양복은 가능한 한 새것처럼 보이지 않는 걸 선호한다. 새 옷이 생기면 한 달 정도 매일 집 안에서 입다가 어느 정도 새것이라는 느낌이 사라지면 학교에 입고 오는 게 아닌가 하는 느낌이 들 정도다. 영어에 'keep a low profile'이라는 표현이 있다. 이것은 뭐 '어떤 일에도 눈에 띄지 않게 조심스럽게'라는 뜻으로 프린스턴 생활에 딱 맞는 말이다. 80년대의 겉치레주의도 이 대학에는 영향을 미치지 못했다.

아무튼 뭐, 여러 가지 규칙이 있다. 처음에는 잘 모르지만 대학 사회 속에서 오래 지내다 보면 점점 그런 미세한 호흡을 받아들이게 된다. 이것은 코렉트이고, 이것은 인코렉트인 것도 대강 알게 된다.

나는 이 대학에 오기 전까지는 그런 사정을 잘 몰랐기 때문에 집에서든 밖에서든 즐겁게 버드 드라이를 마셨다. 요즘엔 집에서 조용히 버드 드라이를 마시고 밖에 나가면 기네스나 하이네켄을 마시려고 주의하고 있다. 누가 왔을 때를 대비해 냉장고

안에는 항상 미국 맥주가 아닌 다른 맥주를 넣어둔다. 인텔리가
되기에도 꽤나 힘든 일이 많은 것 같다. 비꼬는 말이 아니라.

 그래도 나는 이 대학에서는 뭐 손님 같은 존재고 작가기 때문
에 여러 가지 면에서 너그럽게 봐주고 있는 듯하다. 대학 사회
의 히에라르키(hierarchy, 성직자의 세속적인 지배 제도─옮긴이)에
서 약간 벗어난 존재기 때문에 생활 태도가 다소 인코렉트여도
"뭐, 저 사람은 작가니까" 하고 용서되는 부분이 있다. 미국 대
학에서 작가라는 존재는 고급스러운 생물 표본 정도의 위치에
놓여 있는 건 아닐까? "이런 사람이 있으면 대학도 좀 더 컬러
풀해질지도 모르고 학생도 기뻐할 기야"라는 징도인 것 같다.
 그런데 "이건 코렉트이고 저건 인코렉트"라는 식으로 생각하
며 지내는 생활도 생각하기에 따라서는 그다지 나쁘지 않은 것
같다. 특히 일본처럼 '뭐든 괜찮다'는 식의 인의(仁義) 없는 유동
사회에서 오면 오히려 안심되는 부분도 없지 않다. 쓸데없는 일
은 생각하지 않고 어쨌든 세세한 부분을 어쨌든 코렉트로 일치
시켜두면 그걸로 끝나버리기 때문이다. 어쨌든 《뉴욕 타임스》
를 구독하면 되고, 어쨌든 《뉴요커》를 구독해두면 되고(주위를
보면 구독만 해놓고 읽지 않는 사람이 많은 것 같다), 어쨌든 오페라를
들으면 되고, 어쨌든 가르시아 마르케스와 이시구로와 에이미

탄의 책을 읽으면 되고, 어쨌든 기네스 맥주를 마시면 된다. 하지만 일본에서는 그리 간단하지가 않다. 예를 들어 오페라 따위는 유행이 아니야, 지금은 가부키라고, 라는 식이 되어버린다. 정보가 감상을 앞서고, 감각이 인식을 앞서고, 비평이 창조를 앞선다. 그것이 나쁘다는 건 아니지만 솔직히 말해 피곤하다. 나는 그런 최첨단 파도타기 경쟁에는 원래 관계없던 사람이지만, 그런 식으로 신경증적으로 살고 있는 사람들의 모습을 멀리서 지켜보는 것만으로도 상당히 피곤하다. 이것은 완전히 문화적 화전 농업이다. 모두가 달려들어서 밭 하나를 다 태운 뒤에 다음 밭으로 옮겨간다. 그 후 얼마 동안은 풀도 나지 않는다. 원래대로라면 풍부하고 자연스러운 창조적 재능을 지녀야 할 창작자가, 시간을 들여서 천천히 자신의 창작 시스템의 근원을 파헤쳐가야 할 사람이, 태워지지 않고 살아남는다라는 것만을 염두에 두거나, 아니면 그저 단순히 남의 눈에 잘 비치는 것만을 생각하며 활동해야 한다. 이것을 문화적 소모라 하지 않는다면 대체 뭐라 하면 좋을까.

그런 생각을 하다 보니 보수적이든, 제도적이든, 계급적이든, 이 프린스턴 대학가처럼 "어쨌든 여기에서는 이렇게 해두면 된다"는 식이라면, 일본 출신의 문화인으로서는 상당히 편할 거라고 생각한다. 맨 끝부분만 적당히 모양새를 갖춰놓고 나머지는 자기가 좋아하는 것을 자기가 좋아하는 페이스대로 할 수 있기 때문이다. 물론 최첨단인 뉴욕에서는 일본과 비슷한 경쟁을 하는 부분이 있지만, 그것은 어디까지나 예외적인 일부이고, 일본처럼 전국에서 대량으로 쏟아지는 정보에 의해 대중이 휘둘리는 건 아니다. 뉴욕에서는 어떤 게 유행하고 있고, 로스앤젤레스에서는 무엇이 유행하고 있는지, 보통 사람은 그다지 신경 쓰지도 않는다. 그런 유동성과 감각성을 묵살하고 담담하게 나의 길을 간다는 부분이 사회에는 어느 정도 필요하지 않을까 하는 생각이 든다.

그리고 프린스턴에 와서 편한 건 사람들이 어쩔 수 없는 경우 이외에는 거의 돈 이야기를 하지 않는다는 점이다. 이곳에서는 돈 이야기가 사람들의 화제에 오르는 일이 극히 드물다. 거꾸로 말하면 일본에서는 사람들이 돈 이야기만 한다는 말이 될지도 모르겠다. 일본에서는 무슨 일이 있으면 "무라카미 씨는 베스트셀러를 써서 부자니까 이 정도쯤이야" 하는 말을 듣는다. 그야 그럴지도 모르지만 분명히 말해 쓸데없는 참견이다. 나는 1600cc 작은 차를 타고 다녔는데, 여러 사람으로부터 "무라카미 씨는 돈이 있으니까 이런 거 말고 좀 더 비싼 차를 사는 게 어떻겠습니까"라는 말을 들었다. 하지만 그건 내 맘이다. 굳이 비싼 차가 싫은 건 아니지만 지금 이대로가 좋다는 생각에 즐겁게 몰고 다니니까 다른 사람에게 이런저런 말을 들을 이유는 하나도 없다.

그런 점에서는 "돈? 아아, 그러고 보니 세상에는 돈 같은 것도 있었군요" 하는 프린스턴의 학자인 체하는 분위기는 정말 안심이 된다. 그런 건 위선적이지 않느냐, 이 세상에 돈을 생각하지 않는 사람이란 있을 수 없지 않느냐, 라는 말을 듣는다면 확실히 그럴지도 모른다고 생각한다. 하지만 여기서는 모두 돈 얘기를 그다지 입 밖에 꺼내지 않기 때문에 그것이 정말 자연스럽게 느껴지는 것이다. 그런 환경 속에서 살고 있으면 물질적인 영리 추구를 본체만체하면서, "세상이 전부 돈으로만 움직이는 건 아니다. 우리에게는 그런 것보다 더 중요한 것이 있다" 하고 고집스레 살아가는 것이 본래 인텔리의 사명이 아닌가, 당연한 자세가 아닌가 하고 문득 생각하곤 한다.

결국 좋은 의미에서건 나쁜 의미에서건, 일본에서는 지적 계급성이라는 것이 거의 해체돼버렸다. 전후(戰後) 얼마 동안은 그런 것도 어느 정도는 시스템으로 힘을 가지고 있었으나, 공산주의나 음악다방이나 순수문학 같은 것의 소멸과 호응하듯이 어느 틈엔가 슬며시 소리도 없이 사라져버렸다. 지적 계급성이 사라져버리면 계급적 스노비즘(속물근성, 신사인 체하기─옮긴이) 같은 것의 존재 의의도 사라져버린다. 거기에 남아 있는 것이라 하면, 계급적 스노비즘의 잔존 기억을 대중에게 돌려 '베를린 장벽의 파편'처럼 상품으로 조금씩 팔아치우고 있는 거대 유통·정보 자본뿐이다.

그러나 사회의 대중화·평준화야말로 역사의 흐름이라는 관점에서 미국 사회와 일본 사회를 비교해보면, '이렇게 되어버렸다'는 식의 일본 쪽이, 좋든 나쁘든 역사적으로 몇 단계 진화해 있는 건 아닐까 하는 생각이 들기도 한다. 맥아더 장군이 제2차 세계대전 후에 벌인 계급제도 해체 작업의 결과가 두 세대를 지나 마침내 그 전모를 드러내고 있다고 해도 되지 않을까. 그렇게 생각하면 미국 대학의 지적 스노비즘 같은 건 그야말로 계급사회 최후의 몸부림에 지나지 않을지도 모른다. 이 같은 지적 특수사회가 미국 안에서 앞으로 얼마나 오랫동안 살아남을 수 있을지 그건 아무도 모른다. 몇몇 소수의 예외를 제외하고는 조만간 사라져버리지 않을까 하는 게 많은 이의 예상이다. 그런 사회를 하나의 사회로 유지시킬 수 있을 만큼의 '여유'가 미국이라는 나라에서 없어지고 있다고도 말할 수 있다. 사실 미국 대학 경영은 전국적으로 거의 막다른 길에 와 있다. 하버드나 프린스턴, MIT 같은 초엘리트 대학의 경우는 아직 그 정도로 심각하지 않지만, 일반 대학은 만성적인 재정난으로 괴로워하고 있다고 한다. 비효율적인 강좌는 점점 폐지되고, 교수와 교직원의 해고도 조용히 진행되고 있다. 지금까지 미국 대학에서는 테뉴어(tenure, 종신 고용권)만 따면, 일단 안심이라는 상식이 통했지만, 아무리 테뉴어를 딴다 해도 학부 자체가 근본부터 싹둑 잘라져버리면 그걸로 끝이다. 그런 사례도 실제로 몇 개인가 들었다. 그렇게 되면 모두가 아무리 있는 힘을 다해 노력해도, 지금과 같은 "무사는 굶어도 먹은 체하고 이를 쑤신다"(무사는 가난해도 체면을 중히 여기는 기풍이 있다—옮긴이)는 식의 지적 스노비즘을 유지하기가 점점 어려워질 것이다. 미국 지성의 존재 자체가 뿌리부터 흔들리고 있다고 말하는 사람도 있다.

이렇듯 미국 대학도 언젠가는 지금의 일본 대학과 마찬가지로 점점 대중화·평균화되어 프린스턴, 하버드 같은 고고한 성(城)이라 할지라도 그 체질은 크게 변화해갈지도 모른다. 그리고 대학의 학구적이고 비세속적인 분위기는 점차 옅어져 더욱 효율적이고 더욱 대량생산적인 색채가 짙어질지도 모를 일이다. 그것이 추세라는 것이고, 아마도 누구의 힘으로도 그것을 막는 건 불가능할 것이다. 그렇지만 이 대학에 일단 적을 두고 대학가의 일원으로 살다 보면, 가능하면 그렇게 되지 않았으면 하는 생각이 나도 모르는 사이에 강해진다. 아무리 엘리트 의식이라고 불려도, 고립된 세계라고 들어도 "이렇게 속세와는 동떨어진 사회가 이 세상 어딘가에 하나쯤은 남아 있어도 좋지 않을까" 하고 생각하는 것이다. 그것이 불평등성과 계급성 위에 성립하고 있는 특수 세계라는 걸 알고 나니 더욱 그런 생각이 든다. 그런 식으로 생각하는 것도(이런 걸 말하면 옛날 같으면 반동으로 불리며 규탄받았을 것이다. 아니, 지금도 그럴지 모르려나) 어쩌면 내가 나이를 먹었기 때문인지도 모르겠다. 그도 저도 아니라면 결국 나는 이곳에서 그저 방관자이기 때문일지도 모른다.

뒷이야기

지금은 보스턴에 있기 때문에 《보스턴 글로브》라는 신문을 구독하고, 맥주는 주로 새뮤얼 애덤스를 마신다. 새뮤얼 애덤스가 가을에 내놓는, 좀 다크한 '옥토버 페스트'는 내가 좋아하는 맥주다.

프린스턴에서 캠브리지로 이사를 오니, 역시 이곳은 도시라는 느낌이 든다. 프린스턴에는 대학이라고 해봐야 프린스턴 대학 하나밖에 없었는데, 이곳에는 하버드, MIT, 보스턴 대학, 테프츠 대학, 매사추세츠 대학…… 셀 수 없을 만큼 많은 대학이 있다. 그래서 대학에 소속되어 있어도 프린스턴에서처럼 독립된 '대학가'라는 느낌은 전혀 없다. 아는 사람이 없는 만큼 즐겁다면 즐겁고 따분하다면 따분하다.

프린스턴에 있을 때는 이웃 사람들이 삼십 대의 젊은 패컬티(faculty, 대학 교직원)뿐이었기 때문에, 틈만 나면 다들 모여 정원에서 바비큐를 굽거나, 맥주를 마시면서 이런저런 이야기를 나누곤 했다. 텔레비전에서 〈트윈 픽스〉 마지막 회를 방송했을 때는 '트윈 픽스 파티'를 했다……고 해봤자 기껏 도넛과 커피를 산더미처럼 준비해놓고, 왁자지껄 떠들면서 함께 프로그램을 보는 것뿐이었지만. 어쨌든 모여서 하우스 파티를 하는 것이, 마을에서 유일한 오락 같은 것이었다(정말로 다른 오락거리가 없었으므로). 그래서 프린스턴에서는 친구들이 제법 생겼다. 반찬이 남으면 이웃집에 냄비째 들고 가기도 했다. 그러나 보스턴에서는 그럴 일이 거의 없다. 도쿄에 있는 것과 그리 다를 바가 없다.

뭐 얼마간은 여기서 느긋하게 도시 생활을 보낼 작정이지만, 프린스턴에서의 생활은 좀처럼 얻기 어려운 추억이었다.

미국판
단카이 세대

얼마 전 펜실베이니아에 살고 있는 신시아 로스라는 사람으로부터 저녁식사에 와달라는 초대 편지를 받았다. 그 편지에 따르면 신시아 씨는 실은 스콧 피츠제럴드의 손녀였다. 스콧과 젤다 사이에서 태어난 유일한 혈육인 스코티 피츠제럴드의 딸인 것이다(스코티는 몇 년 전에 사망했다). 그녀는 내가 스콧 피츠제럴드의 소설을 번역하고 있다는 사실을 다른 사람을 통해 듣고, 흥미를 느껴 일부러 초대해준 것이다. 영어로 번역된 당신의 소설 두 권을 무척 재미있게 읽었다, 조금 멀긴 하지만 와주시면 매우 기쁠 것이다, 주말에 하룻밤 머문다는 느긋한 마음으로 놀러 와주시기 바란다, 하고 말이다.

로스 씨가 도대체 어떤 사람이고 무엇을 하는지는 전혀 알 수 없지만, 스콧 피츠제럴드의 손녀와 만날 수 있는 기회란 좀처럼 있을 것 같지 않았다. 물론 나는 기꺼이 찾아뵙겠다는 답장을 썼다. 며칠 뒤 신시아로부터 직접 전화가 걸려와 프린스턴에서 자기 집까지 오는 길을 정성스레 가르쳐주었다. 나는 지금까지 여러 사람으로부터 전화로 길 안내를 받은 적이 있지만, 이 사람의 길 안내는 영어나 일본어의 구별을 뛰어넘어 아무튼 매우 경탄할 정도로 이해하기 쉬웠다. 간결하고 요령이 있다. 이야기의 우선순위라는 것을 분명하게 알고 있다. 한마디로 말해 '말솜씨가 있는 사람'이다. 나는 원칙적으로 여성의 길 안내는 신용하지 않고 있는데(그런 차별적인 결론에 도달하기까지 괴로운 경험을 수없이 거듭했던 것이다), 이 사람은 완전히 예외였다.

그래도 만에 하나, 헤매게 될 경우에 대비해서 주소를 확인하고 싶다고 나는 말했다. 왜냐하면 내가 그녀로부터 받은 편지에는 마을과 거리 이름만 있고 번지는 적혀 있지 않았던 것이다. "거리 번호는?" 하고 묻자, 그녀는 재미있다는 듯이 웃었다. "여기는 원래 거리 번호 같은 건 없어요. 이 거리에 서 있는 집은 우리 집밖에 없으니까 그런 건 필요 없어요. 아무튼 와보면 알 거예요. 잘못 찾을 리가 없으니까."

"그렇군요" 하고 건성으로 대답은 했지만 어찌 된 영문인지 알 수 없는 이야기였다. 거리에 집이 한 채밖에 없다고 들었어도 구체적인 이미지가 바로 떠오르지 않았다.

"사실은 우린 시골구석에 있는 농장에서 지내고 있어요. 주변엔 정말 아무것도 없죠. 아무튼 전혀 패셔너블한 생활이 아니에요. 그러니까 우리 할아버지가 책에 펼쳐놓은 것 같은 우아한 생활을 상상하고 오진 마세요. 우리 집에는 말이 두 필, 염소 두 마리, 개 두 마리, 고양이가 한 마리 있어요. 그런 곳이라도 괜찮으시겠죠?" 하고 그녀는 말했다.

"물론이죠. 동물을 아주 좋아하니까" 하고 나는 대답했다.

스콧 피츠제럴드가 태어난 것은 1896년으로, 일본식으로 말하면 메이지 29년이다. 딸 스코티가 태어난 것은 1921년, 스콧이 스물다섯 살 되던 해로, 일본 연호로는 다이쇼 10년이다. 말하자면 스콧은 대충 내 할아버지 세대가 되고, 스코티는 내 부모 세대에 해당한다. 내 부모님이 태어나신 것도 다이쇼 후반이었다. 그렇다면 상식적으로 보아 신시아는 거의 나와 비슷한 연배가 아닐까 추측된다. 그런 식으로 생각하다 보니 "아, 그런 거였나" 하고 나는 약간 감탄에 젖게 되었다.

그때까지 나는 그런 세대적 관점에서 스콧 피츠제럴드라는 사람을 생각해본 적이 한 번도 없었다. 스콧에 대해 생각할 때 그는 내게 있어서 어디까지나 '문학사에 남은 아주 오래전 사람'이었다. 나와 그 사이에 세대적인 접점이 있을지도 모른다는 사실은 별로 머리에 떠오르지 않았다. 스콧은 진주만 공습 전해인 1940년에 마흔넷이라는 젊은 나이로 죽어버렸고, 젤다는 내가 태어나기 전해인 1948년에 사고로 숨졌다. 그리고 내가 그의 소설을 읽기 시작했을 무렵에 그는 이미 전설적인 인물이 되어 있었다. 요절한 탓으로 사진에 찍힌 그의 풍모와 의복은 그야말로 옛날 스타일이었다. 하지만 새삼스럽게 세대를 계산해보니, 내가 속해 있는 세대와 그가 속한 세대와는 연대적으로 충분히 관련이 있었던 것이다. 딱 나와 나의 할머니, 할아버지와 어느 정도 관련이 있는 것처럼. 내 조부모님은 이미 모두 돌아가셨고, 그분들이 살아 계셨을 때에는 나는 너무 어려서 그분들이 처한 역사적·사회적 입장과 그분들이 그때까지 겪어온 인생의 여러 측면을 이해할 수 없었지만, '할아버지' '할머니'로서 나는 그분들에 대해 상당히 친밀하고 선명한 기억을 가지고 있다. 그렇게 생각하자 나는 스콧 피츠제럴드라는 작가에 대해 이제까지는 없었던 종류의 친밀함 같은 것을 느낄 수 있었다.

신시아와 루이스 로스 부부는 예상대로 우리(나와 내 아내를 말한다)와 거의 같은 연배였다. 어쩌면 우리보다 약간 젊을지도 모르지만, 어쨌든 미국판 '단카이 세대'(團塊世代, 제2차 세계대전 직후 일본의 베이비 붐 시기에 태어난 세대—옮긴이)였다. 초등학교 저학년쯤의 작은 아이가 두 명 있다. 원래 미국에는 '단카이 세대'에 들어맞는 단어는 없다. '베이비 부머스'라는 표현은 있지만, 이 것은 '단카이 세대'보다는 훨씬 응용 범위가 넓어서 제2차 세계 대전이 끝난 후부터 1960년 사이에 태어난 아이들은 모두 이 '베이비 부머스' 범주에 포함된다. 그렇게 넓은 범위의 사람들 을 하나의 카테고리에 뭉뚱그려 넣는 것은 문제가 있다고 생각 하지만, 어쨌든 그렇게 되어 있다. 일본의 '단카이 세대'에 해당 되는 세대는, 굳이 말하자면 학생운동 세대의 뒷모습을 그린 로 렌스 캐스단의 영화 〈새로운 탄생The Big Chill〉과 연관 지어 '빅 칠 세대(제너레이션)'라고 하면 좋을지도 모르겠다. 요컨대 '60 년대에 뜨거워졌다가 70년대에 식어버린 세대'라는 것이다. 일 본에서는 '60년대에 뜨거워졌다'는 사실만이 기억되어서 강조 되고 그에 비해 '70년대에 식어버렸다'는 건 그다지 화제가 되 지 못하는 것 같지만, 그런 점도 국가 간의 정서 차이라고 할까, 생각해보면 재미있는 문제일 듯싶다.

그들이 사는 집은 필라델피아에서 한 시간쯤 떨어진 거리에 있는 애번데일이라는 작은 마을로, 그곳에서도 조금 벗어난 곳 에 있다. 애번데일이라는 곳은 필요한 물건은 일단 갖추고 있지 만 그 이상의 것은 거의 아무것도 없다고 할 정도의 규모를 가 진 마을이었다. 짧은 메인스트리트를 벗어나면 금방 비포장도 로가 나왔다. 그런 시골길을 가르쳐준 대로 차로 덜컹거리며 가니 농가풍의 집 한 채가 있어, "음, 아마 이 집이겠지" 하고 생각해서 들어갔더니 역시 짐작대로 그곳이 로스 씨 댁이었다. 전화로 들은 대로 정말이지 잘못 찾을 리 없는 곳이다. 주변은 눈길이 닿는 곳 모두 푸른 농장으로, 소나 말 들이 초여름의 햇살 아래에서 한가롭게 풀을 뜯고 있다. 집이라고 할 만한 건 이 집 한 채뿐이다.

원래 농장이라 해도 로스 씨 부부는 이곳에서 농업에 종사하고 있는 건 아니다. 그들은 어떤 의미에서든 농부는 아니다. 그들은 도시에서 태어나 도시에서 자란 사람들이다. 그건 그들의 복장이나 생활 방식이나 말투를 보면 바로 알 수 있다. 그들은 대도시의 고급 맨션에 살며 재규어나 BMW를 타고 다녀도 조금도 이상하지 않을 타입의 사람들이다. 그들은 어디까지나 취미로 농장에 살고 있는 것뿐이다. 실제로 남편인 루이스는 필라델피아 근교로 통근하고 있고(아마 무슨 전문직일 것으로 추측된다) 시내에 아파트를 가지고 있다. 신시아가 전화로 말했듯이 그들은 자기 집에서 말과 염소를 키우고 있지만, 그걸로 뭔가를 생산하고 있는 것은 아니다. 그들에게 중요한 것은 '농장에 산다'라는 자세인 것이다. 도회적인 생활을 벗어나 자연 속에서 평화롭게 산다는 사실인 것이다. 굳이 어떤 범주에 넣는다면 '포스트 여피'라는 단어가 그들의 라이프 스타일에 맞을지 모르겠다. 로널드 레이건이 대통령직에 있던 때의 호경기, 즉 '당신에게 맡긴 경제' 시대의 미국에서는 대도시의 다운타운에 살고, 고급 레스토랑과 나이트클럽에 드나들고, 고급 차를 타고, 최첨단의 화려한 생활을 하는 것이 미국의 젊은 세대에게는 가장 패셔너블했지만(이런 라이프 스타일의 전형을 알기 위해서는 브렛 이스턴 엘리스의 《아메리칸 사이코》를 읽어주시라. 작품으로서의 평가는 완전히 갈려 있지만 사회적 상황 자료로써 이만큼 자기희생적으로 시니컬하고 본질적인 소설은 좀체 없다. 적어도 《허영의 시장》은 시니컬하지만 자기희생적인 소설은 아니기 때문에), 80년대가 끝날 무렵, 장기적인 경기후퇴와 함께 도시가 황폐해지고 행정 서비스가 저하되고 범죄가 다발적으로 일어나게 되자 그들은 짐짐 도시를 떠나게 된다. 가장 큰 이유는 도시가 이제는 아이들을 기르는 데 적합하지 않은 장소가 되었다는 것이었다. 위험하고 교육 환경도 열악하다. 아이들이 자라남에 따라 그들은 도시에서 살기를 포기하고, 더 안전하고 더 조용한 환경을 찾게 되었다. 그래서 시골에 농장을 사서 말과 염소를 키우며 사륜구동차를 몰고 다니게 된 것이다.

그들의 '농장'은 전부해서 6에이커의 크기다. 6에이커라는 걸 평으로 환산하면 약 7,350평이 된다. 미국의 '농장' 치고는 그다지 넓은 게 아니라 어디까지나 미니 농장이라고 할 정도지만 일본인의 감각으로 보면 뭐 상당히 넓다. 부지 안에 꽤 큰 연못이 있고, 이곳에서 배스(농어류)를 낚을 수도 있다. 나는 낚싯대를 빌려 삼십 분가량 이 배스를 낚으려고 도전해봤지만, 아쉽게도 한 마리도 낚지 못했다. 내가 낚싯대를 잡고 있는 동안 그들이 키우고 있는 래브라도 두 마리는 사냥개로서의 본능에 이끌려 연못 속을 첨벙첨벙 헤엄치며 다니고, 풀숲 틈에 숨어 있는 오리 한 쌍을 쫓아다녔다. 그런 걸 바라보면서 나는 이건 마치 투르게네프의 소설 속에나 나올 법한 광경이구나, 하고 생각했다.

원래 이 집과 농장은 퀘이커 교도가 소유하고 있던 것으로, 집은 남북전쟁 이전에 지어졌다. 건물은 물론 상당히 낡았지만 손질을 잘해서 지금도 충분히 사용할 수 있다. 그리고 이 집 안에는 닌자의 집처럼 도처에 교묘한 장치가 되어 있다. 비밀 문과 통로와 은신처가 여러 곳에 만들어져 있다. 벽장 바닥을 들어내면 비밀 계단이 있고, 그곳을 통해 몰래 밖으로 빠져나오게 되어 있다. 왜 그런 장치들이 있는가 하면, 이 집에 살던 퀘이커 교도가 남북전쟁으로 노예제도가 폐지되기 전에 도망친 노예를 관헌의 눈을 피해 숨겨주고 있었기 때문이다. 퀘이커 교도는 교의에 따라 노예제도에 반대하고 있었고, 그들은 남부에서 도망쳐온 흑인 노예가 자유 주(州)나 캐나다까지 도망칠 수 있도록 '언더그라운드 레일로드'라는 비밀 루트를 만들었다. 그래서 이 집도 그런 목적을 위해, 중계 지점으로써 기능을 하고 있었던

것이다.

신시아가 요리를 준비하는 동안 루이스가 우리를 안내하며 그러한 집의 유래에 대해 이것저것 설명해주었다. 루이스는 자기 일을 하는 한편 이 지방의 자연환경을 유지하기 위한 활동도 열심히 하고 있다. 오래된 농장이 누군가의 손에 넘어가 부서지게 될 것 같거나 혹은 업자의 손으로 분양 주택단지가 세워질 것 같으면 그 지역 사람들을 모아 그것이 어떤 형태로 지어지고, 어떤 환경 변화를 가져올 것인지를 검토하고, 공청회를 열고, 구체적인 문제가 있으면 그 개발에 이의 신청을 하고 반대 운동을 전개한다. 그리고 이 지방에 남아 있는 귀중한 역사적인 유산을 후세를 위해 보호하려고 노력하고 있다.

"그 활동이 워낙 바빠 거의 쉴 틈도 없어요" 하고 그는 말한다. 확실히 그건 그럴 것이다. 평소에는 자기 일을 하고, 쉬는 날에는 손이 많이 가는 농장 잡일에 매달리고, 낡은 집 손질에다가 환경보호 그룹에서 중심이 되는 위치에 있으니 바쁜 게 당연하다.

요즘은 경기가 주춤한 탓에 그 정도로 급격한 환경 파괴는 적어진 듯하지만 그래도 미국에서 개인 규모의 농업은 장기적으로 쇠퇴하고 있기 때문에 옛날부터 있는 큰 농가가 어느 업자의 손에 넘어가버릴 가능성은 항상 있는 것이다. 따라서 그들은 늘 그런 움직임을 주시해야 한다. "지금 여기에 있는 것을 되도록 이대로의 모습으로 후세에 남길 것. 변화는 최소한으로 억제할 것. 지금 이곳에 있는 환경 속에 자신들을 녹아들게 할 것", 그 것이 그들이 추구하고 있는 기본적인 생활 방식이다. 거기에는 "이것이 바로 미국의 본모습인 것이다"라는 강한 신념이 있다.

그런데 문을 들어서면 바로 근처에 수령이 몇백 년은 됨 직한 멋있는 떡갈나무가 서 있는데, 그 가지 가운데 하나가 안쪽부터 썩어들어가 얼마 전 강풍이 불 때 우지끈하고 부러져나갔다고 한다. 그것이 쓰러진 곳은 루이스의 볼보 왜건이 늘 주차되어 있는 곳이었는데, 우연히도 여행 중이어서 다행히 그 밑에 깔리는 건 모면했다고 한다. 굉장히 큰 줄기였던지 그것을 잘라 장작으로 쌓아올린 것이 산더미 같았다. 그 옆의 큰 줄기도 비슷하게 썩고 있었는데, "이것도 부러지는 건 뭐 시간문제죠" 하고 그는 심각한 얼굴로 말한다. "하지만 이렇게 오래되고 멋있는 나무를 잘라버리는 것도 아깝고 해서 고민스럽죠, 실은." 볼보는 그렇다 쳐도 어린아이들이 있는데, 그런 걸 놔두면 위험해서 어쩔 수 없을 것이라고 생각하기도 했지만, 그와 동시에 한마디로 자연보호라 해도 이렇게까지 한다니 역시 대단하구나 하고 솔직히 감탄하지 않을 수 없었다.

저녁때는 이웃 사람들도 몇 명 왔다. 지역신문사를 경영하고 있는 커플, 은퇴한 대학교수(그는 도시 문제 전문가로서 일본의 다나카 내각에서도 고문으로 일했다는 것이었다. 이봐, 자네. 열도 개조란 게 있었다지) 부부, 비디오 작가 등등. 그런 사람들로 이루어진 새로운 종류의 커뮤니티가 도시에서 떨어진 전원 지대에 점차 형성되고 있는 것이다. 아마도 그들의 그러한 커뮤니티는 기존에 있던 지방 커뮤니티와는 꽤나 다른 취향을 가지고 있을 것이다. 그들은 지식계급에 속한 의식 있는 사람들이고, 그들 가운데 대다수는 학자나 예술가, 또는 전문직에 종사하는(혹은 종사한 적이 있는) 사람들이고 그 중심은 미국판 '단카이 세대'가 차지하고 있다. 그들은 60년대에 정치의식의 고양을 경험한 사람들이며, 대부분이 조직을 구성하는 능력을 지니고 있다. 또한 조직에 소속되는 것에도 익숙하다. 그리고 요즘 그들의 관심은 주로 환경 보전에 쏠려 있다. 일찍이 그들의 목표는 베트남전 반대와 참정권 운동을 통한 인종차별 철폐에 있었다. 그러나 반전운동은 이미 정치의 주요 토픽이 아니고, 로스앤젤레스 폭동에서도 보았듯이 미국의 인종 문제는 더 이상 손쓸 수 없는 지경에까지 이르렀다. 60년대처럼 "법률상의 차별이 철폐되어 인종간의 기회 균등이 실현되면, 모든 게 잘될 것이다"라는 낙관적인 견해를 단순하게 신봉하는 듯한 사람은 이제 어디에도 없다고 말해도 좋을 것이다. 게다가 원래 그들은 그런 인종적인 분쟁이 맹위를 떨치는 숨 막히는 환경이 싫어서 도시를 탈출한 것이다. 따라서 그들은 낙태 문제나 페미니즘 같은 여성 문제—그렇다, 그것은 아직 해결 가능한 차별 사항인 것이다—나 아니면 지역적 환경보호, 지역적 사회정의 실현이라는 약간 미니멀한 방향으로 눈을 돌리게 되었다. 그리고 그 '지역'이라는 것은 결과적으로는 인구의 태반을 백인이 차지하고 있는 사회를 의미한다.

저녁식사 자리에서 로스앤젤레스 폭동 이야기가 나왔기에 그 틈에 나는 그들에게 한 가지 질문을 해봤다. 이 지역에 백인이 아닌 사람은 얼마나 살고 있느냐고. 그러자 그들은 모두 약간 닌처한 표정을 지었다. "그러고 보니, 멕시코인 커뮤니티가 있어요" 하고 누군가가 생각났다는 듯이 말했다. "커뮤니티로서는 그다지 크진 않지만 있긴 있어요. 그들은 버섯을 따러 왔던 사람들인데 그대로 여기에 눌러앉았지요. 펜실베이니아에서는 질 좋은 버섯을 딸 수 있으니까요. 그 사람들은 괜찮아요. 일도 잘하고 성실하죠. 문제는 없어요. 다들 여기에서 열심히 일하고 그 봉급을 멕시코로 송금하죠. 흑인은 별로 없어요." 그러고 나서 화제는 버섯으로 옮겨갔다.

나는 그들을 비난하려는 생각은 털끝만큼도 없다. 만일 내가 그들의 입장에 있었다고 해도 현실적으로는 역시 비슷한 행동

밖에 할 수 없을 것이라고 생각한다. 안타까운 일이지만 미국이라는 나라는 이제 완전히 도시에 사는 남미 계열과, 교외에 사는 백인이라는 두 개의 사회, 아니면 두 개의 나라로 분리되어 버렸다. 그리고 마약과 총이라는 두 가지 큰 병폐가 이 나라를 토대부터 갉아먹고 있다. 부시 대통령은 마약에 대한 철저한 단속을 공약으로 내세웠지만, 그런 정부의 시책이 실질적인 효과를 낳을 것이라고는 아무도 생각하지 않는다. 그런 문제는 거대하고 두꺼운 벽이 되어 사람들 앞을 가로막고 있기 때문에 어설픈 '사회적 의식' 따위로는 도저히 감당할 수 없을 것처럼 보인다. 그에 비하면 베트남 반전운동이나 참정권 운동 같은 일찍이 그들이 가장 중요시했던 사안들은 정말이지 단순하고 이해하기 쉬웠다는 느낌마저 들 정도다. 그렇게 생각하자 현재 미국 지식인이 안고 있는 딜레마의 심각성을 어느 정도 상상할 수 있다.

게다가 굳이 말할 필요도 없지만 지역의 환경 보전이란 건 매우 중요한 문제다. "그런 것보다 훨씬 더 큰 문제가 있지 않을까" 하고 당사자가 아닌 사람이 말하는 건 간단하지만 우선 자기 집 정원에 있는 나무 한 그루에서부터 시작한다는 건 그 나름대로 하나의 견해이기도 하다. "문제가 너무 크다"고 처음부터 포기하고 아예 아무것도 하지 않는 것보다는 물론 훨씬 바람직하다. 할 수 있는 일부터 한 걸음 한 걸음 하다 보면 언젠가는 그 앞에 돌파구가 발견될지도 모른다. 그런 미국판 단카이 세대와 비교해서 일본의 우리 세대가 지금 무엇을 가장 심각한 문제로 삼고 있으며 무엇을 실천하고 있는지 생각하면, 또 다른 명확한 이미지가 떠오르지 않는다. 물론 세상에는 여러모로 열심히 하는 사람도 있고, 아무것도 하지 않는 사람도 있을 것이다. 하지만 실제 문제로서 대다수의 나와 같은 세대의 남자는 하루하루의 일이 너무 바빠서 다른 일은 아무것도 할 수 없는 실정은 아닐까. 그렇게 말하는 나도 여기저기 빈둥거리며 다닐 뿐 글 쓰는 일 외에는 특별히 형태 있는 일 같은 건 아무것도 하지 않고 있다. 따라서 루이스와 다른 전원 회귀적인 사람들이 하고 있는 일을 미니멀힘에 지나지 않는다고 비난할 자격이 내게는 전혀 없는 것이다.

하지만 나도 앞으로 일본에서 자리 잡게 되면 뭔가 내가 할 수 있는 일을 가까운 곳에서 찾아보고자 한다. 자원봉사나 사회 활동 같은 것을 하면 대단하고, 하지 않으면 소용없다는 말이 아니다. 가장 중요한 문제는 "자신이 할 수 있는 일이 무엇인가, 하고 싶은 일이 무엇인가"라는 것을 발견하는 일이라고 생각한다. 바꿔 말하면, 자신의 의문을 얼마나 세세하고 구체적으로 압축시킬 수 있는가라는 문제가 될 것이다. 미국에 와서 여러 사람(특히 같은 세대의 사람들)과 만나 얘기를 나누는 사이에 그런 일에 대해서 꽤 깊이 생각하게 되었다. 나는 상당히 오랫동안 "세대 따위는 상관없다. 개인이 전부다"라는 사고방식으로 나름대로 고집을 부려왔지만 우리 세대에는 역시 우리 세대의 독자적인 특질이나 경험 같은 것이 있으니까 그런 측면을 다시 한번 검토하고, 지금 무엇을 할 수 있는지를 새롭게 고민해봐야 하는 시기에 이르렀다고 생각한다.

그건 그렇고 나와 같은 세대인 루이스와 신시아의 집에는 신시아의 할머니인 젤다 피츠제럴드가 그렸다는 그림이 정말이지 아연할 정도로 아무렇게나 벽 여기저기에 걸려 있었다. 지금은 어느 것이나 다 귀중한 그림이다. 나는 그 그림들을 보면서 오후 시간을 보냈다. 젤다의 그림을 보고 있으면 나는 언제나 예술이라는 것의 의미에 대해 깊이 생각하게 된다. 대부분의 젤다 그림은 훌륭한 영감을 지니고 있다. 거기에 뭔가 아주 소중한 것이 표현되어 있다는 걸 우리는 절실하게 느낄 수 있다. 그 그림이 아주 커다란 재능이 있는 사람 손에 의해 그려졌다는 것도 알 수 있다. 그러나 그 그림들이 지극히 예술적이긴 하지만 진정한 의미에서의 예술 작품은 될 수 없다. 그 두 개의 세계를 가로막고 있는 건 아주 얇은 벽이다. 하지만 거기에는 엄연히 벽이 존재한다. 그리고 젤다의 그림은 그 벽을 넘어서지는 못한다. 그건 젤다의 문장에 대해서도 말할 수 있고, 그녀가 열중했던 춤에 대해서도 말할 수 있다. 스콧도 그걸 알고 있었고, 젤다도 그건 알고 있었다(그랬을 것이다). 따라서 젤다는 지독한 무력감 속에서 광기의 세계로 빠져들게 된 것이다. 대단한 재능을 갖고 있으면서도 그것을 유효하게 뽑아낼 시스템을 갖지 못한 인생은 아마도 젤다에게는 고문과 다름없었을 것이다.

루이스와 신시아 부부는 일 년 전에 초대를 받고 일본에 갔었다. 다카라즈카 가극단(여성으로만 구성된 가극단–옮긴이)이 《위대한 개츠비》를 무대에 올리면서 그 기념으로 스콧 피츠제럴드의 자손인 그들을 도쿄 공연에 초대한 것이다. 무대가 어땠냐고 루이스에게 물었더니 "음, 괜찮았어요. 하지만 좀 이상했어요"라고 대답했다. 그 기분을 나도 왠지 알 것 같았다.

뒷이야기

인텔리 계층의 미국인은 어떤 형태로든 인종차별과 연결되는 듯한 말은 입에 담지 않는다. 하지만 그와 동시에 아무리 리버럴한 사람이라도 지오그래피컬(지리적)로는 아주 명확하게 차별적인 언급을 한다. 이건 무척 재미있는 현상이다. 예를 들어 "112번지에서 북쪽으로 가면 안 돼요. 그 근처는 위험한 동네니까"라는 식의 말을 거리낌 없이 입에 올린다. 일부러 지도에 "여기부터 북쪽으로는 가지 마시오. 여기부터 서쪽으로는 가지 마시오" 하고 표시를 써넣어주기도 한다. 그런데 결과적으로는 112번지에서 북쪽의 '위험한 동네'에 사는 사람들의 94퍼센트는 예를 들어 흑인인 경우다. 그건 차로 지나가보면 확실히 알 수 있다. 따라서 요컨대 "여기에서 북쪽으로는 (예를 들어) 저소득층 흑인들이 살고 있어 마약과 관련한 살인 사건 같은 것이 자주 일어나니까, 우선 가까이 가지 않는 게 좋아요"라는 뜻인데, 그렇게 말하면 안 되니까 그걸 지오그래피컬한 표현으로 바꿔서 정보를 교환하는 것이다. 아주 태연하고 명쾌하게 그런 식으로 바꿔 표현하는 걸 보면 나는 항상 "정말 그럴까?" 하고 생각하게 된다.

토머스 울프의 《천사여 고향을 보라》와 같은 책을 읽으면 분명히 '니거 타운'이라는 말이 나온다. 시내에 있는 흑인 전용 주택가를 말한다. 물론 그 소설은 인종 분리 제도가 있던 1920년대 남부 마을의 이야기지만, 결국은 그런 표현들이 용어만 바뀌어 계속 사용되어온 게 아닐까 하는 생각이 들기도 한다.

그래서 영화 〈라이징 선〉에서 흑인 형사가 일본 야쿠자를 도시 안쪽으로 끌어들여 폭력배들의 손을 빌려 혼을 내주고 난 뒤, "위험한 동네는 미국의 재산이지"라고 말하는 걸 듣고는 절대로 농담만은 아니라는 생각을 하게 됐다.

미국에서 달리기,
일본에서 달리기

나는 일본에 있을 때나 외국에 있을 때나 특별한 사정이 없으면 거의 매일 달리기를 하고, 기회를 봐서 레이스 같은 데에도 참가하곤 하지만, 일본에서 달리는 것과 외국에서(예를 들어 미국에서) 달리는 것 사이에 뭔가 다른 점이 있는가, 라는 질문을 받는다면 아무래도 "있다"고 대답할 수밖에 없을 것 같다. 물론 달린다는 행위 자체가 다른 건 아니다. 오른발과 왼발을 번갈아 내밀어, 되도록 빨리 효과적으로 육체를 앞으로 이동시키는 것— 세계 어디를 가도 이것이 '달린다'는 행위의 기본적인 방법이다. 그런데 그 '달린다'는 단순한 행위에 어떤 인위적인 환경이 제공되거나 하면 장소에 따라 상당한 차이가 생기게 된다. 그리고 그런 차이를 만들어내는 가장 큰 원인은 말할 필요도 없지만, 그 환경을 만들어내는 사람들의 의식 자체가 다르기 때문이다.

예를 들어 당신이 아마추어 달리기 선수라고 가정해보자. 그리고 항상 혼자서 주변을 달리는 게 지루하기 때문에 10킬로미터 정도의 레이스에 시험 삼아 출전해볼까 생각했다고 하자. 일본이라면 달리기에 관한 전문지를 사서, 책 끝에 붙어 있는 레이스 일정표를 체크하면 된다. 매주 주말에 일본 전국에서 꽤 많은 로드 레이스가 열리고 있다는 것을 알 수 있을 것이다. 미국이라면 시내에 있는 스포츠용품점에 가면 근교에서 열리는 레이스 팸플릿을 간단히 얻을 수 있다. 달리기를 전문적으로 다루는 작은 지방지 같은 것도 있다. 레이스 참가비는 일본에서는 대개 2,000엔에서 3,000엔 정도고, 미국은 10달러에서 15달러 정도다. 두 나라 모두 대부분 음료와 가벼운 식사가 나오고, 선물로 티셔츠를 준다. 전체적으로 보면 미국 쪽이 저렴한 듯이 느껴지지만, 레이스를 달리는 게 매일 하는 것도 아니니까 뭐 금액적으로는 별 차이가 없다고 해도 무리가 없을 것이다.

문제는 참가 신청 기한이다. 미국의 경우, 그 정도의 아마추어 레이스라면 원칙적으로 신청 기간이라는 게 존재하지 않는다. 당일 그 자리에서 바로 참가 신청을 해도 받아주는 레이스가 태반이다. 그날 신청을 할 경우에는 참가비가 보통 때보다 3~5달러 정도 더 비싸지고, 사정에 따라서는 티셔츠를 받을 수 없는(혹은 원하는 사이즈의 셔츠를 받을 수 없는) 경우도 있다. 하지만 그런 건 신경 쓰지 않는다. 5달러 정도는 더 내도 되고, 티셔츠 같은 건 별로 탐내지 않는 사람이라면, 레이스가 시작되기 십오 분 전에 출발 지점으로 가서 그 자리에서 참가비를 내면 오케이다. 정말 간단하다. 아침에 일찍 일어나 "자, 오늘 한번 뛰어볼까" 하는 생각이 들면 그대로 달릴 수 있다.

하지만 일본에서는 그렇지 않다. 대회에 따라 다소 차이는 있지만, 대개 한 달 전에는 참가 신청을 해둬야 하기 때문이다. 당일 신청 같은 건 일단 없다. 도대체 왜 그렇게 신청 마감에 신경을 쓰는 걸까? 그 이유는—아마 그럴 거라고 내가 상상하는 거지만—선수 명단이란 건 작성해야 하기 때문일 것이다. 일본에서 레이스에 참가하면 대개의 경우 번호표를 받을 때 선수 명단이라는 작은 책자를 넘겨받는다. 그리고 그 명단에는 레이스를 달리는 러너의 이름이 전원, 한 사람도 빠짐없이 기재되어 있다. 42킬로미터 풀 마라톤이라면 몰라도 기껏해야 5~10킬로미터의 단축 레이스를 하면서 일부러 명단까지 만들 건 없지 않을까 하고 나 같은 사람은 생각하지만, 일본의 레이스 주최자는 정말 꼼꼼하게 이것을 만드는 것이다. 물론 참가자 전원의 이름을 일목요연하게 인쇄한 작은 책자를 만들려면 나름대로 시간이 걸리고, 그렇기 때문에 대회를 한 달 이상 앞두고 참가 신청을 해야 하는 것이다. 그러므로 당신이 "자, 무슨 레이스에 참가해볼까" 하고 결심했다 하더라도 실제로 레이스를 달리기까지는 그로부터 한 달에서 한 달 반 정도는 걸리게 된다. 왜 그렇게 귀찮은 수고를 하면서 명단을 만들어야 하는지 그 이유는 나도 잘 모르겠다. 어쩌면 명단이 없으면 선수들 사이에서 "역시 명단이 없으니 아무래도 허전하네" 하는 불만의 목소리가 나올지도 모른다. 마치 영화를 볼 때 반드시 팸플릿을 사는 사람이 세상에 있듯이(그 비싸고 내용은 없는 팸플릿!). 어쩌면 거기에는 그 지방 인쇄소의 이권 같은 것이 복잡하게 얽혀 있을지도 모른다.

그리고 또 한 가지 선수 명단에 대해 내가 질린 것은 거기에 소속 단체명이 반드시 명기되어 있다는 점이다. 예를 들어 나는 "무라카미 하루키 · ○○세 · 도쿄 · 소속 없음"이라는 식으로 기재된다. 그런데 명단을 보면 나처럼 소속 없음이라는 범주에 속하는 사람은 거의 없다. 다른 사람들은 대부분 어딘가의 단체에 확실히 소속되어 있다. 어떤 사람은 '육상 자위대'에 소속되어 있고, 어떤 사람은 '도쿄전력 달리기 동호회'(라는 게 정말 있는지는 모르지만, 예를 들면)나 '도쿄 도청'에 소속되어 있고, 어떤 사람은 '국립 달리자 협회'라든지 '니시노미야 러너 클럽'에 속해 있다. 어디에도 소속되어 있지 않은 사람은 정말 손에 꼽을 정도밖에 없다. 나는 이 명단을 볼 때마다 늘 왠지 모르게 복잡한 기분이 되어버린다. 그리고 "아아, 나는 결국 이 세상 어디에도, 어느 것에도 속해 있지 않구나" 하고 새삼스레 실감하게 된다. 솔직히 말해 그런 사실을 날씨 좋고 기분 좋은 일요일 아침부터 하나하나 실감시키지 않았으면 좋겠다고 생각한다.

미국에서는 이런 명단은 일단 존재하지 않는다. 신청하고 번호표를 받고 그저 뛰기만 하면 된다. 원래 보스턴 마라톤과 뉴욕 마라톤처럼 빅 레이스의 경우에는 명단이 확실히 있다. 신청 마감일도 분명히 있다. 그렇게 하지 않으면 인원이 너무 많아져서 수습할 수 없게 되기 때문에. 하지만 명단에는 '소속 단체명'이라는 항목은 없다. '소속 단체'라는 발상 자체가 없기 때문이다. 장거리 레이스라는 것은 기본적으로 개인이 개인 자격으로 달리는 것이고, 그 개인이 어떤 단체에 속해 있는가, 어디에서 근무하고 있는가, 하는 건 전혀 상관이 없다. 물론 말할 필요도 없지만 나로서는 이쪽이 훨씬 마음 편하다.

미국에서는 내가 알고 있는 한 '달리기 동호회' 같은 건 거의 존재하지 않는다. 얼마 전에 뉴욕 센트럴 파크를 달렸을 때 의식해서 잘 관찰해봤는데, 뉴욕에서는 사람들이 대부분 혼자 달리고 있으며, 둘이서 달리는 건 거의 부부나 연인 같은 커플이었다. 일본처럼 일요일이 되면 모두 모여서 다 같이 달리고, 끝나면 다 함께 어딘가로 가서 맥주라도 마시는 듯한 단체는 아마 없을 거라 생각한다. 특별히 다 함께 같이 달린다는 것이 나쁘다는 건 아니지만, 어쨌든 미국 사람은 그런 식으로 달리지는 않는다. 이건 아마도 일본인과 미국인의 사고방식 차이일 거라고 생각한다. 말이 나온 김에 덧붙이자면 이탈리아에서 살고 있었을 때는 이탈리아 사람들이 단체로 달리는 광경을 자주 볼 수 있었다. 일요일 아침에 테베레 강변을 달리고 있으면, 셔츠를 맞춰 입은 열 명쯤 되는 아저씨 그룹을 여럿 보곤 했다. 어째서 이탈리아 사람들은 집단으로 조깅하는 걸 좋아하는지, 그 이유는 나도 잘 모른다. 어쩌면 혼자서 달리고 있으면 이야기를 할 수 없기 때문에 심심할지도 모르겠다.

일본과 미국의 레이스에서 또 하나 큰 차이점은 개회식의 유무다. 보스턴 마라톤에서도 뉴욕 마라톤에서도 이른바 개회식이라 할 만한 건 하지 않는다. 보스턴에서는 출발 직전에 누군가가 출발선 근처에 설치된 무대 위에 서서 무반주로 〈뷰티풀 아메리카〉를 부른다. 그러고 나서 카운트다운이 시작되고 신호탄이 울린다. 왜 〈뷰티풀 아메리카〉를 부르느냐 하면 이날이 매사추세츠 주의 '패트리어트 데이'이기 때문이다. 하지만 거기에 덧붙여 누군가 대단한 사람이 인사를 하는 것도 아니다. 다 같이 모여서 준비, 땅! 그뿐이다. 그러나 일본 레이스에서는 출발

전에 반드시 격식을 차린 의식이 있다. 시장의 인사가 있고, 교육위원장의 인사가 있고, 대회위원장의 인사가 있고, 현(縣) 의회 의원의 인사가 있다. 초등학교 운동회 때와 마찬가지로—생각해보면 일본의 로드 레이스라는 것은 초등학교 운동회의 운영 방식이 모태가 되고 있는 건지도 모른다—대개가 판에 박은 듯한 따분한 인사말이다. 그런 걸 듣는 사람은 아무도 없다. 관공서에서 나온 사람들이나 모여서 짝짝 박수를 치고 있을 뿐이다. 이런 겉치레에 맞춰주고 있노라면, 일본 레이스 주최자라는 사람은 선수들을 거의 배려하지 않는다는 사실을 통감하게 된다. 물론 일요일 아침 일찍부터 찬바람을 맞으면서, 비를 맞아가며 도로변에 서서 교통정리를 하거나 급수하면서 자기 일에 열심인 담당자들에게는 언제나 깊이 감사드리지만, 그와는 별개로 주최 측의 위에 계신 분들의 머릿속에는 대개의 경우 '격식을 갖춘다'거나, '겉모습을 차린다'는 생각밖엔 없는 게 아닌가 싶을 때가 많다. 뛴다는 것이 대체 어떤 일인지, 어떻게 하면 선수들에게 조금이라도 달리기 쉬운 환경을 제공할 수 있는지, 이런 것을 우선시해야 한다는 기본적인 발상이 희박한 것이다.

몇 년 전 도쿄 교외에 있는 F시가 주최하는 'F 마라톤'에 참가했을 때, 레이스 며칠 전에 시 공무원으로부터 집으로 전화가 걸려왔다. 그는 출발 시각 세 시간 전에 출발 지점에 모여달라, 그

러지 않으면 참가 자격이 취소될 수도 있으니까요, 라고 말했다. 세 시간 전이라면 집합 시간으로서는 지나치게 이르기 때문에 그 이유를 물어보았더니, 아무래도 개회식에 선수를 한 사람이라도 더 출석시키려는 목적인 것 같았다. 이 마라톤 대회는 (정확히 말하자면 마라톤은 42킬로미터를 뛰는 레이스이고, 그 외의 레이스는 '로드 레이스'라고 칭해야 하지만, 뭐 괜찮지 않을까) 몇 개인가 달리는 거리 차이가 있는 레이스를 한데 모아 짧은 거리의 레이스부터 순서대로 출발시킨다. 첫 번째 레이스는 아홉 시경에 시작되고 내가 달리는 레이스는 정오 지나서가 된다. 따라서 개회식은 내가 달리는 레이스의 출발 시각보다 훨씬 앞에 시작되는 것이다. 개회식에는 어느 때와 마찬가지로 시의 높은 사람들의 인사말도 있기 때문에, 그때 어느 정도 머릿수가 채워지지 않으면 주최 부서로서 체면이 서지 않을 것이다. 그렇기 때문에 직원이 레이스 참가자 집에 거의 협박에 가까운 전화를 걸어 사람을 끌어모으는 것이다. 태평스러운 광경이라고 하면 그뿐이겠지만, 일본의 관청이라고 하는 데는 정말이지 한가한 곳이라는 생각이 든다. 화가 나기 전에 감탄해버린다. 이런 건 '윗사람이 시켰다'기보다는 '알아서 긴다'고 말해도 좋을까. 그러나 그런 일에 신경을 쓸 정도라면 출발 시각보다 세 시간이나 앞서 무의미하게 동원되어야 하는 일반 참가자가 되어 생각해주면 좋겠다. 도대체 무엇을 위한 레이스인가? 누구를 위한 레이스인가?

군이 미국 편을 드는 건 아니지만 적어도 한 사람의 러너로서 솔직한 감상을 말하자면, 달리기 상황만 보자면 일본은 미국에 비해 아직도 한참 뒤처져 있지 않나, 하고 생각한다. 하기야 주최자 측에서 본다면 국토가 좁다 → 도로 사용 허가를 받기가 어렵다 → 관공서와 경찰에 머리를 숙여야 한다 → 그렇기 때문에 아무래도 위에서 주도하고 윗사람 눈치를 보는 대회 운영이 된다는 도식이 성립되겠지만, 하지만 꼭 그것만이 문제는 아닐 것이다. 미국 레이스에 참가해서 내가 항상 느끼는 것은 '소박함'과 '대중적인' 맛 같은 것이다. 대부분의 레이스는 각 지역의 작은 커뮤니티에 의해 운영되고 있으며, 레이스의 기본적인 목적은 지역 주민의 건강한 생활 증진에 기여함에 있다. 또는 그 지역의 '유아 학대 퇴치 모임'과 같은 단체에 의해 레이스가 개최되어 운영되기도 한다. 이것은 기금 마련과 그 단체의 캠페인을 겸하고 있다(모두에게 '유아 학대를 없애자'라고 적힌 티셔츠를 준다). 어차피 개최 목적이란 것이 비교적 분명하고, "이 레이스의 수익은 ……에 기부됩니다"라는 식으로 확실히 밝히는 경우가 많다. 운영을 맡는 사람은 모두 자발적으로 모인 봉사자들이라서 달리고 있어도 그야말로 "지나가는 바람이 상쾌하다"는 느낌마저 든다. 마음의 부담 없이, 어디까지나 일상의 연장이라는 마음으로 즐겁게 달릴 수 있다. 물론 일본에도 그런 작고 기분 좋은 대회가 없는 건 아니다. 이 대회는 즐거우니까 매년 참가해야겠다는 마음이 생기는 일본 내 레이스도 몇 개인가 있다. 하지만 그런 것은 대체로 예외적이다. 일본에서는 아무래도 관공서―대개의 경우 그 시나 마을의 교육위원회―가 주도해서 대회를 개최하는 경우가 많고, 따라서 왠지 전체적으로 머리만 큰 인상이 강해진다. 특히 관광지 같은 데서 비수기 때 손님을 끌어모으기 위해 관공서와 관광업자가 결탁해서 개최하는 레이스에는 꽤 문제 있는 경우가 많다. 경험적으로 말해서 이런 대회에 참가해서 기분 좋은 추억을 가진 적이 거의 없다. 주최자 쪽도 장사로써 무난하게 노하우를 발휘할 뿐이고, 그 내회에 담긴 어떤 의도 같은 것이―뭐 원래 그런 게 없는지도 모르지만―제대로 전해지지 않는다. 겉치레와 참가상과 명단만 점점 화려해지고 그와 반대로 선수들에 대한 마음 씀씀이는 갈수록 희박해진다. 레이스 수익이 어디로 가는지는 아무도 모른다.

그건 그렇고, 삭년에 호놀룰루 마라톤이 열릴 시기에 마침 하와이에 가서 일을 하고 있었다. 나는 뉴욕 마라톤을 막 뛰고 난 다음이라 그때는 달리지 않았는데, 일본인 참가자가 너무 많았기 때문에 하와이 신문에서 꽤 큰 문제가 되었다. 얼마나 많았는가 하면, 전체의 반 이상이 일본인 러너인 것이다. 정확한 숫자는 잊어버렸지만 아마 2만 명 정도 되는 참가자 중에 1만 2천 명 정도가 일본인이었던 것으로 기억하고 있다. 어쨌든 놀랄 만한 숫자였다. 호놀룰루 마라톤은 원래 심장병 치료와 예방을 목적으로 시작된 대회로, 참가하고 싶은 사람은 누구라도 참가할 수 있고 시간제한 같은 것도 일체 없다. 엘리트 러너도 거의 나오지 않고, 기록보다는 조금이라도 많은 사람에게 달리는 즐거움을 맛볼 수 있도록 해주는 것을 목적으로 하는 대회다. 운영은 많은 지역 자원봉사자들 손에 맡겨져 있고, 시민 모두가 협력해서 즐거운 레이스를 만든다는 마음이 느껴지는 따뜻하고 (기온적으로는 약간 덥지만) 소박한 레이스다. 나도 1983년 대회에 참가했는데 마음이 훈훈하고 즐거웠다.

그런데 지금은 호놀룰루 마라톤의 존재에 대해 지역의 일반 시민은 상당히 불만을 갖고 있는 듯하다. 신문에도 "왜 일본인 참가자가 반 이상을 차지하는 레이스에 우리가 애써 협력해야 하는가?" "참가자 수를 규제하라. 일본인 대부분은 뛰지 않고 걷고 있지 않은가?"라는 투고가 꽤 많이 실려 있었다. 물론 그만한 숫자의 일본인 관광객이 오면 관광업자는 돈벌이가 되겠지만, 교통 통제로 하루 종일 불편을 겪어야 하는 관광업과는 관계없는 일반 시민에게는 아무런 메리트도 없다. 그저 성가실

뿐이다. "관광업자가 돈을 번다고는 하지만, 와이키키 관광 산업의 80퍼센트는 일본인이 경영하고 있으니, 결국 일본인 참가자를 일본인 업자가 불러 돈을 벌고, 번 돈을 다시 일본에 보내는 것뿐이지 않은가? 결국 우리 고장의 우리 대회를 일본인이 돈벌이로 이용하는 게 아닌가"라는 투고도 있었다. 그런 마음도 뭐 모르는 건 아니다. 많은 사람들이 42킬로미터를 달린다— 일부 걷기는 해도—는 것 자체는 대단하다고 생각하지만 그래도 1만 명이 넘는 사람이 일부러 일본에서 비행기를 타고 외국 마라톤 대회에 몰려드는 상황은 확실히 '상식을 벗어났다'고 말할 수 있을지 모른다. 요컨대 일본인은 부자야, 그뿐이지 뭐, 하고 당신은 말할지도 모른다. 물론 돈이 없으면 1만 명이나 되는 사람이 비행기를 타고 하와이까지 마라톤을 하러 오거나 하지 않을 것이다. 그건 확실하다. 그렇지만 그것만이 이유는 아니라고 나는 생각한다.

결국 대다수의 일본인 러너 역시 일본 마라톤 대회는 재미없다고 생각하고 있는 건 아닐까? 어떻습니까?

　장거리를 달리는 사람 중에는 따분하고 평범한 사람들이 많다는 설이 있다. 나 자신도 장거리를 달리지만, 그 설에는 상당한 신빙성이 있다고 생각한다. 예를 들어 달리기 전문지의 투고란 같은 걸 읽고 있으면, 정말이지 이건 너무 따분하다고 절실하게 느낄 때가 있다. 세상에는 수많은 전문지가 있지만, 특히 문장의 따분함에 관해서는 달리기 잡지는 어지간한 정도에 이른 것 같다. 치과기공사 전문지라도 문장적으로는 좀 더 컬러풀하지 않을까. 한 탤런트가 텔레비전에서, "아침 일찍 조깅 같은 걸 하는 놈을 보면, 다리를 걸어 넘어뜨리고 싶어진다. 당신들, 그렇게까지 하면서 오래 살고 싶은 건가?" 하고 말했다고 누군가에게서 들은 적이 있는데, 그 기분을 나도 모르는 건 아니다.

　하지만 이것만은 단언할 수 있는데, 42킬로미터를 달리는 일은 결코 따분한 행위가 아니다. 이것은 실로 스릴 있고, 비일상적이고, 상상력이 풍부한 행위다. 거기에는 설사 평소에는 따분하기 이를 데 없는 사람이라도 달리는 것만으로도 '뭔가 특별한 것'이 될 수 있다. 다만 그 '뭔가 특별한 것'을 누군가에게 말로 전하려고 하면, 어찌 된 영문인지 지극히 진부하고 따분한 게 되어버리는 것이다.

　그런데 모 탤런트가 텔레비전에서 말한 의견에는 한 가지 잘못된 점이 있다. 우리는 결코 오래 살기 위해 달리는 게 아니다. 설령 짧게 살 수밖에 없다고 해도(사람의 인생이란 다소 오차가 있어도 결국 짧은 게 아닐까), 그 짧은 생을 어떻게든 충분히 집중해서 살기 위해 달리는 것이라고 생각한다. 모두가 그런 걸 할 필요는 물론 없겠지만, 인간에게는 그런 방법을 선택할 권

리가 있다. 게다가 결국 자신이 따분하고 평범한 인간이라는 사실을 깨
닫는 것도 가끔은 필요한 게 아닐까.

스티븐 킹과
교외의 악몽

　　프린스턴 마을은 흔히 말하는 '평화로운 교외 주택가'로 범죄라 부를 만한 사건이 그다지 많이 일어나지 않는다. 일나 선 우리 집에 "집을 비울 때는 잠깐이라도 열쇠로 잠그도록 하십시오. 최근에 빈집털이가 늘고 있습니다"라는 대학 당국으로부터의 통지가 날아들었는데, 바꿔 말하면 지금까지는 일일이 열쇠를 잠그고 다니지 않아도 괜찮았다는 뜻이 된다. 다른 사람들 말에 따르면 최근 불경기 때문에 실업자가 늘어나 도시에 사는 사람들이 돈벌이를 목적으로 교외 주택가로 도둑질을 하러 오기 때문에 예전처럼 마음 놓고 지낼 수 없다고 한다. 하지만 역시 도시와 비교하면 범죄 수는 압도적으로 적다.

　신문에 실리는 기사도 "대학 구내에서 자전거 여섯 대를 한꺼번에 도둑맞았다"라든가, "프린스턴에 거주 중인 작가 조이스 캐롤 오츠 씨가 몰던 자동차가 엘름 스트리트에서 추돌 사고를 당했다'라는 정도의 것이 많다. 덧붙여 말하자면 오츠 씨는 부상을 입지는 않고 범퍼가 약간 우그러진 정도였는데, 사진을 보면 오츠 씨는 '이런, 이걸 어쩌나?' 하는 듯한 표정으로 허리에 두 손을 얹은 채 차 옆에 서 있다. 뒤에서 차를 몰던 젊은 여자가 '뭔가 딴생각을 하다가' 앞차의 브레이크 등을 보지 못한 듯했다.

그리고 이건 전국적으로 꽤나 큰 화제가 됐던 사건이라서 어쩌면 이미 이야기를 들으신 분도 계실지 모르지만, 프린스턴에 거주하는 어떤 부인이 작가 스티븐 킹 씨의 《미저리》를 자신이 쓴 작품의 표절작으로 고소했다. 프린스턴 주민이 관계된 전국적인 사건이라는 점이 뭐 드문 일이고, 사건이 전개되는 과정 자체도 꽤 흥미 깊기 때문에 여기에 소개하고 싶다.

사건은 우선 프린스턴에 사는 앤 힐트너라는 부인이 호러 작가인 스티븐 킹 씨를 고소하면서 시작된다. "《미저리》라는 소설은 원래 제 작품입니다. 거의 모든 단어 하나하나가 제가 쓴 그대로예요. 최소한으로 잡아도 90퍼센트는 됩니다" 하고 그녀는 신문기자에게 말했다. "그가 제 집에 들어와서 원고를 훔쳐간 겁니다."

그 주장에 대해 킹 씨의 법률 대리인인 아서 그린 씨는 앤 힐트너가 말하고 있는 것은 아무런 근거도 없는 엉터리라고 단언한다. 그녀는 최근 십 년에 걸쳐 킹 씨에게 '멍청한' 편지를 계속 보내온 프러스트레이티드 오서(frustrated author, 싹수없는 작가)인데, 그런 사람을 진지하게 상대할 수 없다는 것이었다.

이 앤 힐트너 씨의 주장을 계속하자면, 스티븐 킹은 1970년대부터 80년대에 걸쳐 그녀의 집을 수차례 침입해 그녀와 그녀의 남동생이 쓴 원고를 훔치고, 그것을 자신의 작품 속에 유용했다. 자신은 지금까지 여러 번 항의했지만, 특히 이번에 나온《미저리》는 뻔뻔스럽게도 자신의 작품을 통째로 베낀 거라서 그대로 방치할 수가 없다. 책의 판매액과 영화화에 따른 수입을 자신에게 양도할 것, 그리고 즉시 서점에서 책들을 회수할 것을 요구하고 있다. 그리고 그녀는 그 책에 등장하는 정신이상 간호사 애니 윌크스(캐시 베이츠가 이 배역으로 오스카상을 받았다)는 자신을 모델로 하고 있다고 단언하고 있다. "나는 스티븐 킹의 책 같은데 등장하고 싶지 않아요"라는 것이 힐트너 씨의 주장이다.

머서 카운티 검사국의 한 직원은 지금까지 앤 힐트너 씨로부터 스티븐 킹을 상대로 한 이상한 고소가 몇 번 제출된 적이 있다고 인정했다. 언젠가 그녀는 "스티븐 킹이 도청 장치를 한 비행기를 타고 자신의 집 상공을 날아다니면서 도청을 하고 있으니까 그걸 그만두게 해달라"는 고소를 제기했었다. "그런 건 도청을 하는 방법으로는 꽤나 유니크하다고 해야겠지요" 하고 그 고소를 들은 직원은 술회했다. "하지만 그녀는 진지했습니다. 자신이 하는 이야기는 하나부터 열까지 전부 사실이라고 마음속으로 굳게 믿고 있는 거지요. 저도 진정시키려고 설득해보았지만, 그런 말을 하다 보니 왠지 제 자신이 나쁜 사람 편에 서 있는 것 같은 느낌이 들더군요."

그녀는 자신이 스티븐 킹에게 협박장을 쓴 사실에 대해서는 부정하고 있다. "나는 그에게는 엽서를 네 장 썼을 뿐입니다" 하고 그녀는 말했다. "킹은 나에게 편지를 한 번 보냈습니다. 거기에는 정신과 의사에게 가보는 게 좋겠다고 적혀 있었습니다."

신문기사 옆에는 앤 힐트너 씨의 사진이 실려 있다. 보들보들한 모피 코트를 입고, 역시 보들보들한 털모자를 쓰고 있다. 그리고 생글생글 웃고 있다. 사진으로 보는 한 앤 힐트너 씨는 어디에나 있는 보통의 중년 아줌마로 보인다.

이뿐이라면 어디에나 있는 '약간 머리가 이상한 아줌마' 이야기다. 하지만 이야기는 이다음에 약간 기묘한 전개(신문에 따르면 스티븐 킹 식의 트위스트)를 보인다. 며칠 뒤인 사월 이십 일 아침 여섯 시에 에릭 킨이라는 스물여섯 살 먹은 남자가 메인 주에 있는 킹의 빅토리아풍 저택에 침입했다. 그때 킹 씨는 여행

중인가 뭔가로, 집에는 부인인 태비사 씨밖에 없었는데 킹은 그녀에게 자기 냅색(쓰지 않을 땐 접어서 주머니에 넣을 수 있는 간단한 배낭─옮긴이) 안에 폭탄이 들어 있다고 말했다. 그녀는 바로 집을 뛰쳐나와 이웃집에 도움을 구했다. 달려온 경찰관은 다락방에서 침입자를 발견, 경찰견을 이용해 뒤를 쫓아 체포했다. 냅색 안에 있던 폭탄은 결국 가짜로 판명되었다. 그는 킹 씨가 뉴저지에 사는 자신의 숙모가 쓴 원고를 불법으로 훔친 뒤, 그것을 유용해서 《미저리》를 쓴 것을 규탄하기 위해 모조 폭탄을 집에 장치하고 협박할 생각을 했다고 말했다.

그렇다면 대부분의 사람은 이 킹이라는 남자가 프린스턴에 사는 앤 힐드니의 조카일 것이라고 생각하겠지만, 실제로 킹과 앤 힐트너의 사이에는 인척 관계가 전혀 없다. 《트렌턴 타임스》지가 플로리다에 사는 앤 힐트너 씨의 숙부에게 전화를 걸어 물어보았는데, 그 숙부는 자기가 알고 있는 한, 친척 중에는 그런 이름을 가진 사람이 없다고 단언했다. 희한한 이야기다.

앤 힐트너는 이 사건에 대해서 "이번 폭탄 소동은 킹이 지어낸 미친 소리예요" 하고 말했다. "내겐 에릭 킹이라는 친척이 없어요. 그런 건 킹이 자기선전을 위해서 꾸며낸 일이 틀림없지 않겠어요? 그 남자는 돈을 위해서라면 뭐든 할 인간이니까요.

킹은 수가 얕고 머리가 나쁜 남자로, 그런 놈은 앞으로도 줄곧 다른 사람의 글을 있는 대로 도둑질해서 먹고살겠지요."

프린스턴 경찰서에 따르면 앤 힐트너는 킹뿐 아니라, 조이스 캐롤 오츠와 노먼 메일러에 대해서도 불평을 늘어놓고 있다. 그녀의 주장에 의하면 1989년에서 1990년에 걸쳐 이 세 명의 작가가 공모해서 그녀의 집에 몇 번인가 침입해 그녀가 쓴 원고를 훔쳐갔다고 한다. 도대체 어떤 필연성으로 이 이야기에 오츠와 메일러가 결부되는지 모르겠지만, 킹과 조이스 캐롤 오츠와 노먼 메일러 셋이 함께 빈집을 터는 광경은 왠지 소름이 끼친다. 볼 수만 있다면 나도 꼭 한번 보고 싶다.

"앤 힐트너도, 에릭 킨도 단지 세상의 주목을 끌고 싶어한 것 뿐입니다" 하고 스티븐 킹은 전화 인터뷰에서 지겹다는 듯이 말하고 있다. "사람들의 눈을 끄는 것으로 자신의 아이덴티티를 확인하고 싶은 거죠. 그렇게 약간 빗나간 사람들은 얼마든지 있습니다. 나나 혹은 스티븐 스필버그, 조이스 캐롤 오츠 같은 사람들은 그런 사람들을 끌어당기는 피뢰침 역할 같은 것을 하고 있는 겁니다." 킹 씨는 예전에 뉴욕의 한 서점에서 마크 채프먼이라는 남자의 요구에 응해 자기 저서에 사인한 것을 기억하고 있다. 채프먼이 존 레논을 쏘아 죽인 것은 바로 그 뒤였다. 모조 폭탄이나 영문 모를 고소 정도로 끝나 다행이라고 해야 할지도 모르겠다.

　침입범 에릭 킨은 구치소에 수감되었는데(보석금은 5,000달러), 킹의 소설 《미저리》는 그의 숙모가 경험한 것을 바탕으로 쓴 것이라는 주장을 계속했다. 그는 자신이 《미저리》 속편을 쓰고 킹의 도움을 얻어 출판하려고 생각했는데 그 교섭이 잘되지 않았다고 한다. "아마도 그 이야기를 진행하려고 마음먹고 집에 침입한 거겠죠" 하고 변호사는 말하고 있다. 여기에도 프러스트레이티드 오서 한 명이 있었던 것이다.

　앤 힐트너는 며칠 뒤 킹 씨에 대한 고소를 스스로 취하했다. "공정한 재판을 받을 수 없기 때문"이라는 것이 취하 이유였는데, 하지만 이상하게도 그로부터 사흘 뒤에 그녀는 똑같은 고소장을 법원에 다시 제출했다. 그 후 그 고소장이 어떤 운명을 걷게 되었는지는 애석하게도 확실하지 않다. 나도 주의해서 신문을 살펴봤지만, 그 이후 힐트너와 킹과 관련한 기사는 나오지 않았다.

　내가 《노르웨이의 숲》(한국에서는 《상실의 시대》로 출간─옮긴이)이라는 소설을 썼을 때도 비슷한 종류의 '약간 이상한 사람'한테서 몇 통의 편지를 받은 적이 있다. 그래서 개인적인 흥미를 가지고 이 사건의 경위를 스크랩해놓았지만, 기사를 다시 한 번 처음부터 끝까지 읽고 나서 든 생각은 우선 "앤 힐트너 씨 같은 사람이 실제로 가까이 살고 있다면 분명 여러모로 큰일이 겠군"이라는 것이었다. 이런 사람에게 잘못 걸리면 무슨 말을 들을지, 무슨 꼴을 당할지 알 수 없다. 편집광적인 집요함이 있으니까 일단 뭔가 시작하면 끝까지 포기하지 않는다. 본인은 자신이 옳다고 믿고 있기 때문에 다른 사람의 말에는 일체 귀를 기울이지 않는다. 확신을 갖고 있으니 사정을 모르는 사람은 들은 대로 믿어버릴지도 모른다. 이런 사람 가까이에서는 살고 싶지 않다.

나에게는 프린스턴에서 집을 한 채 사려고 보러 다니던 미국인 친구가 있었는데, 그 사람이 살까 말까 망설이고 있던 물건을 반쯤은 흥미 삼아 잠깐 보러 갔었다. 안쪽까지 이어진 드라이브웨이를 따라서 집이 나란히 늘어서 있는 초목이 우거진 넓은 곳으로, 살고 있는 사람들은 거의 모두 중류에서 중상류층의 백인이다. 잔디는 깔끔하게 정리되어 있고 다람쥐가 나무 주변을 뛰어다니고 있다. 차분하고 평화로운 광경이다. 하지만 그때 갑자기 나는 앤 힐트너 씨가 생각났다. 힐트너 씨의 주소가 프린스턴의 '무슨 드라이브'였기 때문이다. 그렇구나, 이런 곳에도 '약간 이상한 사람'이 살고 있을 가능성이 있겠구나 하는 생

각을 하자 왠지 모르게 으스스해지는 기분을 느꼈다. 물론 일본에도 '약간 이상한 사람'은 꽤 있을 것이고, 그렇다면 미국이나 일본이나 매한가지 아니냐고 할지도 모르겠지만, 그래도 만약 '약간 이상한 사람' 근처에 살지 않으면 안 된다고 한다면 나는 차라리 미국보다는 일본을 택할 것이다.

미국 교외의 보통 집은 모두 상당히 규모가 크다. 400평에서 500평 정도 되며, 잔디가 깔린 넓은 정원이 있고, 긴 드라이브웨이(차를 대는 길)가 있고, 담장은 대개 없다. 이런 교외 주택 대부분은 지역별로 개발된 고급 분양주택으로—영화 〈E. T.〉나 〈폴터가이스트〉에 나온 것 같은 주택을 상상하면 된다—옛날부터 있던 커뮤니티가 아니기 때문에 근처에 누가 살고 있는지도 좀처럼 알 수 없다. 일종의 블랙박스라고 해도 좋을 정도다.

물론 일본의 교외에 넘쳐나고 있는 고만고만한 분양주택에 비하면 질적인 면에서 하늘과 땅만큼 차이가 있지만, 그래도 한 채 한 채가 차지하는 부지가 넓은 만큼 거기에는 뭐랄까 깊은 고독감과 단절감 같은 것을 엿볼 수 있다. 넓은 부지 안에 집이 덩그러니 서 있기 때문에 옆에서 보아도 무방비 상태라는 인상을 받는다. 일본의 집은 확실히 너무 다닥다닥 붙어 있어 짜증이 나긴 하지만, 그만큼 '많은 사람들 중의 하나'라는 익명성이 있는 듯한 느낌이 든다. 하지만 미국은 완전히 반대로, 넓은 만큼 도망칠 곳이 없고 무슨 일이 있으면 정면으로 받아들일 수밖에 없게 된다. 미국에 와서 나도 처음에는 "나무가 많고 집이 넓고, 게다가 일본에 비하면 집값도 훨씬 싸다. 이런 곳에서 살고 싶다"고 단순하게 생각했는데, 일 년 정도 지나서 많이 익숙해지자, "이거 보기보다는 꽤 귀찮겠는걸" 하는 기분이 강해졌다.

그리고 이웃집이 무엇을 하고 있는지 모른다는 공포도 있다. 힐트너 씨처럼 언뜻 보기에 지극히 평범한 아줌마가 아침부터 책상을 마주하고 베스트셀러 작가에게 협박 편지를 열심히 쓰고 있을지도 모른다. 초콜릿 공장에 다니는, 늘 온화하게 보이는 중년 남성이 실은 '사이코패스'인 연속 살인범일지도 모른다. 엘리트 변호사로 주위의 존경을 받는, 사람 좋아 보이는 이웃집 남자가 사실은 연속 은행 강도의 주범일지도 모른다.

마지막 예로 든 '엘리트 변호사 행세를 한 은행 강도'는 내가 지어낸 말이 아니라 이웃 마을에서 실제로 있었던 예다. 이 변호사 역시 중상류층 사람들이 사는 평화롭고 우아한 교외에 멋진 이 층 벽돌집을 사서 여피족처럼 살고 있었다. 그래서 주변 사람들도 무척 성공한 엘리트 변호사로 생각했는데, 실제로 그는 동생과 함께 펜실베이니아에 있는 은행을 차례로 덮쳐 총을 겨누고 돈을 빼앗았던 것이다. 아마도 본업인 변호사 돈벌이가 잘되지 않아(미국 변호사는 경쟁 상대가 많아 먹고살기가 매우 힘들다고 한다) 좀 더 손쉬운 부업에 매달렸던 듯하다. 그런데 몇 번째로 덮친 은행의 비디오에 찍혀 신원이 드러나 새벽에 경찰이 출동했는데, 체포될 때 저항했다는 이유로 총에 맞아 죽었다. 총소리를 듣고 뛰쳐나온 이웃 사람들은 설명을 듣고도 망연자실한 채 아무 말도 못했다고 한다. 아무튼 옆집 사람이 정말로 무엇을 하고 있는지 아무도 확신할 수 없는 것이다.

이런 교외 주택가의 악몽은 아마도 미국인 대다수가 마음속으로 은근히 느끼고 있는 게 아닐까 추측된다. 만약 그렇지 않다면 교외 주택가를 무대로 한 사이코패스 영화가 이렇게 많이 제작될 이유가 없을 것이다. 아무튼 〈위험한 정사〉, 〈양들의 침묵〉 이래 사이코패스 영화라는 분야가 완전히 정착된 건지, 그와 비슷한 영화가 줄줄이 개봉되어, 한때 특수 촬영을 한 호러 영화 붐을 완전히 대신하게 되었다. 나도 전부 본 건 아니지만, 정말이지 이건 뭐 여러 유형의 사이코패스가 나온다. 〈무단 침입Unlawful Entry〉은 약간 이상 있는 경찰관이 여피족 건축가(커트 러셀)의 아름다운 아내를 짝사랑해, 권한을 이용해서 점점 가정 안에 끼어들게 된다는 소름끼치는 이야기다. 처음엔 친절한 일반 경찰로 보였지만 점점 광기를 띠게 되는 대목이 무섭다. 〈카인의 두 얼굴Raising Cain〉은 브라이언 드 팔마의 작품인데, 어느 여의사가 결혼한 상대가 실은 다중 인격의 사이코패스로, 유아

연쇄 유괴범이자 살인자였다는 이야기. 얼핏 보기엔 친절하고 자식 걱정을 하는 아버지이지만, 인격이 바뀌면 편집광적인 살인귀로 변한다. 부인도 뭔가가 이상하다고는 생각하지만 도무지 실체를 파악하지 못한 채 악몽 속으로 끌려들어간다. 이 영화도 존 리스고의 박진감 있는 연기 탓에 느낌이 상당히 으스스하다. 좀 전 영화지만 〈적과의 동침〉도 거의 이상 성격에 가까운 난폭한 남편으로부터 사고사를 가장해 도피하는 부인의 이야기다. 〈케이프 피어〉도 교도소에서 나온 사이코패스에게 계속 괴롭힘을 당하는 변호사 가족의 이야기다. 이런 영화들의 공통점은 (1)영화 속 인물 모두 원래 중류에서 중상류층에 속하는, 평화로운 생활을 하고 있는 지극히 일반적인 사람들이 있는데, (2)어떤 이유로 사이코패스와 관계를 맺게 되고, (3)도망칠 길도 없는 파멸의 지경까지 쫓기게 된다(물론 마지막에는 대부분 상황이 역전해 상대방을 없앤다)는 줄거리라는 점이다. 그리고 그런 영화의 무대가 되는 곳은 범죄가 만연한 도시가 아니라, 대부분 언뜻 보기에 평화로운 교외인 것이다.

그처럼 으스스하고, 음침하고, 뒷맛이 개운치 않은 사이코패스 영화가 사람들의 공감을 불러일으키는 것은(아마 공감을 불러일으키기 때문에 관객이 들어올 것이다), 기본적으로는 그것이 지금 미국 중산층이 마음속에서 느끼고 있는 일종의 불안감을 표상하고 있기 때문은 아닐까 하는 생각이 든다. 교외에 차 두 대가 들어갈 수 있는, 차고가 딸린 커다란 단독주택을 사서 그곳에서 안정적으로 지낼 수 있다면 그걸로 인생은 일단 성공이라는 예전의 아메리칸 드림이 이제는 점점 통하지 않게 되었다는 말이다. 그들 대부분은 범죄가 증가한 도시를 피해서 교외로 옮겨왔다. 하지만 그것으로 그들이 공포에서 해방된 건 아니다. 교외에는 교외의 공포라는 게 존재하는 것이다. 그런 보통 사람들의 대부분은 주택 융자금에 쫓기고, 해고의 그림자에 겁먹고, 끝없는 경기후퇴에 불안을 느끼고, 미국의 이상(理想)의 변질에 당혹감을 느끼고, 교육비와 의료비의 폭등에 골머리를 앓고 있다. 은행 강도가 되어버린 변호사처럼, 뭔가 하나라도 잘못되면, 한 발짝이라도 헛디디면…… 하는 막연한 공포가 거기에 있다. 내게는 '아주 평범하게 지내면 대개는 잘 풀린다'는 낙관주의—중산층에게는 최고의 보물—가 점점 그 효력과 설득력을 잃어가고 있는 것처럼 느껴진다.

결국 그런 '얼핏 보기에는 평화롭고 튼튼한 보통 장소가 그 밑바닥에 품고 있는 공포'야말로 스티븐 킹이 오랫동안 계속 써온 것이고, 그의 두터운 독자층을 형성해온 사람들도 '얼핏 보기에는 평화롭고 튼튼한 보통 장소'에 사는 보통 시민들이고, 그런 킹 씨의 사생활을 위협하는 '약간 이상한 사람들'도 역시 그 '얼핏 보기에는 평화롭고 튼튼한 보통 장소'에서 온 사람들인 것이다.

우리 집 근처에 있는 국도를 따라 크고 멋진 쇼핑몰이 있는데 여기는 실로 섬뜩할 정도로 한산하다. 예전에는 고급 브랜드를 취급하는 가게가 늘어서 있었지만 불경기 탓에 장사가 잘 안 되어, 최근 일 년 반 사이에 마치 빗에서 이가 빠지듯 가게들이 하나씩 하나씩 문을 닫았다. 내가 왔을 때에는 랄프 로렌도 있었고, 카사렐도 있었고, 고급 오디오 상점도 있었다. 하지만 지금은 아무것도 없다. 마치 고스트 타운 같다. 어느 쇼윈도를 봐도 허물 벗은 껍질처럼 텅 비어 있고, 유리에는 '개점 예정Coming soon'이라는 팻말이 붙어 있을 뿐이다. 주위에는 사람 그림자노 비치지 않고 분수 물만이 바람에 흔들리고 있다. 으스스한 풍경이다. 아니, 거기에는 으스스한 것 이상의 무언가가 있다. 원래 사람을 모으기 위해 인공적으로 만든 것이기 때문에 사람의 자취가 없으면 거기에 서 있는 자신의 존재조차도 왠지 위태롭게 생각되는 순간이 있는 것이다. 스티븐 킹 씨라면 틀림없이 이런 걸 호러 소설로 써내지 않을까 생각한다.

뒷이야기

이 한산했던 쇼핑몰은 최근 경영 방침을 이른바 팩토리 아울렛 노선으로 변경, 대량 할인 판매점을 몇 곳 도입해서 기적적으로 어떻게든 숨을 돌리게 된 모양이다.

 스티븐 킹이 무슨 파티에서 에이미 탄과 록 밴드를 조직해서 노래를 불렀다는 기사를 신문에서 읽었다. 부인인 태비사 킹 씨는 그 후 소설을 출간했다.

앤 힐트너와 에릭 킨, 두 사람의 그 후 소식은 모름.

누가 재즈를
죽였는가

미국에 와서 살게 되면서부터 중고 레코드 가게를 돌며, 오래된 재즈 레코드를 수집하는 게 큰 즐거움이 되어버렸다. 가장 큰 오락이라고 해도 좋을 정도나. 모처럼 외국에서 살고 있으니, 좀 더 의미 있고 활동적인 인생을 즐기는 쪽도 있을 텐데, 하고 스스로도 가끔 생각하지만.

나는 재즈를 좋아해서 열세 살 때부터 지금까지 계속 레코드를 모아왔지만 흔히 말하는 수집가는 아니다. 원래 그 정도로 치밀한 성격이 아닌 데다 물건에 대해 터무니없는 값을 치르는 걸 싫어하는 성격이라(말하자면 구두쇠다) 좀체 수집가까지는 될 수 없다. 그래도 유일하게 신경 쓴다 할 수 있을지는 몰라도, 1940년대부터 60년대에 나온 오래된 재즈만큼은 다소 음질에 문제가 있더라도, 시디가 아니라 레코드판으로 듣는 편이 좋다고 생각한다. 따라서 가능하다면 오래전에 절판돼버린 오리지 널 음반으로 컬렉션을 꾸미고 싶었지만 일본에서 그런 종류의 레코드를 수집하려면 내 기준에서 볼 때 좀 돈이 많이 든다. 그런 까닭으로 어느 사이엔가 재즈 레코드를 사 모으는 일 자체를 그만두어버렸다. 꼭 듣고 싶은 것이 있으면 재발매되는 시디로 적당히 때우게 되었다.

그런데 미국에서는 5달러에서 10달러 정도면 꽤 쓸 만한 걸 손에 넣을 수 있기 때문에, "이건 싸네", "이것도 싸네" 하며 사다 보니, 나도 모르는 사이에 레코드가 쌓이게 되었다. 이 이상 늘리면 어쩌겠다는 거야, 일본에도 오래된 엘피판이 4천 장이나 있잖아, 더 놓을 데도 없다고, 하고 아내가 잔소리를 늘어놓아도 역시 눈앞에 있으면 그만 손이 가게 된다.

물론 엘피레코드보다는 시디가 다루기도 훨씬 편하고 음질도 좋다. 전에 자주 듣던 재즈 레코드를 새롭게 리믹스한 시디로 들으면 세세한 부분까지 깨끗하게 들려서 "과연, 레코드의 음역으로는 이제껏 잘 들리지 않았는데, 사실은 이런 소리고 이런 연주였구나" 하고 새삼스럽게 감탄하는 경우도 많이 있었다. 하지만 그런 경우에도 오랫동안 계속해서 듣고 있으면 점점 피곤해진다. 아무래도 그 세계에 푹 빠질 수 없는 것이다. 왠지 마음이 편하지가 않다. 지금까지는 담배 연기 자욱한 지하의 재즈 클럽에서 연주되는 것처럼 들리던 곡이 시디로 바뀐 순간 마치 어딘가 깨끗하고 고급스런 호텔 로비에서 연주되고 있는 곡처럼, 싫증날 정도로 점잔을 뺀 것처럼 들릴 때가 있다. 또 레코드일 때는 뭐라 말할 수 없는 푸근한 분위기가 있었는데, 시디는 그런 푸근함이 사라지고, 싹싹하고 평범한 인상밖에 줄 수 없게 돼버리는 것도 있다. 전부 그렇다고는 할 수 없지만, 그런 경우가 종종 있는 것이다. 세상이 편해졌다고 좋은 것만은 아닌 것이다 — 라고 해도, 이런 걸 말하는 것도 재즈에 국한된 것으로 클래식이나 록은 나도 완전히 시디로 바뀌버렸기 때문에 이런 말도 결국 노스탤지어에 빠진 고집에 지나지 않을까 하는 느낌도 들긴 한다.

한마디로 중고 레코드 가게라 해도 가지런히 장르별, 알파벳 순으로 정리정돈된 가게에서부터 이것저것 함께 골판지 상자에 뒤섞어놓고 "적당히 봐주세요"라는 듯한 느낌이 드는 가게까지 실로 각양각색이다. 헌책방이 의외의 노다지로, 가게 한구석에 레코드가 얌전히 진열되어 있고 거기에서 뜻밖에 진귀한 물건이……라는 듯한 경우도 간혹 있다. 아마 책과 레코드를 같이 팔러 오는 사람이 많은 듯하다.

가격도 가게에 따라 사뭇 다르다. 정확하게 말하자면 가격 따위는 없는 것과 같다고 할 수 있다. 저기서 30달러에 팔고 있는 것을 여기서는 3달러에 팔고 있는 경우도 흔하다. 알맹이는 같은데 라벨의 색깔이 다르다는 이유로 가격이 두 배가 되거나 세 배가 되기도 한다. 이런 세부 사항에 관한 전문적인 지식은 헌책 수집과 마찬가지로 오랜 기간에 걸친 경험과 연구에 의해 길러진다. 이런 것은 거의 게임과 같아서 시간을 보내기엔 안성맞춤이라 내가 '오락'이라 한 것도 그런 맥락에서다. 그런 가게에 가서 레코드를 이것저것 고르고 있으면 세 시간 정도는 눈 깜짝할 사이에 지나가버린다. 요즘은 마침 사람들이 레코드에서 시디로 바꾸는 시기라서 이제껏 소장하고 있던 레코드를 한꺼번에 대량 방출하는 경우도 많아, 나 같은 사람에게는 꽤나 좋은 기회라고 말할 수 있다. 오랫동안 찾고 찾던 레코드와 갑자기 마주치게 되었을 때의 기쁨이란 다른 데선 좀처럼 얻을 수 없는 것이다. 그다음 날까지도 괜스레 싱글벙글하게 되기도 한다.

요즘 같은 시디 전성시대에 세상의 흐름을 등지고 굳이 엘피판을 취급하고 있는 탓인지 중고 레코드 가게의 주인들 중에는 좀 별난 사람도 많은 듯하다. 어쩌다가 세상 돌아가는 이야기를 해보면 꽤 재미있다. 우리 집에서 차로 한 시간쯤 달리면 갈 수 있는 필라델피아 아랫마을에 실로 정성스럽게 정돈해놓은 재즈 중심의 중고 레코드 가게가 하나 있는데, 여기는 가격도 싼 편이고 관리도 철저하다. 가게 주인은 상당히 젊다. 삼십 대 초반으로 보이는데 굉장한 엘피판 마니아라서 시디를 사러 온 손님에게, "저는 시디는 싫습니다!" 하고 외칠 정도로 괴팍스럽다. 한번은 레코드를 한 아름 사들고 90달러를 지불할 때 "이렇게 레코드를 잔뜩 사가니 또 아내한테 잔소릴 듣겠는데요" 하고 농담을 건네자, "손님도 그러세요? 실은 나도 그랬죠. 그래서 이런 중고 레코드 가게를 시작한 거예요. 장사라고 하면 아내도 뭐라고 할 수 없을 테니까요"라는 대답이 돌아왔다. 이치가 통하는 것 같기도 하고, 아닌 것 같기도 한 이상한 논리다.

"하지만 사놓은 걸 전부 팔지는 않겠죠?"

"아뇨, 갖고 싶은 게 있으면 다른 사람에게 팔지는 않습니다. 내 거라고 하고 집에 가져가버리죠. 역시 어쩔 수가 없거든요. 인생사 장사가 전부는 아니니까요."

그렇게 해서 과연 장사가 될까 생각했지만 이 사람은 언제나 즐거운 얼굴로 싱글싱글 웃으며 일하고 있다. 하긴 뭐니 뭐니 해도 즐겁게 일할 수 있는 것이 최고다.

나는 대학 졸업 후 칠 년 정도 재즈 카페 같은 걸 경영했기 때문에, 그 당시에는 거의 아침부터 밤까지 재즈를 들었다. 처음부터 조금이라도 더 오랫동안 재즈를 듣고 싶어서 그 장사를 시작했기 때문에 바쁘고 일이 힘들어도 그 당시엔 전혀 힘들지 않았다. 그저 재즈가 울리기만 하면 그것으로 좋았다. 나도 젊었고 많은 면에서 낙천적이었다. "좋아하는 일을 하고 있으니까 그럭저럭 잘될 거야"라는 게 나의 기본적인 자세였다. 그리고 다행스럽게도 그때는 그런대로 잘되었다. 아무튼 나는 재즈로 날이 밝고, 재즈로 해가 저무는 생활을 보냈다. 가끔 라이브 연주를 한 탓에 젊은 음악인이 자주 가게에 놀러 왔고, 일이 끝난 뒤 그들과 함께 술을 마시며 아침까지 재즈 이야기를 나누기도 했다. 그곳에 재즈가 울려 퍼지고, 여럿이서 재즈 이야기를 하는 것만으로도 즐거웠다. 그들은 물론 가난했고, 나도 많은 빚을 떠안고 아침부터 밤중까지 일하며 살고 있었지만, 그래도 그런 생활에는 뭐랄까 멋이 있었던 것 같다.

그런데 어떤 계기로 소설을 쓰게 되어, 그로부터 이삼 년 동안 재즈 카페 경영과 작가라는 양다리를 걸치며 살았다. 이 시기는 정신적으로도 육체적으로도 꽤 힘들었다. 나는 이미 서른을 넘겼고, 가게도 전보다 커졌으며(도중에 한 번 이사했다), 글을 쓰는 일도 점점 많아져 이런저런 자질구레한 문제들도 많이 나타나게 되었다.

전업 작가가 되기 위해 가게를 그만둔 후에는 그 반동으로 한때는 거의라고 해도 좋을 정도로 재즈를 듣지 않게 되어버렸다. 양다리를 걸쳤던 시기의 후반에는 나 자신도 잘 몰랐지만 아마도 마음이 이미 '스스로 뭔가를 쓴다'라는 방향으로 확실하게 바뀌었던 모양이다. 재즈를 듣는 것은 좋았지만, 스스로 제로 상태에서 뭔가를 창조해낸다는 건 그것과는 전혀 다른 종류의 것이었다. 그렇게 뭔가를 만들어내는 즐거움을 한번 알게 되면 '그냥 듣기만' 하는 것을 직업으로 삼는 것이 점점 괴로워진다. 그런 일종의 자기 분열 같은 것이 내 안에서 진행되고 있었다고 해도 좋을 것이다. 그래서 가게를 그만두었을 때는 오랫동안 등에 지고 있던 무거운 짐을 간신히 내려놓은 것처럼 완전히 녹초가 되어버렸다. 내려놓고 보니 겨우 그 무게를 알 수 있었다는 얘기다. 한동안 이제 재즈는 됐어, 라는 게 솔직한 그때의 심정이었다. 가게에서 쓰던 레코드의 3분의 2 정도는 그대로 가져왔는데, 그것들을 집 안에 처박아놓은 채 록이나 클래식만 들었다. 그런 생활이 몇 년이나 계속됐다.

그런 까닭에 삼십 년 넘게 열심히 재즈를 듣고 있으면서도 "나는 재즈 팬입니다" 하고 간단하게 말할 수 없는 개인적인 사정이 있다. 애증이 뒤섞였다고 하면 약간 과장이겠지만 역시 거기에는 좋다거나 싫다는 단어로 간단하게 끝낼 수 없는 무언가가 있다고 생각한다. 재즈 카페라는 장소에서 보낸 세월에 대해 말하자면, 좋은 추억도 있고 그리 좋았다고는 할 수 없는 추억도 있다. 생각하고 싶지 않은 일도 있고, 잘 생각이 나지 않는 일도 있다. 그런 여러 가지 기억, 감촉, 공기, 모순, 즐거움, 자기혐오, 수수께끼 같은 것들이 뒤죽박죽 섞여서 재즈라는 단어의 울림 속에 하나로 뭉쳐 있는 것이다. 너무나도 오랫동안 재즈에 푹 젖어 있었기 때문에 그런 것들이 분별이 불가능한 채로 거기에 단단하게 달라붙어버렸다. 이런 건 역시 힘들다.

솔직히 말해서 과거와는 상관없이 단순히, 순수하게 즐기며 재즈를 들을 수 있게 된 건 아주 최근의 일이다. 재즈 카페를 그만두고 십 년이 지나서 겨우 조금씩 응어리 같은 것이 풀려서 떨쳐버리게 됐다는 기분이 들었다. 십 년이면 퍽 긴 세월인데, 무슨 일이든지 간에 여러 가지 일을 몸에 익히거나 해소하는 데 나는 남들보다 시간이 오래 걸린다.

미국에 와서 본고장의 라이브 재즈를 들을 수 있어 좋겠네요, 하고 말하는 사람이 간혹 있는데, 실제로는 뉴욕에 있는 재즈 클럽을 찾아갈 기회가 거의 없다. 재즈 클럽의 라이브는 대체로 밤늦게 시작해서 나처럼 일찍 자고 일찍 일어나는 사람에게는 다소 벅차다. 연주가 끝난 뒤에 다시 한 시간 동안 차를 운전하고 집에 돌아오는 건 생각만 해도 아득하고, 그렇다고 그걸 위해 호텔을 잡는다는 것도 너무 거창하기 때문이다. 그렇게까지 해서 재즈 라이브를 들으러 가고 싶냐고 한다면, 유감스럽게도 대답은 '노'다. 한번은 유명한 그리니치빌리지의 '블루 노트'에 갔었는데 그때는 여러 가지로 불쾌한 일이 많았다. 종업원에게 약간의 문제가 있었고, 앞쪽에 나란히 앉은 일본인 단체 관광객들은 시차 때문에 모두 곯아떨어진 상태였다(나도 경험이 있는데 일본에서 미국 동부에 오면 그때쯤의 시간이 가장 졸린다). 그날 밤 연주는 디지 길레스피 그룹으로 꽤 들을 만했다. 결코 값이 싼 집은 아니었지만 그만큼의 돈을 지불할 가치가 있는 연주였다. 하지만 만약 그때의 연주를 듣지 못했다면 아쉬웠을 것 같냐고 묻는다면 솔직히 "뭐, 들을 수 있어서 좋았지만 못 들었다고 해도 그리 아쉽지도 않았겠네" 하고 대답할 수밖에 없다. 그리고 내가 뉴욕의 다른 재즈 클럽에서 들은 다른 음악인들의 무대도 대개 그 정도였다. "나쁘지 않다/즐겁다. 하지만 듣지 못해 아쉽다고 할 정도는 아닌걸."

결국 유감스럽게도 재즈라는 것은 점점 오늘이라는 시대를 살아가는 컨템포러리 음악이 아닌 것이 되어버린 건 아닐까 생각한다. 잔인한 표현일지 모르겠지만 나는 그렇게 느끼고 생각한다. 혹시 내가 1952년에 미국에 있었다면 무슨 일이 있어도

뉴욕에 가서 클리퍼드 브라운의 라이브를 들었을 것이다. 1960년에 미국에 있었다면 역시 존 콜트레인과 캐넌볼 애덜리, 빌 에번스가 가세한 마일스 데이비스 섹텟(6중주단─옮긴이)을 기필코 들었을 것이다. 멀다느니, 귀찮다느니, 졸리다느니, 공기가 나쁘다느니 하는 말 따위는 하지 않았을 것이다.

그렇다고 새로운 재즈가 싫다는 건 아니다. 새로운 재즈도 들으면 즐겁고, 역시 재즈는 좋구나 하고 생각하는 경우도 많다. 하지만 거기에는 마음을 깊이 흔드는 그 무엇이 없다. 지금 여기에서 뭔가가 생겨나고 있다는 흥분이 없다. 나로서는 그런 것에, 지난날의 열기의 기억으로 성립되고 있는 듯한 것에 그다지 흥미를 가질 수 없는 것뿐이다.

얼마 전 프린스턴에 있는 맥카터 극장에서 거행된 링컨센터 재즈 오케스트라라는 밴드의 연주를 들으러 갔다. 이들은 윈튼 마살리스가 이끄는 의욕적인 재즈 밴드로서 이날의 연주는 모두 듀크 엘링턴 프로그램이었다. 이 밴드의 특색은 초베테랑 뮤지션과 젊은 뮤지션(말하자면 마살리스 일파)이 한데 섞여 연주하는 것이다. 베테랑 쪽에는 조 와일더, 제리 다지온, 롤랜드 해나처럼 그리운 이름이 나란히 있다. 전에 엘링턴 밴드에서 노래했던 가수 밀트 그레이슨도 몇 곡인가 불렀다. 브릿 우드먼을 비롯해 일찍이 엘링턴 밴드를 거쳐간 뮤지션도 몇 명인가 참가했다.

선곡도 훌륭했고 편곡은 그야말로 엄밀하게 엘링턴 사운드의 재현을 지향했는데 그 시도는 성공적이었다. 그저 엘링턴의 곡을 계속 연주한다는 단순한 시도가 아니다. 엘링턴의 음악 세계를 계통적이고 종합적으로 현대에 재현하려 한 게 목적이었던 듯하다. 리드 연주자의 솔로는 볼륨감이 약간 작았지만(특히 알토와 바리톤), 그것은 조니 호지스와 해리 카니와 비교하는 것이니까 너무 심한 비평이라고 할 수 있다. 테너와 클라리넷은 고만고만. 그러나 윈튼 마살리스, 루 솔로프, 조 와일더가 나란히 한 트럼펫 섹션(신인·중견·베테랑)은 상당히 훌륭했다. 오랜만에 감동을 받은 콘서트였다.

그런데 이 연주를 들으며 생각한 것은 "결국 마살리스와 같은 세대에게 재즈라는 음악은 일종의 전통 예술에 가까운 것이 되어버렸구나" 하는 것이었다. 윈튼 마살리스는 훌륭한 재능을 가진 젊은이다. 그리고 매우 깊이 있고 진지하게 재즈를 연구하고 있다. 루이 암스트롱부터 캣 앤더슨, 클리퍼드 브라운, 마일스 데이비스에 이르기까지 모두가 그에게는 위대한 영웅인 것이다. 그리고 윈튼은 그들의 음악을 기막히게 현대에 재현할 수 있다. 그 음색은 황홀할 정도로 아름답고, 테크닉은 얄미울 정도로 완벽하다. 그뿐만이 아니다. 그의 연주에는 애정이, 자애로움 같은 것이 흘러넘친다. 그것은 아마 지나가버린 것에 대한, 지금

사라져가고 있는 것에 대한 애정일 것이다. 나는 개인적으로는 윈튼 마살리스의 연주를 유달리 좋아하지는 않는다. 윈튼 마살리스의 연주에는 아직 "윈튼 마살리스의 연주가 아니면"이라고 할 만한 진짜 열기가 없다. 바로 눈앞에서 뭔가 생겨나고 있다는 걸 청중이 느낄 수 있도록 할 요소가 희박하다. 하지만 그건 그거고, 그의 연주에는 사람을 강하게 끌어당기는 뭔가가 있다는 것 또한 사실이다. 그리고 거기에는 앞으로의 재즈라는 음악의 존재에 대한 하나의 가능성이 숨어 있을지도 모른다는 생각이 문득 들게 한다.

하지만 세상에는 '마살리스 일파 때리기'의 움직임도 있다. 윈튼은 젊은 세대의 재즈 팬들 사이에서 카리스마적인 인기를 지니고 있고, 브랜퍼드 마살리스는 텔레비전 인기 프로그램인 〈투나잇 쇼〉의 음악 감독 겸 정규 밴드의 리더가 되었다. 그들은 오늘날의 재즈계에서 60년대의 케네디 형제와 같은 영향력을 지닌 존재가 되어가고 있는 것처럼 보인다. 그런 점을 불쾌하게 느끼는 사람들이 많다고 해도 결코 이상한 일은 아니다. 얼마 전 《뉴욕 타임스》 일요판에 피아니스트인 키스 재럿이 마살리스 일파(구체적인 이름은 거론하지 않았지만 조금만 읽어보면 그가 마살리스 형제를 염두에 두고 쓰고 있다는 것을 단번에 알 수 있다)를 비판하는 글이 실렸다. "최근의 젊은 흑인 뮤지션들은 정말 재즈 연주를 잘한다. 하지만 그들의 창조성이란 건 대체 어디에 있는 것인가'라는 게 그 글의 골자였다.

그러나 내 생각에는 아마도 마살리스 일파가 생각하는 창조성과 키스 재럿이 생각하는 창조성이라는 것은 이름은 같아도 실제로는 전혀 다른 장소에서 다른 공기를 마시며 살아가는 동명이인 같은 게 아닐까 싶다. 키스 재럿과 같은 60년대 세대에게는 음악이란 싸워서 쟁취하는 것이었다. 그들에게 창조 행위란 대부분의 경우 보수적인 선배 연주가들과의 끊임없는 싸움이었다. 이기느냐 지느냐, 부정할 것인가 부정될 것인가의 치열한 싸움이었다. 거기에서 그가 말하는 '창조성'이 생겨났다. 나는 솔직히 말해서 키스 재럿이라는 연주가의 '창조성'을 그다지 높이 평가하지 않는 사람이지만, 그래도 거기에 '창조성'에 대한 희구가 있었다는 사실만은 흔쾌히 인정한다.

하지만 마살리스 일파의 세대에게는 재즈라는 음악은 이미 반항할 대상이 아니라 그것에 감동하고 감탄하고, 그것으로부터 배워나가야 할 음악인 것이다. 그들에게 그것은 어떤 의미에서는 이미 한번 닫혀버린 고리다. 그들에게 그것은 오래되고 멋진 물건이 가득 찬 보물상자 같은 것이다. 그들은 그런 발견에 커다란 기쁨을 느끼고 스릴을 맛보는 것이다. 그것은 어떤 의미에서는 '젊은 흑인 뮤지션'의 뿌리 찾기이고 그 나름대로 앞서

나가는 행위인 것이다. 그러한 그들의 재즈라는 음악에 대한 관념·발상 자체가 키스 재럿 세대의 그것과는 전혀 다르다. 그 근본적인 차이를 키스 재럿 역시 인식해야 할 것이라고 생각한다. "반항하라, 싸워서 쟁취하라" 하고 듣더라도, 마살리스 세대라면 "그런 말을 하다니, 도대체 무엇에 반항하라는 것인가" 하고 어깨를 으쓱할 수밖에 없지 않겠는가. 거꾸로 말하면 마살리스 세대는 "그들에게 반항해야 한다" 하고 생각할 만큼 키스 재럿 세대의 음악을 평가하지 않는다는 말도 될 수 있다. 그리고 그런 점 때문에 여전히 키스의 깊은 초조감이 있는 것일 게다.

이런 생각을 하면서 오늘도 중고 레코드 가게를 돌며, 버드 생크가 들어 있는 존 그라스의 코럴 판에 7달러라는 돈을 지불할 가치가 있는지 꽤나 망설였다. 7달러는 상당히 어려운 선이다. 결국 사지 않고 돌아왔지만 집에 돌아오고 나서도 여전히 고민하고 있다. 도대체 어찌하면 좋을까?

뒷이야기

지난번에 보스턴에 있는 재즈 클럽에 토미 플래너건 트리오의 연주를 들으러 갔다. 솔직히 말해서 이날의 연주는 그저 그랬다. 나쁘지 않았지만 대단하지도 않았다. 그다지 흥이 나지 않았던 건지도 모른다. 그런데 만일 토미 플래너건에게 연주곡을 신청한다면 역시 〈바르바도스〉와 〈스

타 크로스드 러버스〉두 곡이겠지라고 생각하고 멍하니 있었더니 놀랍게
도 스테이지 마지막에 이 두 곡을 메들리로 연주해주었다. 이 일에는 나
도 적이 아연했다. 어딘가 마음이 통하는 구석이 있는 건지도 모른다. 페
퍼 아담스와 토미 플래너건이 같이 연주한 〈스타 크로스드 러버스〉는 오
랫동안 내가 애청하던 음반이다.

페퍼 애덤스에 대해 말하면 이 사람에 관련해서도 약간 신기한 일이
이전에 있었다. 내가 어느 중고 레코드 가게에 들어가려고 하는데 지나
가던 젊은 남자가 내게 시간을 물어왔다. "네 시 십 분 전입니다(It's ten
to four)" 하고 대답하고 레코드 가게에 들어갔는데, 처음 눈에 띈 레코드
가 페퍼 아담스의 〈텐 투 포 앳 파이브 스팟 TEN TO FOUR AT 5 SPOT〉
이라는 반짝반짝한 오리지널 음반(10달러)이었다. 물론 다른 건 거들떠보
지도 않고 사버렸다. 일본에도 분명 이 레코드는 갖고 있었지만.

 〈점원 소년의 신(小僧の神様, 시가 나오야의 단편소설—옮
긴이)〉은 아니지만 어쩌면 이 세상 어딘가에 '재즈의 신'
이라는 것이 있을지도 모른다는 생각이 요즘에는 든다.

버클리에서 돌아오는 길

　　십일월 초부터 약 사 주 동안 버클리에 있는 캘리포니아 주립 대학에 다녀왔다. 강연을 하고, 일주일에 한 번 있는 위클리 세미나를 열기 위해서다. 남에게 뭔가를 가르치는 일이 난생처음인 데다가, 그것도 서툴기 짝이 없는 영어로 하기 때문에 당연한 일이지만 완전히 녹초가 되어버렸다. 거기에 덧붙여 틈틈이 짬을 내어 시애틀에 있는 워싱턴 주립 대학에 가서 강의도 하고, 스탠퍼드 대학에서 강연하고(여기선 일본어였기 때문에 편했지만), 그 밖에도 리셉션이니 디너니 하는 것들이 있어 여러 가지로 힘들었다. 하지만 학생들과 한 달 동안 무릎을 맞대고 진지하게 대화를 나눌 수 있었던 건 내게는 무척 즐겁고 뜻깊은 경험이었다고 생각한다.

　　동부에서 서부로 오면 같은 대학, 같은 대학생이라도 무척 다르다는 걸 새삼 느끼게 된다. 특히 프린스턴 대학과 UC 버클리는 양극단이랄까, 학교 분위기가 그야말로 하늘과 땅만큼 다르다. 프린스턴은 이른바 전통적인 엘리트 사립대학으로 등록금도 비싸고, 학생은 동부의 상류층 백인 가정의 자녀가 중심이고, 캠퍼스의 인구밀도도 압도적으로 적다. 그에 비하면 버클리는 주립 대학으로, 학생은 인종이 뒤섞인 데다 어디까지나 서민적이며, 정치적으로는 예로부터 급진적이기로 유명하다. 대학 주변도 버클리는 그야말로 북적거리며 히피, 나체주의자, 노숙인 들이 우글거린다. 교내에 커다란 게임 센터까지 있다. 그에 비하면 프린스턴은 정말 평화롭고 조용하다. 이 년 가까이 살면서 노숙인 모습 같은 건 단 한 번도 본 적이 없다. 수업 분위기도 어느 쪽인가 하면, 버클리 쪽은 활발하고 프린스턴 쪽은 평온하다는 느낌이 있다. 교수도 프린스턴에서는 대체로 단정하게 넥타이를 매고 있지만 버클리에서는 반바지 차림인 사람도 있다. 그 정도로 다르다.

자동차에 비유하자면 프린스턴 대학이 클래식한 벤틀리, 버클리가 밝고 경쾌한 컨버터블형의 미국 차라는 느낌 정도가 되지 않을까? 당연히 서로 마음이 맞을 리가 없어 캘리포니아 사람들은 프린스턴이라는 이름을 듣는 것만으로도 눈살을 찌푸리는 경우가 많다. 내가 프린스턴에 있다고 하면 "프린스턴? 왜 하필이면 그렇게 냉정하고 딱딱한stuffy 곳에 있어야 하나요. 뭐요, 이 년 가까이 살고 있다고요? 이런 쯧쯧, 당신도 어지간히 별나군요"라는 말을 한다. 파티 같은 데서도 프린스턴 대학이 화제가 되면 교토 사람들이 도쿄 험담을 할 때와 비슷하게 열을 내며 이것저것 깎아내린다. "나는 대학원 시절에 딱 일 년 동안 프린스턴에 있었는데, 그건 내 인생 최악의 일 년이었어"라든지 "나는 그쪽에 볼일이 있어서 일주일 머물렀는데, 일주일이 반년 정도로 느껴졌다"라든가, 그런 이야기가 줄줄이 나온다. 그들에게 프린스턴이라는 것은 속물적인snob 권위주의의 대명사 같은 것이다. 또 반대로 프린스턴 사람이 버클리로 이사 갔다가 분위기가 싫어 도저히 참지 못하고 다시 프린스턴으로 돌아왔다는 예도 있다.

버클리가 대학으로서 어디까지나 자유롭고 트인 분위기라는 것은 나도 아주 마음에 들었지만 그렇다고 이리로 옮겨가서 살고 싶으냐고 하면, 이건 또 다른 문제가 된다. 프린스턴은 지루하다면 확실히 지루한 곳일지도 모른다. 거기에는 캘리포니아의 태양 같은 건 없을지 모른다. 그러나 집중해서 소설 쓰는 일에 가장 큰 의의를 둔다면 이곳은 그런대로 이상적인 곳이다. 정신이 흐트러지지 않고 쓸데없는 잡음도 전혀 없다. 버클리는 즐거운 곳이긴 해도 지금의 내겐 좀 지나치게 떠들썩하다. 나이

탓인지도 모르지만 당분간은 조용한 곳에서 느긋하게 일하면서 지내고 싶다.

하지만 그건 그렇다 치고, 이것은 워싱턴 주립 대학 강의에서 도 느낀 점이지만 서부에 있는 대학들이 일본 문학 연구에 대해 기울이는 열성과 높은 질적 수준에는 놀라지 않을 수 없다. 동 부에 있는 대학들과 달리 아시아계 학생도 많고, 생활 레벨에서 도 눈이 태평양 건너편에 있는 나라 쪽으로 확실히 향해 있으 며, 무엇보다도 공부하는 자세가 의욕적이고 활기차다. 일본 현 대문학에 관심을 가지고 있는 학생도 많아 새로 나온 일본 소설 을 번역하고 싶다는 학생도 적잖이 만났다. 이제까지 고전문학 과 근대문학을 중심으로 한 일본 문학 연구가 최근 몇 년 사이 에 질적으로 꽤나 큰 변모를 이루었다는 것을 피부로 느낄 수 있다. 거기에는 이국적 취향 이상의 무언가가 있다고 생각한다. 그 나머지는 우리 일본 작가들이 이제부터 얼마만큼이나 '현 물'을 마련해줄 수 있느냐 하는 문제가 될 것이다.

지금 미국인은 일본에서의 새로운 목소리에 귀를 기울이려고 하고 있고 이것은 우리 일본인에게는 다시없는 큰 기회라고 생 각한다. 일본 문학이 일찍이 라틴아메리카 문학이 해낸 것처럼 강력한 전기를 맞을 가능성을 가지고 있는지는 좀 의문스럽지 만 어느 정도 약진은 가능하다고 생각한다. 그리고 그것을 가능하게 함으로써 일본 문학도 자동적으로 활성화될 것이라고 믿고 있다. 일본어로 소설을 쓰면서 다시 한 번 일본어를 상대화하는 것, 일본인이면서 다시 한 번 일본인의 성격을 상대화하는 것— 나는 그것이 앞으로 중요한 작업이 될 것이라고 생각한다.

그건 그렇고 전화에 이어 다시 재즈에 대한 이야기를 하려고 한다. 십일월 말에 버클리에서 뉴어크 공항에 돌아왔더니 날씨가 무척 나빴다. 평소라면 공항 렌터카를 빌려서 집까지 돌아왔겠지만 밖은 벌써 어둡고, 비는 주룩주룩 내리고, 피곤하기도 하고, 그다지 운전하고 싶은 마음도 아니고 해서 공항 카운터에서 리무진을 불렀다. 공항에 있는 택시 운전사 중에 가끔 바가지 요금을 씌우는 사람도 있기 때문에 그것을 피하기 위해서는 리무진을 부르는 게 가장 낫다. 물론 리무진이라고 해도 이름에서 풍기듯이 거창한 건 아니고, 그저 낡은 뷰익이다. 이럭저럭 십오 년 정도는 되지 않았을까 싶다. 운전사는 노년의 덱스터 고든 같은 풍모의 마르고 키가 큰 흑인 아저씨였다.

"오늘이 추수감사절인데 힘드시겠네요" 하고 내가 물꼬를 트자 "말도 마세요. 원래 오늘은 전혀 일할 생각이 없었죠. 추수감사절 밤 정도는 나도 편히 쉬고 싶죠. 그런데 사람이 없다는 거예요. 그래서 억지로 불려 나왔죠. 될 수 있으면 댁들이 오늘 마지막 손님이면 좋겠어요. 날씨도 안 좋은데 집에 들어가서 푹

쉬고 싶거든요"라는 것이었다. 미국인에게 추수감사절은 일 년에 한 번 가족이 모여 조용히 축하하는 설날 같은 큰 명절이기 때문에 그런 날 밤에 일해야 한다는 건 불쌍하다면 불쌍한 일이다. 리무진 예약 카운터에 있는 흑인 아가씨는 신경질이 극한까지 치밀어오른 듯한 표정을 하고 있어서, 내가 말을 걸어도 거의 입도 벙긋하지 않았다. 이런 날에는 운전사에게도 팁을 평소보다는 조금 많이 주어야 한다. 하지만 그런 말을 하면서도 이 사람의 불평에는 불평의 그늘이 별로 없어서 좋았다. "이런 말을 당신에게 일일이 할 필요는 없지만 물어보니까 일단 말하는 것"이라는 정도의 불평이었다. 이 아저씨는 알 히블러처럼 깊은 바리톤 음색으로 천천히 기분 좋은 듯이 말했다. 이런 느낌의 사람에게는 구형 뷰익같이 적당히 큼지막한 차가 잘 어울린다. 이런 사람이 혼다 어코드 왜건 같은 차에 타고 있는 장면은 상상이 잘 안 된다.

"지금은 루트 원이 한가하니까 이쪽 길로 가죠. 턴파이크(유료도로)를 타면 고속도로 요금 1달러 45센트가 더 드니까, 당신도 돈이 덜 드는 게 좋지 않겠어요?" 하고 그는 말한다. 아무래도 친절한 사람 같다.

이런저런 세상 돌아가는 이야기를 하는 사이에 그가 몬트클레어라는 뉴저지 주 북부 마을에 살고 있다는 사실을 알게 되었다. 몬트클레어에는 나도 가본 적이 있다. 이곳에 있는 주립 칼리지에서 강연을 한 번 한 적이 있었다. 아담하고 느낌이 좋은 마을이다.

"저, 거기에 꽤 괜찮은 재즈 클럽이 있죠? '트럼펫'이란 이름이었나?" 하고 나는 물어보았다.

"그래요. '트럼펫' 좋은 재즈 클럽이죠" 하고 그는 말했다. "손님, 재즈 좋아하세요?"

그는 라디오를 재즈 방송에 맞춰주었다. 테너 색소폰이 발라드 곡의 솔로 부분을 연주하고 있었다. "이건 웨인 쇼터 같은데요" 하고 내가 말하자, "그래요" 하고 그는 말하며 고개를 끄덕였다. "피아노는 허비 행콕이군요" 하고 내가 말하자, "오 예, 당신은 귀가 꽤 밝군요, 오 예" 하고 운전사는 말했다. "오 예"라고 하는 것이 이 사람의 입버릇인 모양이었다.

그러고 나서 우리는 집에 도착할 때까지 계속 재즈 이야기를 했다. 그는 뉴욕 태생으로 오십 대 중반이었고, 재즈 팬이었다. "알토 색소폰의 재키 매클레인과는 개인적인 친구였죠. 이웃에 살았지요. 오 예, 그 사람은 괜찮은 뮤지션이에요. 지금은 연주보다는 하트퍼드 대학에서 가르치는 일로 바쁜 것 같지만요. 그에게는 아들이 있는데 이 아이도 재즈 뮤지션이 되었죠."

"르네 매클레인."

"오 예, 르네예요. 르네가 태어났을 때의 일은 잘 기억하고 있어요. 그 꼬맹이가 벌써 의젓한 어른이 되었으니. 오 예, 세월 정말 빠르죠."

그는 50년대 뉴욕 재즈에 대해 자세히 기억하고 있었다. 몽크와 마일스 데이비스가 공연하는 콘서트에 갔는데, 둘이 도중에 충돌해서 마일스가 무대에서 내려와 그대로 돌아가버린 일.

"몽크도 확실히 보통은 아니었지만, 마일스도 정말 이상한 peculiar 녀석이었어요, 오 예. 그래도 그건 굉장했죠. 그때 일을 램버트, 헨드릭스 앤 로스가 노래로 만들어서 불렀죠. 〈소 왓So What〉이라는 곡 아시죠? 그 곡에 가사를 붙여서 노래했죠. '마일스가 무대에서 나가버렸다, 소 왓(그래서 어쨌다는 거냐)?'이라고." 그는 실제로 그 노래를 불렀다. "램버트, 헨드릭스 앤 로스는 정말이지 기막힌 코러스 그룹이었죠. 대단했어요. 헨드릭스와 로스는 지금도 노래를 부르고 있지만 데이브 램버트는 죽었죠. 고속도로에서 펑크 난 타이어를 갈아 끼우다가 차에 치여서 죽었어요. 재능 있는 사람이었는데, 오 예, 정말 안됐죠. 그게 어느 고속도로였더라? 펜실베이니아 유료도로였던가. 아니, 펜실베이니아 유료도로는 브라우니였나……"

데이브 램버트가 죽은 곳은 95번 도로, 코네티컷 주 웨스트포트 근처다. 내가 그런 세세한 것까지 어떻게 기억하고 있는가

하면, 우연히 얼마 전에 빌 크로가 쓴 《버드랜드에서 브로드웨이까지》라는 당시의 회고록을 읽었기 때문이다. 빌 크로는 시애틀 출신의 취미가 고상한 백인 베이시스트로 1950년대에서 60년대에 걸쳐 스탠 게츠와 제리 멀리건 밴드에 있던 사람이었는데, 이 책은 문장도 뛰어나고 읽을거리로서도 재미있다. 이것을 읽고 있으면 1950년대에서 60년대의 재즈 뮤지션은 정말 대단했구나, 하는 감동을 받는다. 크로는 램버트와 개인적인 친구라서 그 비극적인 죽음에 대해 아주 상세하게 기술했다. 램버트는 어떤 사람이 펑크로 곤란해하고 있는 것을 발견하고 일부러 차를 세워 타이어 교체하는 것을 도와주었는데, 그때 차선을 넘어 돌진해온 트럭과 차 사이에 끼여 죽었다.

하지만 나는 그때 "그건 95번 도로였습니다"라고 입 밖으로 내지는 않았다. 무슨 퀴즈를 하고 있는 것도 아니기 때문에 조용히 아저씨의 추억담을 듣는 게 즐거웠다. 이윽고 재즈 전문 방송의 전파가 잘 잡히지 않게 되자 그는 다이얼을 돌려 다른 방송에 맞췄다. 여기서는 제임스 브라운이 노래하고 있었다. 〈파파의 뉴 백Papa's got a brand new bag〉이었다.

"이건 누군지 알아요?"

"제임스 브라운" 하고 나는 바로 대답했다.

"좋아해요?"

"젊었을 때는 곧잘 들었어요. 요즘은 별로 들을 기회가 없지만. 그런데 제임스 브라운은 한동안 감옥에 들어가 있었죠?"

"오 예, 이 년 동안 들어가 있었죠. 하지만 얼마 전에 겨우 나왔어요. 아직 노래를 부르고 있지요" 하고 그는 말했다. 그러고 나서 잠시 사이를 두었다. "그런데 내 생각이지만 일본 사람은 우리 흑인 음악을 제대로 이해하고, 다뤄주는 것 같더군요. 유럽 사람들처럼."

"그렇다고 생각해요. 그래서 많은 재즈 뮤지션이 미국을 떠나서 유럽이나 일본으로 건너왔죠."

"그래요, 케니 클라크, 버드 파월, 덱스터 고든, 모두 미국을 떠났어요. 미국인은 재즈에 전혀 경의 같은 건 표하지 않는단 말이에요. 당신, 피아니스트 배리 해리스를 알아요?"

"압니다. 좋은 피아니스트죠."

"그 사람도 내 친구죠. 그 사람이 그랬어요. 일본에 가면 모두 왕후 귀족처럼 대접받는다(treated like a king)고. 길을 걷고 있으면 다들 다가와서 사인해달라고 한다나요. 그 사람은 정말 깜짝 놀랐다고 해요, 오 예. 놀랍고 감격스러웠다고. 그럴 수밖에 없죠, 배리가 뉴욕 거리를 걷고 있어봤자 아무도 쳐다봐주지 않으니까요. 그저 소리 지르거나 밀치거나 할 뿐이죠. 정말이지 이 나라에서 우리는 모두 정말로 개 취급을 받고(treated like a dog) 있어요, 오 예."

버클리에서는 한가한 시간에 마일스 데이비스의 자서전 《마일스》(마일즈가 정확한 발음일 텐데 일본에서는 어째서인지 마일스로 통하고 있다)를 읽었다. 그 속에서도 마일스는 자신이 백인 우위 사회 속에서 얼마나 학대당하고 고통 받아왔는지를 소리 높여, 그리고 절절히 말하고 있었다. 자신들이 얼마나 착취당하고 차별받아왔는지를. 그리고 마일스나 밍거스, 맥스 로치 같은 당대의 뛰어난 재즈 뮤지션들은 모두 인종차별과 열심히 싸워왔다. 그들은 싸우지 않으면 안 될 상황에 있었다. 사회 시스템 자체가 그들을 포함시키지 않는 세계 속에서, 그들은 자신을 주장하고 그 음악을 심화시켜나가야만 했던 것이다.

이 책은—아니, 이 책만큼은—정말 영어로 읽어야 한다고 생각한다. 일본어로 번역하면 아무리 번역을 잘했다고 해도 원문의 숨결이 30~40퍼센트 정도는 사라질 테니까. 이 책은 마일스가 말한 것을 흑인 작가가 거의 그대로 문장으로 옮긴 것인데, 그 문체가 100퍼센트 '재즈를 연주하고 있기' 때문이다. 분노와 슬픔과 기쁨 하나하나가 그의 두 손바닥에서 넘쳐흐르듯이 생생하게 전해져온다. 아무튼 정말 읽을 만한 책이었다.

그런데 외국인이 쓴 전기나 자서전은 왜 이렇게 재미있는 걸까? 읽기 시작하면 멈출 수 없는 소설은 최근 미국에서도 드문

데, 읽기 시작하면 멈출 수 없는 전기는 꽤 많다. 그런 까닭으로 요즘 소설은 잠시 제쳐두고 음악가의 전기 같은 것을 몇 권인가 한꺼번에 읽었다. 지금은 로테 레냐의 전기를 읽고 있는 중이다.

그런데 그 흑인 운전사가 나를 향해 "정말이지 이 나라에서 우리는 모두 정말로 개처럼 취급받고 있어요, 오 예" 하고 조용한 목소리로 말했을 때, 마일스의 책을 읽었을 때 느꼈던 것과는 또 다른 어떤 종류의 생각이 그 조용함과 함께 전달돼오는 것 같았다. 목청을 높여 선동하는 사람은 물론 예외지만 보통 흑인들은 좀처럼 나 같은 사람에게 이런 말을 하지 않는다. 아마도 일일이 말해봤자 소용없고, 게다가 단시간에 간단하게 전할 수 있는 것도 아니라고 생각하고 있는 듯하다. 그렇지 않으면 단지 말하고 싶지 않은 건지도 모른다. 그러나 그 아저씨는 나와 계속 재즈 이야기를 하다가 마지막에 갑자기 그것만 중얼거리듯 말한 것이다. 그러고는 다시 다른 이야기로 화제를 바꿨다. 내가 정말 재즈를 좋아한다는 걸 몰랐다면 그가 그런 이야기는 하지 않았을 거라고 생각한다. 왠지 그런 느낌이 든다.

리무진 운전사는 건강식품만 먹고, 일주일에 몇 번은 헬스클럽에 다니며 운동을 한다는 꽤 앞서가는 아저씨였는데, 무엇에 관해서건 박식했다. 내 생각이지만 어느 나라든지 택시 운전사는 대부분 박식하다. 틀림없이 매일 라디오를 듣거나, 다양한 손님과 세상 돌아가는 이야기를 해서 그럴 것이다.

"일본인은 뛰어난 국민이라고 생각해요. 무슨 일을 해도 열심이고 성실하니까" 하고 그는 말한다. "지난번에 티브이 토크쇼에서 누가 말한 거지만, 일본인의 독서량은 미국인과는 비교도 안 될 만큼 많다는 겁니다. 일본인은 정말 책을 많이 읽고, 그걸 제대로 연구하죠. 미국인은 책을 씁니다. 하지만 그렇게 쓰여진 책을 읽는 사람은 얼마 없어요. 보통의 미국인은 책 따윈 변변히 보지도 않거든요. 일본인이 그런 책을 읽죠. 그리고 그 내용을 미국인보다 잘 이해하는 겁니다, 오 예."

그렇게 이야기가 간단하지 않아요, 일본인도 분명히 책을 씁니다, 나도 책을 쓰고 있고요, 하고 말하고 싶었지만 생각해보면 아저씨가 말하는 것에도 확실히 일리가 있다는 느낌이 든다. 우리는 틀림없이 무엇인가를 제 것으로 만드는 데 뛰어난 인종이고, 대단히 세련된 도입 시스템을 수천 년에 걸쳐 진화시켜온 인종인 것이다. 아무리 이러쿵저러쿵 말해도 그것은 진실이라고 생각한다. 예를 들어 재즈라는 음악을 생각해봐도 그것은 결국 아저씨에게는 '우리의 음악'인 것이다. '책을 쓴' 사람은 그들인 것이다. 가령 데이브 램버트가 코네티컷 95번 도로에서 죽었다는 것을 내가 알고 있다고 해도 그것은 그저 사소한 지식에 불과하다. 그런 사소한 퀴즈적인 관점에서 보면 일본의 재즈 연구의 질은 아마 미국의 그것과는 비할 수 없을 정도로 높을 것이다. 그리고 그런 연구도 어떤 면에서는 중요하다고 생각한다. 하지만 이 아저씨에게 한마디 하라고 하면 "그거 대단하군. 하지만 그건 우리 음악이라고" 하고 말할 것이다. 그렇게 되면 이야기는 거기서 끝나버린다. 그리고 우리 쪽은 "오 예" 하고 말하며 입을 다물어버리게 된다.

여담이 되겠지만 버클리의 한 티셔츠 가게에서, "LA로 가자. 당신은 틀림없이 로드니 킹처럼 취급받을 것이다" 하고 쓰인 티셔츠를 발견했다. 이건 물론 운전사 아저씨가 말한 '왕처럼 대접받는다'를 비꼰 말이다. 재미있어서 기념품으로 사살까 했는데 결국 바빠서 사는 걸 잊어버리고 돌아와버렸다.

뒷이야기

이 몬트클레어의 '트럼펫'에서는 휴스턴 퍼슨과 에타 존스(그립다)의 열정적인 블루스 라이브를 들었다. 이런 타입의 사람들은 늙지 않아서 정말 좋다. 감격해서 레코드에 사인을 받아왔다. 그에 비하면 지적인 백인 재즈 뮤지션들은 나이를 먹으면 상당히 애처로워진다. 애처롭지 않은 사람은 노년의 스탠 게츠와 제리 멀리건(이 사람은 아직 건재) 정도다.

버클리에 머물고 있을 때 근처 재즈 클럽으로 쿠바의 트럼펫 연주자인 아르투로 산도발의 연주를 들으러 갔다. 쿠바 음악 전문가인 무라카미 류의 말에 따르면 산도발 같은 사람은 쿠바 음악적 수준에서 보면 그리 대단하지 않아, 정도지만 재즈 측면에서 들으면 상당히 "그럴듯한데" 하고 깊이 감탄하게 되는 점이 있다. 이것은 어쩌면 현대 재즈에서의 하나의 맹점 같은 걸지도 모른다. 어쩐지 서커스를 보고 있는 것 같아서 오랜만에 육체적으로 재즈를 느낄 수 있었다. 이런 면이 있어도 전혀 나쁘지 않다고 생각한다. 윈튼 마살리스에게는 아쉽게도 이런 유의 아크로바틱한 매력은 없다. 디지나 레드 알렌, 암스트롱, 패츠 나바로는 청중이 그저 '우아아' 하고 감탄하게 하는 육체적인 호소력이 있었고, 이것은 어떤 의미에서는 재즈의 하나의 원점이 아닐까. 물론 이것밖에 없다면 약간 피곤해지겠지만.

지난번 보스턴에 있는 재즈 클럽에서 요즘 좋은 평가를 받는 조슈아 레드맨=팻 메스니 콰르텟의 연주를 들었는데 왠지 열 시까지는 집에 들

어가야 하는 '양갓집' 처녀와 데이트하는 듯한 기분이었다. 뭐 그런대로 즐겁기는 했지만 다음에 다시 데이트를 한다면, 나로서는 집에 들어가야 할 시간도 없고 억제도 없는 산도발 씨 쪽을 택하고 싶다.

황금분할과
토요타 코롤라

       미국에 도착해서 자리를 잡고 집에 짐을 풀어놓은 뒤 가장 먼저 한 일은 자동차를 사는 것이었다. 이 나라에서는 차가 없으면 아무것도 할 수 없다. 자주 듣는 말이겠지만 이건 사실이다.

  나는 일본에 있을 때는 전혀 운전을 하지 않았다. 대개 죽 도쿄에서 살았기 때문에 차가 없어도 불편함을 거의 느끼지 않던 것이다. 그러나 육 년 전쯤 이탈리아에서 살았을 때 생활하기 너무 불편해서—즉 공공 교통 시스템이 갖춰지지 않았고, 그 운영도 엉망—안 되겠다 싶어 마음을 굳게 먹고 운전면허를 땄다. 그리고 로마에서 차를 사서 몇 달인가 시내와 근교를 운전하고 다닌 뒤에 이런 생각을 하게 되었다. 유럽에서 차를 가지고 있다는 게 이렇게 편리하고 즐거울 줄이야. 차를 가지고 운전하는 것만으로도 이렇게나 새로운 세계가 열리는 거구나, 하고.

그런 이유로 유럽에서 살고 있는 동안에 짬을 내어 차로 이곳저곳을 다녔다. 이탈리아는 거의 다 돌아보았고, 알프스를 넘어서 오스트리아, 독일에도 갔고, 그리스도 가보았고, 영국도 차로 여행했다. 터키는 사 주 동안 운전하며 돌았다.

그리고 유럽에서 돌아와 일 년간 일본에 살면서 여기서도 가끔씩 운전을 했는데, 솔직히 말해서 별로 재미는 없었다. 나는 주로 도쿄 도내(都內)에 있는 사무실과 집 사이의 60킬로미터 정도를 왕복했는데, 그런 길을 운전하면서 즐거움을 느꼈느냐 하면 별로 즐겁지 않았다. 단지 짐을 싣고 A지점과 B지점을 왕복하는 것에 불과했다. 수도 고속도로 같은 건 그저 진저리가 날 따름이다. 자동차로 가까운 곳을 여행한 적도 있었는데 그다지 재미있지 않았다. 어째서 재미있지 않았냐고 하면 그건 다분히 일본이라는 나라가 기본적으로 차로 여행하는 데 편리하게 되어 있지 않기 때문일 것이다. 그래서 운전을 하고 있어도 마음 설레는 일이 별로 없고, 초조하고 스트레스가 쌓이는 일이 많다. 일본에서 여행은 자동차보다는 느긋하게 기차로 가는 쪽이 좋을 것 같다는 생각이다. 자동차로 가야만 하는 곳도 거의 없고.

그러고 나서 미국에 와서 다시 자동차를 사게 되었다. 맨 처음에도 썼듯이 여기서는 정말로 차 없이는 살 수 없다. "일단 아무거라도 괜찮아. 뒷일은 뒤에 가서 생각하자" 하는 생각으로 집 근처에 있는 혼다 대리점에 가서 중고 어코드를 샀다. 우연히 혼다 대리점이 근처에 있었고, 거기에 있는 중고차를 하나씩 제외해가면서 골라보니 결과적으로 이 차가 남았던 것이지, 결코 뜨거운 정열을 안고 혼다 어코드를 산 건 아니다.

하지만 어코드를 한동안 운전하며 느낀 점은 "이 차가 미국에서 최고 베스트셀러가 된 게 당연하네"라는 것이었다. 나는 차의 성능이나 사정을 자세히 아는 사람이 전혀 아니기 때문에 어디까지나 간가저으로 설명할 수밖에 없지만, 이 차의 크기나 쓸모가 미국 대도시의 교외나 중소 도시 생활에 딱 들어맞는 것이다. 너무 크거나 작지 않고, 승차감도 지나치게 딱딱하거나 푹신하지 않고, 짐도 꽤 들어가고, 장거리 이동도 편하게 할 수 있다. 아이들을 매일 등하교시키고, 그 틈에 장도 보고, 일 년에 두 번은 가족이 휴가 때 멀리 여행을 가는 생활에는 안성맞춤일 것이다. 그리고 무엇보다 좋은 점은 운전하면서 어깨가 결리지 않는다는 것이다. 그런 넉넉함은 어딘지 모르게 미국에서의 운전에 적합한 것 같다. 일본에서 운전하면 어떤 느낌이 될지 알 수 없지만.

하지만 혼다 어코드를 운전하는 게 재미있느냐 하면 별로 재미는 없다. 우선 나는 아이가 없어 차에 타는 건 항상 한두 명이고, 장을 봐도 그렇게 많이 살 이유도 없으니 '건전한 시민의 실용적인 자동차' 어코드를 소유할 필요성은 그다지 없다. 그렇다면 운전하는 재미를 좀 더 느낄 수 있는 자동차를 갖고 싶었다. 게다가 벌써 6만 마일(10만 킬로미터) 이상을 달린 차라 힘도 많이 약해진 상태였다. 차체에는 흠 하나 없고 엔진도 튼튼해서 문제는 거의 없었지만 보스턴까지 왕복했을 때 몇 번인가 커브에서 흔들리는 느낌을 경험했기 때문에 이건 좀 안 되겠다 싶어 새 차로 바꾸기로 했다.

그래서 다음에는 폭스바겐을 샀다. 처음에는 미국에 있으니까 이왕이면 미국 차를 사려고 했지만 아쉽게도 디자인이 취향에 맞지 않아 단념할 수밖에 없었다. 사륜구동 차나 미니 밴의 디자인은 나쁘지 않았지만 중소형 세단은 우리 감각으로 보면 '이건 좀' 아니다. 그렇다고 미국까지 와서 일본 차를 타는 것도 재미없다. 그래서 유럽 차를 사려고 마음먹었는데 문제는 튀는 차는 살 수 없다는 점이었다. 왜냐하면 전에도 이런 이야기를 썼지만 프린스턴 대학에 소속되어 생활하고 있는 사람이 비싸고 튀는 차를 몰고 다닌다거나 하는 건 '그리 칭찬받을 일이 아니기' 때문이다.

지난번에 갔던 캘리포니아 대학 같은 곳에서는 교내에 BMW 나 포르쉐가 떡하니 주차되어 있었지만 프린스턴에서 그런 일은 거의 없다. 게다가 내가 살고 있는 패컬티(교직원)용 주택지 주변에 서 있는 것은 녹슨 중고 코롤라나 범퍼가 떨어져나가려는 시빅이나 그런 부류의 차뿐이다. 그저 굴러만 가면 된다는 식이다. 가령 그런 곳에 번쩍번쩍 빛나는 BMW를 세워놓았다가는 지나치게 눈에 띄어 약간 꼴사납게 된다.

그런 이유로 생각 끝에 폭스바겐 대리점을 찾아갔다. 폭스바겐이라면 새 차를 사도 욕을 먹지 않을 거라고 생각했다. 누가 "차는 어떤 걸 몰고 있나요?" 하고 물어도 "폭스바겐입니다" 하고 자신 있게 대답할 수 있다. 뭔가 좀 이상한 이야기시만.

하지만 내가 산 것은 폭스바겐 중에서도 가장 스포티한 코라도라는 차다. 내가 이것을 고른 이유는 작고 빠르고 디자인이 수수한 데다 무엇보다도 폭스바겐이었기 때문이다. 사람의 시선을 끌지 않는다. 그리고 그와 동일한 이유로 이 차는 미국에서 전혀 인기를 끌지 못했다. 아닌 게 아니라 한창 불경기이기도 했고, 이 정도의 차를 사려고 마음먹는 보통 미국인이라면 좀 더 싸고 모양새 있는 일본 차를 고른다. 게다가 '폭스바겐'이라는 이름은 미국인에게는 값싸고 실용적인 차의 대명사 같은 것이라, 설령 폭스바겐이 이 차를 스포츠카로 부른다 해도 어느 누구도 관심을 갖지 않을 것이다. 차로서의 평판은 좋았지만 그다지 팔리지는 않았다. 운전을 하면서도 똑같은 차가 스쳐가는 걸 본 적이 거의 없다. 스쳐가면 왠지 친밀감이 느껴져 서로 손을 들어 인사할 정도다.

그런 까닭에 고맙게도 이 자동차를 상당히 싸게 살 수 있었다. 대리점 담당자인 폴이라는 아저씨도 "이 차는 미국에선 별로 팔리지 않았지만, 유럽에선 평판이 좋아 미국에 수출했던 것을 다시 들여가서 팔 정도랍니다"라고 영문 모를 자랑을 한다. 값은 ABS와 선루프를 포함해 2만 달러 조금 넘는데 할인은 안 된다고 한다. "알겠습니다. 다음에 오겠습니다" 하고 말하고 돌아가려 하자, 폴은 "자자, 기다려보세요. 타협할 여지가 있을지 어떨지 좀 검토해보시지 않겠어요?" 하며 불러 세워서 결국 상당한 흥정의 여지가 있다는 게 판명되었다. 적당한 할인이 있었고, 또 어코드의 인수 가격을 상당히 높게 잡아주었다. 그럭저럭 잘된 거래라고 생각한다.

그런 이유로 나는 그 후로 이 폭스바겐 코라도를 타고 있다. 그렇게 자주 멀리 가지도 않는데 일 년 사이에 2만 킬로미터는 달리게 된다. 이 차를 타고 나서 알게 된 건 "이 차는 뭐 미국에서는 팔리지 않겠네"라는 것이었다. 이 차는 어디까지나 유럽에서 타야 기분 좋을 차다. 차로서의 세련미가 좀 부족하고, 문을 여닫는 상태도 그리 좋진 않지만 고속도로에서 쌩쌩 달려보면 스티어링과 브레이크의 우수성을 새삼 실감하게 된다. 그러나 솔직히 말해 미국에서 타면 그다지 메리트가 없다. 우선 미국 고속도로의 법정 최고 속도는 몇몇 예외를 빼곤 55마일(88킬로미터)이고, 70마일(112킬로미터)을 넘으면 일단 체포된다고 생각하면 된다. 아무튼 뉴저지 주에서는 모든 자치단체가 적자 재정 상태라 혹독하게 벌금을 매긴다. 가는 곳마다 경찰차가 진을 치고 있다. 그리고 15마일(24킬로미터) 초과로 세 번 붙잡히면 면허 정지가 되기 때문에, 자 이제부터 달려볼까 하고 제 실력을 발휘할 때쯤이면 속도계를 힐끔힐끔 보면서 스스로 규제를 해야 한다. 벌금은 차치하고 면허 정지가 되면 생활에 차질이 생긴다.

그리고 미국이라는 나라에는 좋든 싫든 계급이라는 것이 존재하지 않는다. 그것이 유럽과 전혀 다른 점이다. 빠른 차와 느린 차라는 히에라르키가 분명히 존재하는 유럽의 고속도로에서 빠른 차라는 것은, 즉 실용적인 차를 말한다. 비싼 차일수록 추월차선으로 속력을 내며 달려 단시간에 목적지에 도착할 수 있다. 하지만 미국에서는 그런 논리는 거의 통하지 않는다. 70마일 정도의 속도는 어떤 자동차도 간단히 낼 수 있다. 예를 들어

필라델피아에서 뉴욕까지의 95번 도로를 포르쉐로 달리든, 토요타 코롤라로 달리든, 소요 시간의 차이가 그리 극단적으로 나지는 않을 것이다. 그렇다면 그렇게 진지하게 속도를 추구하지 않아도 적당히 보기 좋고, 적당히 승차감 좋고, 고장 적고, 경제적으로도 적당한 자동차가 최고라는 말이 된다. 아마도 그것이 미국 시장에서 유럽 차가 후퇴하고, 일본 차가 팔리고 있는(물론 현재 그렇다는 말이지만) 가장 큰 이유일 것이라고 생각한다.

나는 그렇게 많은 종류의 자동차를 타보지는 않았지만, 이제까지 타고 몰아본 차 중에 아직도 분명하게 인상이 남아 있는 차를 꼽으라면 역시 메르세데스 벤츠 190과 토요타 코롤라 두 대라고 생각한다. 이 두 대의 차를 운전할 때 느꼈던 감촉은 신기하게 지금까지도 분명히 기억난다. 메르세데스는 일 관계로 이 주일 정도 빌려서 운전했다. 처음 며칠은 "뭐야, 이게 메르세데스야? 별것 아니군" 하는 생각에 약간 실망했는데, 시간이 지남에 따라 몸에 스미듯이 서서히 좋은 점들을 알게 되는 차였다. 그리고 이 주일 후에는 여지없이 압도되어버렸다. 디자인과 마크에 조금 저항감이 있어 지금으로서는 그 차를 살 계획은 없지만, 그런 파생적인 부분을 제외하면 아무튼 모든 사람을 납득시켜버릴 차라고 생각한다. 그때 비교 시승한 BMW 320은─이것 역시 이 주 정도 빌렸다─빠르고 통쾌하고 날카로운 최상의 나이프처럼 잘 빠진 차였지만 납득은 되지 않았다. 확실히 대단했지만 이런 정도라면 더 좋은 차도 있지 않을까 하는 느낌이 들었다. 요약하자면 욕심나는 차다. 욕심나는 차는 재미는 있어도 그만큼 불만도 쌓인다. 메르세데스에는 그런 것이 없다. 욕심도 나지 않지만 불만도 쌓이지 않는다.

그런 점에서는 토요타 코롤라도 나쁘지 않다. 나는 코롤라를 렌터카로 몇 번 탔다. 잘 알다시피 렌터카에는 상태 차이가 있지만 상태가 좋은 코롤라는 '딱 맞는다'는 느낌이 있다. 렌터카 사무실에 가서 열쇠를 받고 운전석에 앉아 시동을 걸면, 벌써 몇 년 전부터 길들인 차 같다는 느낌이 온다. 위화감이라는 게 거의 없다. 이건 정말 대단하다는 생각이 든다. 물론 성능상으론 더 좋은 차가 있겠지만 이 차에는 일종의 완결성이라고도 할 만한 쌀쌀함과 마음을 편하게 해주는 게 있는 듯하다.

그에 비하면 내가 지금까지 운전해본 결과, 요즘 미국 차 중에는 이렇다 할 명확한 철학과 존재감이 있는 모델은 발견하지 못했다. 적어도 지금 시점에서 나는 그 차에 분명하게 있는 고유한 이데아 같은 것을 찾을 수가 없었다. 물론 한정된 몇 가지 모델만 타본 것뿐이라 그렇게 명쾌하게 단정 지을 수는 없지만.

그래서 이 메르세데스와 코롤라라는 독일과 일본의, 말하자면 기념비적인 두 대의 차를 나란히 놓고 팔기 시작하고, 보통

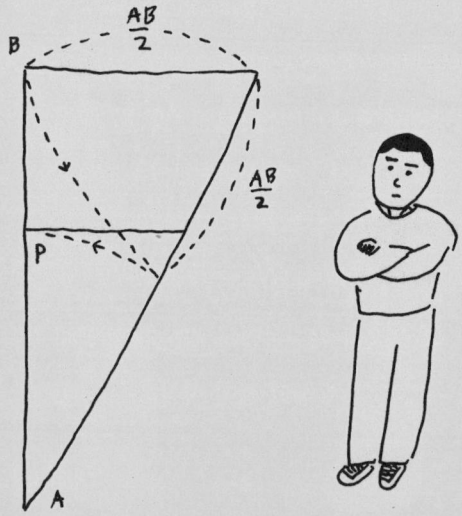

의 미국인에게 어느 것을 구입할 것인지 묻는다면 아마도 현실적인 이유로 대부분 토요타 코롤라를 택할 것이다. 돈 있는 사람은 아마도 메르세데스 벤츠를 택하겠지만 그런 계층은 전체적으로 보면 말할 것도 없이 소수파다.

얼마 전에 잡지를 봤더니 폰 쿠엔하임이라는 BMW 회장의 인터뷰 기사가 실려 있었다. BMW는 미국의 불경기와 일본 차의 공세, 특히 고급 차 부문에서의 급속한 진출로 북미에서의 매출이 큰 폭으로 떨어져, 상당히 위기감을 갖고 있는 듯했다. 그래서 아무래도 일본 차에 대한 혐오감이 드러나게 되었다. 일본의 고급 차는 고급 차라는 이름뿐이고 결국은 '세련된 커다란 코롤라' 아닌가. 요리로 말하면 패스트푸드를 모면한 정도 아니냐. 우리가 만들고 있는 차는 그것과는 전혀 다르다, 전통이 다르다, 격이 다르다, 라는 게 회장의 주장이었다. 확실히 그럴지도 모른다. 하지만 문제는 미국인들이 그 '세련된 커다란 코롤라'를 기꺼이 탄다는 데 있다. 아마도 어깨가 결리지 않기 때문일 것이라고 생각하는데, 뭐 그건 그렇다 치고 인터뷰 안에 조금 재미있는 발언이 있었다.

"일본 차에 대한 이야기지만, 우리는 (그들에 비해) 큰 어드밴티지를 갖고 있으며, 그것을 우리는 자랑스럽게 생각하고 있다.

그건 우리가 백그라운드를 가지고 있다는 뜻이다. 우리의 2천
년, 3천 년 역사의 근원은 그리스이자 로마다. 그리고 르네상스
다. 스타일링의 모든 것은 유럽에서 창조되었다. 그리스의 신전
을 보라. 이른바 황금분할이다. 그리고 평면이나 스타일링의 조
합을 주의 깊게 보라. 예를 들어 프랑스의 패션, 이탈리아의 고
급 남성복을. 가치란 그런 것이다. 그리고 그 가치를 지니고 있
는 건 우리다. 왜냐하면 그런 것들을 제대로 익히기 위해서는
전통이라는 것이 필요하기 때문이다. 그리고 몇 세기에 걸친 교
육이라는 것도."

BMW는 좋은 차라고 생각하지만 이 쿠엔하임 회장의 발언은
기본적으로 약간 온당치 못한 데다가 세부적으로는 몇 가지 틀
린 점이 있다. 예를 들어 그 2, 3천 년 역사의 근원이 그리스와
로마라고 하는 건 좀 심한 얘기다. 세계사에서 유럽이 확실히
주도권을 잡은 건 기껏 해봤자 산업혁명 이후부터다. 나는 디자
인에 대한 전문적인 사항은 잘 모르지만 황금분할이라는 것이
그렇게 절대적인 가치를 지니고 있다고는 생각하지 않는다. 게
다가 교육제도가 완비되어 있는 곳이 유럽만은 아니다. 쿠엔하
임 회장의 이야기를 듣고 있자면 유럽과 미국 이외의 국가는,
아니면 백인종 이외의 인간은 전통도 없고 교육도 없는 야만국,

야만인이 되어버리는 듯하다. 그런 속내가 드러나는 발언을 들으면 요즘 독일에서 네오나치가 대두하고 있는 것도 무리가 아니라는 기분이 든다. 나뿐만 아니라 미국인도 이런 황화론(黃禍論, 독일 황제 빌헬름 2세가 주장했던 황색 인종 억압론-옮긴이)적인 프로파간다를 접하면 약간 켕기는 구석이 있지 않을까 하는 느낌이다. 하나의 국가 안에 다양한 인종과 문명을 감싸 안으면서, 어떻게든 잘해나가려고 노력하고 있는—적어도 표면적으로는 그렇게 하고 있는—이 나라 사람들의 감각으로는 BMW 회장의 오만한 발언 역시 익숙하지 않을 것이다. 자동차를 발명한 건 분명히 유럽 사람이고, 따라서 그 조형에 있어서도 그들쪽이 조금 앞서 있는 것 또한 사실이다. 일본 차는 어차피 모방이라고 말하고 싶어하는 쿠엔하임 회장의 기분도 잘 알 수 있고, 그건 어떤 의미에서는 진실이라고 생각한다. 그러나 거기에서 발견되는 일종의 관용적이지 않은 선민의식, 선명한 계급의식은 미국 풍토와는 분명하게 이질적인 것이다. 내가 운전하고 있는 폭스바겐이 그리 대단한 차는 아니지만, 그래도 미국에서 운전하다 보면 생활 감각과 운전 감각 사이에 뭔가 한 꺼풀 끼어 있는 듯한 어색함을 문득 느끼게 되는 경우가 있다. "뭔가 좀 다른데" 하는 점이 있다.

그렇게 생각하면 일본 차에는 독창성이나 철학, 기쁨이 없다는 소리를 들으면서도 일본 자동차 메이커가 '세련된 커다란 코롤라' 같은 것을, 아래에서 위로 쌓아 올라감에 따라 지금까지는 존재하지 않았던 새로운 이데아를—메르세데스 벤츠적인 이데아에 맞설 이데아를—조금씩 창조해가고 있는 건 아닌가 하는 느낌마저 든다. 하지만 그런 새로운 가치 기준이 차를 운전해도 별 재미없는 일본이라는 토양에서 나온다는 게 신기하다면 신기한 이야기다. 그렇다면 세상은 앞으로 전 세계적으로 점점 지루하고 재미없는 장소가 되어갈 것인가? 아니면 거꾸로 세계가 너무나 지루하고 재미없는 장소가 되어가고 있기 때문에 일본적인 것이 세계적으로 평가받게 되는 것인가?

그런데 내가 차를 산 대리점은 처음에는 폭스바겐과 푸조 대리점이었으나, 다음번에 갔을 때에는 폭스바겐과 마쓰다 대리점으로 되어 있었다. 푸조가 매출 악화에 상심해 북미 시장에서 철수하기로 결정했기 때문이다. 그리고 다시 두 달 뒤에 갔을 때에 그곳은 마쓰다 전문 대리점으로 변해 있었다. 그 이유는 모르겠지만 최근 들어 폭스바겐 판매가 생각처럼 되지 않기 때문이 아닌가로 추측된다. 나에게 차를 판 폴은 쇼윈도 앞에서 열심히 마쓰다 RX-7을 닦고 있었다. 내 얼굴을 보자 폴은 "손님, 내년에 코라도의 새로운 6기통 엔진이 나옵니다. 차체는 똑같아도 엔진이 다릅니다. 이건 빠릅니다" 하고 말했다. 물론 그런 것은 이제 그와는 상관없겠지만 왠지 폭스바겐이 그립다는 듯한 표정이었다.

"됐어요, 지금 차로도 충분합니다" 하고 나는 말했다. "아무리 빨라도 뉴저지에서는 스피드를 내지 못하잖아요."

"하긴 그렇죠. 손님 말씀대로입니다. 저것으로 충분하죠" 하고 그는 말했다.

나는 전에는 대리점 앞을 지날 때마다 진열되어 있는 푸조나 폭스바겐 신차를 힐끔힐끔 쳐다보는 걸 좋아했는데, 이제는 그 자리에 낯익은 패밀리아나 MX3, 미아타, MPV가 나란히 늘어서 있다. 특별히 마쓰다 차에 반감을 갖고 있는 건 아니지만, 그런 새로운 광경을 볼 때마다 니로서는 좀 복잡한 기분이 든다. 이것이 새로운 이데아의 모습인가, 하고. 그렇다고 해도 푸조 405MI16은 꽤나 예쁜 차였는데.

뒷이야기

폭스바겐 코라도는 무슨 까닭에서인지 매사추세츠 주에서는 잘 팔리는 듯해서 보스턴 시내에서 흔히 눈에 띄곤 한다. 지역에 따라 팔리는 정도의 차이가 있는 것 같다. 그런데 얼마 전 신문을 읽다가 알게 된 것이지만 BMW 차는 미국에서 문제가 많은 차로 알려져 있나 보다. 일본에서라면 생각할 수도 없는 일이지만. 그에 대해 BMW는 확실하게 반론하고 있다. "미국에서 우리 차가 자주 고장 나는 것은 차에 문제가 있기 때문이 아니라, 미국인의 운전 기술, 운전 태도에 문제가 있기 때문이다"라는 게 그들의 주장이었다. 미국인의 운전 기술과 운전 태도의 어디가 어떻게 나쁜지 꽤 상세히 설명되어 있었는데 잊어버렸다. 하지만 정말 대단한 회사다. 토요타나 혼다라면 그런 소리는 조금도 하지 못했을 것이다.

미국에서 운전하며 즐거운 일 가운데 하나는 앞차의 범퍼에 붙어 있는 우스꽝스러운 스티커를 보는 것이다. 최근에 본 것 중에서 재미있던 것 몇 개.

(1) This is my toy! 이건 정말이지 말 그대로 우스꽝스럽다.

(2) "이 차는 가끔 환각 때문에 급정차합니다." 이것은 우편 수송차나 스쿨버스에 붙어 있는 급정거 주의 스티커를 비꼰 것이다. 그러나 한순간 놀라게 된다.

(3) I'd cheat on Hillary, too. "힐러리가 마누라라면 나 같아도 바람피우겠다."

건강한 여성들에 대한 고찰

　　　미국인과 알게 되어 여러 가지 잡담을 나누
다 보면 '반드시'는 아니라도 십중팔구 받게 되는 질문이 몇 가
지 있다.

(1) 미국에서 지내기는 어떤가? —아주 좋습니다.

(2) 언젠가 영어로 소설을 쓸 계획이 있는가? —대답은 '노'
　　다. 쓸 이유가 없다.

(3) 부인은 무슨 일을 하는가?

이런 것이 흔히 듣게 되는 세 가지 질문인데, 상대가 여자일
경우 거의 틀림없이 세 번째 질문을 한다고 해도 과언은 아니
다. 그러나 이런 질문에 짧고 정확히 대답하는 게 간단하지 않
다. 그것은 내 아내가 사회적으로 특별히 '뭔가를 하고 있다'고
할 수 없기 때문이다. 그래서 처음에는 지극히 단순하게 "아뇨,

특별히 하는 일은 없습니다. 그냥 가정주부입니다" 하고 대답했을 뿐이지만 그렇게 말했을 때 상대방의 약간 굳어진 얼굴을 보고 있으면 이 대답이 이런 질문에 대해 이 나라에서 듣기를 기대하는 대답이 아니구나, 라는 걸 점점 깨닫게 되었기 때문에 좀 더 길고 정중하게 대답하게 되었다.

"우선 첫째로 그녀는 나의 개인적인 편집자 겸 비서와 같은 일을 하고 있습니다. 내가 쓴 글을 읽고 검토하고, 그것에 대한 감상을 말하고 정리합니다. 전화를 받고(나는 거의 전화를 받지 않기 때문에) 편지의 답장을 씁니다. 미국에서도 같은 일을 해야 하기 때문에 학교에 다니며 영어를 공부하고 있습니다."

이 대답은 나로서는 상당히 솔직하고 정확한 상황 설명이라 일본에서라면 거의 90퍼센트 정도의 사람은 "과연 그렇군요" 하고 납득할 것이다. 하지만 이쪽 사람 대부분은 그렇게 간단히 납득하지 않는다. "그것만이 아닐 텐데. 뭔가 다른 일도 할 텐데"라는 듯한 표정으로 계속 말하기를 기다리는 경우가 많다. 결국 그것뿐이라면 남편의 일을 종속적으로 돕고 있는 것뿐이지 않느냐고 그녀들은(그런 표정을 짓는 사람들 대부분이 여자이므로 우선 그녀들이라는 대명사를 쓰겠다) 생각하는 것이다. 내가 "그녀가 이런 일들을 해주지 않으면 내가 일에 집중할 수가 없기 때문에 무척 큰 힘이 되고 있습니다. 거의 공동 작업에 가까운 부분들도 있고요" 하고 설명해도, "그렇지만 그렇게 말해도 책 표지에 이름이 나오는 건 당신뿐이잖아요"라는 듯한 표정으로 쳐다본다. 하긴 그렇게 말한다면 그렇기도 해서 나로서는 반론을 할 수도 없다.

그런 말까지 들으면 할 수 없이 나도 비장의 카드를 꺼내서 "사실 아내는 사진을 찍고 있습니다" 하고 말하게 된다. 유럽에 살고 있을 때 아내는 내가 여행기를 쓰기 위한 기록 카메라맨 같은 역할을 했는데, 나중에 그 사진에 관심을 보인 사람이 있어 작은 사진집 같은 것을 낸 적이 있다. 그 일을 끄집어내는 것이다. 원래 본인은 "카메라니, 교환 렌즈니 하는 건 무겁고 부피도 나가는 데다 필름의 감도니 조리개 같은 것에 일일이 신경 쓰는 것도 귀찮아 당분간 사진은 찍기 싫어. 그런 귀찮은 일 안하고 느긋하게 여행하고 싶어"라고 하지만 물론 그런 말은 하지 않는다.

그런데 어쨌든 그런 사진 이야기까지 나오게 되면 그제야 모두 납득한다 라기보다는 모두 겨우 거기서 안심한다. "그렇군요. 그건 멋진 일이죠. 앞으로도 그런 일을 함께 하시면 좋겠어요"라는 듯한 말을 하고 비로소 빙긋이 웃어준다. 미국에서 자기소개를 하는 것도 어지간히 힘들다. 아무튼 거기에는 '기대되는 모범 답안'이라는 것이 확실하게 있어, 그것에 제대로 맞추지 않으면 좀처럼 납득하지 않기 때문이다. 그 대신 기대하고 있는 포맷에 한번 들어맞으면 웬만한 건 다 봐준다. 이런 일을 몇 번 겪고 나면 미국이라는 나라가 자유국가를 표방하고 있는 것치고는 약간 바깥 틀(표면상의 방침이나 원칙)이 지나치게 경직되어 있다는 걸 실감하게 된다. 뭐랄까, 단단한 가죽 구두에 발을 억지로 끼워 맞춰야 하는 느낌이다. 그에 비하면 유럽 사회는 뭐니 뭐니 해도 노회하다고나 할까, 어느 것에든 구애받지 않는 유연성을 지니고 있다. 하긴 그런 유연성은 미국 동부의 지식인 계급사회에서 특히 두드러지게 나타나는 경향인지도 모르겠지만.

예를 들어 "제 아내는 미국에 오고 나서 노숙인 문제에 관심을 갖게 되어 매일 노숙인을 위한 급식 센터에서 봉사 활동을 하고, 일주일에 두 번은 히브리어 교실에 다니면서 언젠가는 히브리어 문학을 일본에 소개하려고 합니다"라고 말하면 모두 그것으로 확실하게 납득하게 된다. 그러면 "매우 훌륭한 일이네요. 그런 부인을 둔 걸 자랑스러워하셔야 해요"라고 들을 것이다(물론 노숙인을 돕고 히브리 문학을 공부하는 것에 대해 나는 아무 이견이 없으며 그건 아주 좋은 일이라고 생각하지만…… 어디까지나 이건 예입니다). 내가 받은 인상으로는 미국 여성은 대개 "저는 이러이러한 일을 하고 있습니다" 하고 분명히 말할 수 있고, 누구라도 그에 대해 "그렇군요" 하고 일단 납득해줄 수 있는 형태의 어떤 뭔가를 하나쯤은 확실하게 준비해두고 있는 것 같다. 나는 그런 걸 개인적으로 PCpolitically correct 토큰이라고 부른다.

그녀들의 관점에서 보면 나는 누군가 비서를 채용해서 내 일과 관련한 업무를 그 비서에게 맡기고 내 아내는 자신의 경력을 쌓기 위한 일, 혹은 뭔가 자발적으로 자기 마음속에서 우러나온 봉사 활동 같은 작업을 해야 하는 것이다. 그렇게 함으로써 여성이 남편의 그늘에서 벗어나 비로소 정신적인 자립을 얻을 수 있다고.

왠지 일을 남에게 떠넘기는 느낌이 들기도 하지만 그 말이 논리적으로 맞는 말이라고 생각한다. 그렇게 함으로써 그 여성이 행복해질 수 있다면, 그녀가 그런 형태로 자립하는 것에 대해 나에게는 아무 이견도 없다. 하지만 그와 동시에 사람에게는 각자 사정이라는 것이 있고, 세계의 모든 여성이 똑같이 한 가지 방식으로 살아야 하는 건 아니라고 생각한다. 특히 나는 시종일관 "나는 나, 남은 남"이라는 사고방식으로 살고 있는 인간이라 그런 식으로 모든 것을 일반화시켜버리면 "그런 건가?" 하고 약간 회의적이 되지 않을 수 없다. 예를 들어 내 아내가 "나는 정말 사진을 찍고 싶어서(혹은 노숙인 문제를 연구하고 싶어서, 히브리어를 배우고 싶어서), 더 이상 당신 일을 도와줄 수 없어요. 내

인생은 내 것이지 내가 남에게 봉사하기 위해 태어난 건 아니에
요. 당신 일은 당신 혼자 하세요. 나는 내가 하고 싶은 일을 하
겠어요" 하고 말한다면 나는 물론 반대하거나 하지 않는다. 그
결과로 여러 가지 일상적인 잡무를 스스로 처리해야 하는 것은
번잡스럽고, 그에 따라 시간도 빼앗기고, 글을 검토해주는 사람
이 없어져서 곤란해지겠지만 그래도 어떻게든 나 혼자서 해나
갈 것이다. 하지만 아직까지 특별히 그런 이야기도 나오고 있지
않기 때문에 우선 지금과 같은 형태의 생활을 그대로 계속하고
있는 것이다. 그게 잘못이라면 잘못일지도 모른다. 하지만 변명
하려는 건 아니지만 도대체 누구의 인생이 틀림없는 것이라고
말할 수 있을 것인가? 당신의 인생은 성공이라느니, 실패라느
니 하는 말을 누구에게 확신을 갖고 단언할 수 있을 것인가?

　나와 아내는 대학 시절에 알게 되어 아직 학생일 때 결혼했
다. 그리고 대학을 나오고 나서 여기저기에서 돈을 빌려 재즈
를 들려주는 작은 가게를 경영했다. 70년대 초반의 일로 그 당
시에는 '회사에 취직하는 것은 타락이다'라는 전공투(全學共鬪
會議의 준말. 1968~1969년에 있었던 전국적인 대학의 반체제 학생들의
전투적 투쟁 조직−옮긴이)적인, 또는 반문화적인 분위기가 아직
세상에 조금은 남아 있었다. 그리고 우리는 남녀란, 부부란 기

본적으로 대등한 존재이기 때문에 대등하게 일해야 한다는 생각을 갖고 있었다. 따라서 우리는 대학을 나오고 나서도 취직하지 않고, 어떻게든 스스로 돈을 마련해 가게를 열었던 것이다. 우리는 당시로서는 비교적 급진적인 생활을 보내고 있었다고 말할 수 있다.

그 가게는 칠 년간 운영했는데, 그 칠 년 동안 우리의 역할은 거의 완벽하게 평등했다. 거의 같은 시간을 일했고, 거의 같은 일을 하고, 가사도 분담했고, 물론 수입도 평등하게 나눴다. 하지만 그러는 동안 내가 소설을 쓰게 되었고, 이윽고 어떤 일이 있어도 풀타임 작가가 되고 싶어서 가게를 그만두게 되었다. 일단 몇 년간은 집필에 치중하다가 생활이 어려워지면 다시 가게를 하려고 생각했는데, 다행히 책이 팔려서 전업 작가가 될 수 있었다. 생각해보면 가게를 접을 당시에는 작가로서의 수입보다 가게 수입이 더 많았다. 그러나 그럭저럭 십이 년 동안 우리는 기본적으로 나 혼자의 수입(원고 수입 및 인세 수입)으로 살아왔다. 이것은 가게를 할 때에 비하면 정말 백팔십도 뒤바뀐 상황이다.

처음에는 아내도 가끔 그런 점에 대해 불평을 말했다. 이런 식으로 당신 수입만으로 먹고사는 건 잘못된 게 아니냐고. 그 말을 듣고 보니 정말 그럴 수도 있을 것 같았다. 하지만 이런 식으로도 생각해보자. "그런 건 결국 인생의 운명이므로 만약 어떤 일로 정반대의 상황이 일어난다고 해도 특별히 이상할 건 없지 않은가. 그런 식으로 생각하는 건 남자나 여자의 성별 차이 이전의 문제 아닌가" 하고.

가끔 만약 나와 그녀의 입장이 정반대가 된다면 어떨까 하고 생각하기도 한다. 만약 그녀가 전업 작가가 되었고, 그 수입만으로 두 사람이 생활할 수 있고(즉 내가 일할 필요가 없고), 나도 특별히 밖에 나가 일하고 싶은 마음이 없어서 집에서 잡일을 하고, 그녀의 원고를 읽고 검토하며 비서 같은 일을 하면서 지낸다면 어떨까 하고. 영어에서는 이런 가정을 "남의 신발에 발을 넣어본다"라고 한다.

그렇게 남의 신발에 내 발을 넣어보면 아마도 나는 그녀의 집필 작업을 도와주면서 한편으로는 뭔가 다른, 내가 하고 싶은 일을 열심히 하지 않았을까 하는 기분이 든다. 다른 사람에게 인정을 받든 말든, 가령 번역 같은 일을 취미로 하고 있었을 것이다. 가끔 누군가로부터 "돈 잘 버는 좋은 부인을 두셔서 좋으시겠습니다"라는 비꼬는 말을 듣고 상처를 받을지도 모르지만, 그래도 기본적으로는 한가롭게 내 페이스로 살지 않았을까? 물론 이건 어디까지나 가정으로 한 이야기니까 반드시 그렇다고는 말할 수 없지만 나는 원래 그런 성격이다.

하지만 만약 정말로 아내가 소설가로 성공해서 내가 그녀의 비서 겸 편집자 같은 역할을 하면서, 존 레논처럼 가사와 육아를 떠맡고 있었다면 미국 여성들은 아마도 그 말을 듣고 무척 기뻐할 테고, 어쩌면 나를 높게 평가해줄지도 모른다. 하지만 실제로는 그와 반대이기 때문에 모두가 얼굴을 찡그리게 되는 것이다. 남녀의 입장이 바뀌는 것만으로 가치 평가가 이 정도로 크게 바뀌어버리는 것이다.

미국에 와서 살아보고 역시 감탄을 금할 수 없는 것은 그런 페미니즘에 대한 강한 관심이다. 아니, 그보다는 페미니즘이라는 시점이 이미 확실하게 생활에 정착해 있다. 예를 들어 영어로 대화를 나눌 때 'anyone'을 무심코 'he'로 받거나 하면 주의를 받게 된다. 이것은 분명히 내 부주의이기 때문에 이후로는 조심하게 된다. 그러나 배나 나라를 'she'로 받는 건 어쩐 이유냐고 시험 삼아 물어보면, "그런 것도 조만간 전부 'it'으로 받게 될 거예요"라는 대답이 돌아온다. 뭐 그것도 일리가 있다. 'spokesman'이 'spokesperson'이 되고, 'chairman'이 'chairperson'이 되는 것은 이미 상식이다. 그렇지만 그중에는 코네티컷 주에 사는 한 주부가 'Goodman'이라는 성을 'Goodperson'으로 개명해버린, 이것까지는 좀 극단적이지 않나 하는 현상도 없지 않다. 그러나 그렇다고는 해도 개명을 하고, 하지 않고는 어디까지나 개인의 마음이니까 다른 사람이 왈가왈부할 성질의 문제는 아닌 듯하다.

　대학의 문학 연구에서도 페미니즘의 기세가 매우 강하다. 어느 대학이나 '여류 문학 연구'나 '페미니즘적 관점에서 보는 문학 비평' 같은 강좌가 학생들(남녀 구분 없이)에게 인기를 끌고 있다. 나는 영어에서 일본어로 소설 번역을 하고 있는데 사람들 앞에서 이야기를 하면서 내가 번역한 작가들의 이름을 열거하면(레이먼드 카버, 팀 오브라이언, 스콧 피츠제럴드, 존 어빙, 트루먼 커포티……) 반드시 그 자리에 있는 여성이 손을 든다. 그리고 "당신이 지금 열거한 작가는 남성뿐이지 않습니까? 의식적으로 그런 겁니까? 어째서 여성 작가의 작품은 번역하지 않는 거죠?"라는 질문이 날아온다. 그런 질문을 받으면 왠지 내가 살 가치가 없는 사람처럼 느껴진다. 나는 특별히 여성 작가니까, 남성 작가니까 하는 식의 구분을 하며 소설을 읽지는 않는다. 소설이라는 건 읽어서 재미있고, 작품이 뛰어나면 되는 것이지 그 작가가 치마를 입었든, 바지를 입었든 그런 건 내게는 대단한 문제가 아니다. 그러나 결과적으로 보면 내가 번역한 것은 확실히 남자 작가뿐이다. 어째서인지 이유는 알 수 없지만. 하지만 그럴 때 나는 "저는 그레이스 페일리의 작품도 몇 개 번역하고 있습니다" 하고 말하고 있다. 그레이스 페일리는 페미니즘적인 관점에서 보면 거의 100퍼센트 코렉트인 사람이기 때문에 그것으로 대충 "뭐 괜찮군" 하고 봐주게 된다. 페일리 씨에게 감사해야 할 일이다. 하지만 내가 그레이스 페일리의 소설을 좋아하는 것은 그녀가 여성 작가라거나 아니면 페미니즘적인 자세를 취하고 있기 때문이 아니라 단지 작가로서, 문장가로서 그녀가 뛰어나기 때문이다. 한 사람의 독자로서 그저 단순하고 솔직하게 공감할 수 있기 때문이다. 그런 발상은 어쩌면 반동적이고 무의식적이라서, 그 결과 나를 페미니즘의 적으로 만들고 있는지도 모르지만.

나는 이곳 현지에서 극도로 융성하고 있는 페미니즘 문학 비평에 딱히 불평을 늘어놓는 건 아니다. 그러한 새로운 측면에서 새로운 시점으로 문학을 이해하는 건 확실히 재미있는 시도라고 생각하며, 비평 분야에서도 얼마간 유익한 역할을 한 것도 사실이라고 생각한다. 그리고 또 그런 관점은 앞으로 소설 쓰는 방식에 확실한 변화를 가져오게 할 것이라고 생각한다.

다만 내가 생각하기에 사물의 올바른 모멘트moment란 본래 그 밑바탕에 의심이라는 개념을 품고 있는 것이 아닌가 싶다. 다시 말해 본래 정당한 모멘트란 어디까지나 소박하고 자연스러운 의심에서 비롯되어야 한다. 그런 의심 속에서 "일단 이렇게 되었지만 실은 이게 아닐까?" "아니, 실은 이게 아닐까?" 하는 가설이 계속 생기고, 그런 다양한 가설이 쌓여감에 따라 하나의 중요한 가변적인 모멘트가 생겨나는 것은 아닐까. 그러나 어느 시점에서 그런 가설 하나하나가 고정화되고 정착되어 본래의 가변성을 잃고, 누구라도 알 수 있는 명제가 되어버리면 거기에는 어떤 숙명적인 스탈린주의가 생기게 된다. 문학 세계에서 말하면, 학문적으로 저급한 정신이 여기가 고비라고 필사적으로 물고 늘어지는 '거미줄'이 되어버릴 우려도 있다. 내가 걱정하는 건 그런 스탈린주의적인 세부 고정화 경향에 대해서지 결코 페미니즘 문학 비평 전체에 대해서가 아니다.

그건 그렇고, 미국 문학 업계에서 여성이 차지하는 비율이 엄청나게 높다. 일본에서는 상상도 할 수 없을 정도로 높다. 예를 들어 내가 여기서 함께 일하는 문예 에이전트, 출판사, 잡지 편집자의 80퍼센트는 여성이다. 모두 유능하고 열성적이며 무엇보다 건강하다. 매일매일 바쁜 것 같고, 피곤하거나 짜증나기도 하고 낙심하기도 할 때가 있을 텐데, 언제 만나도 언제 전화를 해도 밝고 건강한 목소리로 생긋생긋 웃으며 긍정적으로 일하고 있다. 가끔 화장실에 가서 거울을 보며 "나는 오늘도 건강하다. 나는 오늘도 건강하다" 하고 타이르는 것이 아닐까 생각되기도 하지만, 어쨌든 그런 자세는 대단하다고 생각하며 그녀들과 함께 일하는 게 즐겁다.

"편집자 중에 여성이 많은 건 솔직히 미국에서는 편집자들의 월급이 그리 많지 않기 때문이에요. 일본하고는 다르죠" 하고 그녀들 가운데 한 사람이 알려주었다. "우리는 돈 때문이 아니라, 출판이 정말 좋기 때문에 하는 거예요. 경제적인 측면에서 말하면 거의 모두 남편이 있고, 돈은 남편이 착실히 벌어다 주거든요."

하지만 설사 그런 구체적인 사정이 있다고 해도 뉴욕의 건강한 아줌마들(혹은 조금 나이 든 누님들)이 그야말로 전문직 종사자답게 씩씩하게 일을 하는 모습을 보고 있으면 나도 열심히 해야겠다는 생각이 들게 된다. 그녀들에게는 물론 개인으로서의 가정생활이 있기 때문에 일본에서 편집자들과 어울리던 것처럼 "어때요, 오늘 밤 어디서 식사라도?"라고 하는 일은 거의 없다. 같이 식사를 하는 것은 대개 늘 한 시간으로 끝나는 비즈니스 런치다. 가끔 "사모님과 같이 저희 집에 저녁 드시러 오세요" 하고 초대받는 경우도 있지만, 그런 일은 극히 예외다. 일본에서도 남성 편집자의 숫자가 확 줄고, 그만큼 주부 편집자가 늘어나면 편집자와 작가의 관계도 더 산뜻해지고 업무적으로 변해서 좋지 않을까 하는 생각도 없진 않다. 그러기 위해서는 미국처럼 과감히 출판사 사원의 월급을 깎고…… 이런 말은 무서워서 도저히 큰 소리로 할 수 없지만.

나로서는 그렇게 정말 건강한 여성들을 보고 있으면 미국의 페미니즘이란 것이 이런 곳에서 풀뿌리처럼 건전하게 생겨나고 있다고 강하게 느끼게 된다. 나는—아마도 내 자신이 실제로 몸을 움직이며 살아온 사람이기 때문이라고 생각하지만—어느 쪽인가 하면 이론만 내세우는 사람보다는 현실에서 몸을 움직이는 사람들에게 끌리는 경향이 있다. 그런 사람들은 내게 "당신은 왜 남성 작가의 글만 번역하는가? 거기에 무슨 의미가 있는가?"라는 질문은 거의 하지 않는다. 특별히 그런 질문이 무의미하다는 건 아니지만 나로서는 될 수 있으면 그렇게 혁명 법정처럼 지엽적인, 사소한 일에 구애받지 않는 세상에서 번듯하게 살고 싶다. 주장하는 사상의 옳고 그름은 어찌 됐든, 무엇인가를 등에 업고 무턱대고 큰소리치며 거들먹거리는 사람은—그게 가령 남자든 여자든—기본적으로 신용할 수 없다는 게 내 사고방식인데 당신은 어떻습니까?

생각하건대 미국이라는 나라에서는 '개념'이라는 것이 일단 확립되면 그것이 점점 커지고 강해져서 이상주의적(and/or), 배타적으로 되는 경향이 있는 듯하다. 흔히 '자연이 예술을 모방한다'고 하지만, 여기서는 '인간이 개념을 모방한다'는 케이스가 많은 것 같다. 이 개념을 예스·노, 예스·노로 답하며 열심히 진지하게 추구해가면, 예를 들어 동물 애호를 부르짖는 사람이 고기 공장을 습격해서 영업을 방해하거나, 낙태 반대론자가 낙태 수술을 하는 의사를 총으로 쏘거나 하는, 제대로 된 머리로 생각하면 조금 믿을 수 없는 광신적(fanatic)인 일이 일어난다. 본인이야 지극히 진지하다고 하겠지만.

아마도 인종적으로도, 종교적으로도 다양한 뿌리를 가진 사람들이 모여서 이뤄진 나라이기 때문에 공통 개념이라는 것이 공통 언어와 비슷한 큰 가치를 지니고 있어서가 아닌가 하고 나는 상상한다. 그것이 모든 걸 연결해주는 고리와 같은 역할을 하고 있는 건 아닐까. 하지만 솔직히 말해서 가끔 이야기를 하면서 지루해질 때가 있다. 고등학교 시절 학급 토론 시간에 고지식한 여자 학급 위원에게 "무라카미의 사고방식은 좀 이상해요" 하고 추궁당하는 것 같은 기분이 된다. 그런 말을 들

으면 "어쩔 수 없잖아. 원래 천성이 이상한걸. 하지만 그렇게 말하는 너도 얼굴이 꽤 이상하다고" 하고 정색을 하며 대꾸하고 싶어진다. 물론 그런 걸 말하지는 않지만.

이윽고
슬픈 외국어

      일 년 반쯤 전의 일인데, 집 근처에 있는 어학
원에 두 달쯤 스페인어를 배우러 다녔다. 미국에 와서 스페인어
를 공부한다는 것도 어쩐지 이상하지만, 멕시코를 한 달 정도
여행하려고 마음먹었고, 또 영어 소설을 번역할 때 스페인어에
대한 기초적인 지식이 필요해지는 경우가 많기 때문에 마침 좋
은 기회라고 생각해서 착실하게 공부해보려고 했다. 미국 사람
과 함께 영어를 쓰면서 외국어를 배우는 것이니까 영어 연습도
되겠다는 계산도 있었다. 학교는 그 유명한 벌리츠였지만, 마침
운 좋게도 할인 기간이어서 수강료는 아주 쌌다. 교과서도 결코
비싸지 않다. 학교가 '강력히 추천하는' 연습용 테이프 패키지
를 사면 비싸지지만 내 경우엔 지금까지 어학 테이프에 도움 받
은 기억이 거의 없기 때문에 사지 않았다. 나는 일본에서 이런

종류의 어학원에 다닌 경험이 없었으므로 정확히 비교할 수는 없지만, 아는 사람에게서 들은 이야기를 토대로 상상하면 일본 어학원에서 외국어를 배우는 것에 비해 비용이 훨씬 싸다. 미국 에서는 스페인어를 할 줄 아는 사람이 길거리에 널려 있기 때문 에 교사를 구하기가 쉽다는 것도 그 이유 중의 하나일 것이다. 내가 살고 있는 지역 바로 뒤에도 히스패닉(스페인어를 쓰는 라틴 계 미국인—옮긴이) 사람들이 사는 구역이 있는데, 이곳을 걸어가 면 거의 스페인 말밖에 들리지 않는다.

학급은 전부 네 명이고 수업은 저녁 일곱 시부터 시작한다. 솔 직히 나는 해가 진 다음에 일하거나 공부하는 건 그리 좋아하지 않지만, 그 시간밖에 수업이 없기 때문에 선택의 여지가 없다. 일을 마치고 나서 어학을 배우러 오는 사람이 많기 때문이다. 나 이외에 학생은 나이 든 아주머니 두 명, 서른 살이 좀 넘은 듯한 여피풍의 흑인 한 명이었다. 아주머니 중 한 명은 푸에르 토리코인가 어딘가에 공동 소유의 별장을 가지고 있어서 그곳 에서 자주 겨울을 보내기 때문에 본격적으로 스페인어를 배우 려고 한다는 것이었다. 어쩌면 남편이 은퇴하고 나서 그곳에서 여생을 보낼 계획인지도 모른다. 나이 든 미국인 중에는 그런 동기로 스페인어 공부를 시작하는 사람이 많은 것 같다. 다른 한 아주머니가 스페인어를 배우려고 하는 동기는 알 수 없음.

문제는 척이라는 여피풍의 흑인인데(사실은 척이라는 이름이 아닌지도 모르지만 생각이 잘 나지 않아 그냥 척이라고 해두겠다), 이 사람은 무슨 은행에 다니고 있는데 일이 끝난 후 서둘러 저녁을 먹고 벌리츠에 온다는 것이다. 언제나 단정한 차림새를 하고 있다. 랄프 로렌 셔츠에 아르마니 안경이라는, 그런 분위기다. 흑인이라곤 해도 피부색이 흰 편에 가까운 커피 브라운이다. 이 사람은 특별히 스페인어를 배우고 싶어서 배우는 게 아니었다. 어떤 목적이 있는지 물어보는 걸 잊었지만 은행 상사에게서 "자네, 석 달 후에는 스페인어로 말할 수 있도록 하게"라는 명령을 받고 마음이 없는데도 스페인어를 배우고 있는 것이다. 그래서 늘 그 때문에 투덜투덜 불평을 늘어놓았다. 수업 시작 전 몇 분 동안 우리에게 "난 사실 어학 공부 따윈 하고 싶지 않아요. 뭐 수업료는 은행이 대주고 있으니까 괜찮지만" "오늘 밤은 텔레비전에서 볼 만한 농구 시합이 있어요. 집에서 맥주나 마시면서 시합을 보고 싶은데" "하루 일과가 끝나고 나서도 이런 걸 해야 한다니 참을 수가 없어"라는 말을 바보처럼 중얼중얼하곤 했다. 영화 같은 데서 자주 보는 미국의 기민하고 긍정적인 엘리트 비즈니스맨과는 이미지가 무척 다르다.

원래 어학적인 센스가 없어서 그런 건지, 아니면 하고 싶은 의욕이 없기 때문인지, 척은 문법도 발음도 거의 외우려 하지 않는다(아니면 외울 수 없는 건지도). 그래서 이 사람 때문에 수업이 순조롭게 진행되지 않는다. 그런 주제에 쓸데없는 논리는 잘도 갖다 붙인다. "왜 그런 이상한 활용을 해야 하나요?"라는 따위의 불평이다. 그런 걸 일일이 따져봐야 소용없다고 생각하지만. 자신이 틀리면 "나는 칼리지에서 라틴어로 학점을 땄기 때문에 스페인어는 잘 몰라요" 하고 변명한다. 너 대체 어떤 칼리지에서 라틴어 학점을 딸 수 있었던 거야, 하고 말하고 싶어진다. 그런 주제에 화제가 어학을 벗어나면 주절주절 잘도 떠든다. 자기가 이 초급 스페인어 교실에서는 무력하지만 사회에 나가면 잘 나가는 인간이라는 걸 과시하고 싶어한다. 확실히 말해서 짜증나는 인간이다. 교사도 상당히 기가 꺾인 듯했지만, 미국에 있는 이런 부류의 학교 교사는 학생에게 약간의 클레임만 들어와도 아웃이기 때문에, 참을성 있게 가장 뒤떨어지는 학생에게 페이스를 맞추어서 수업을 진행하게 된다. 누군가가 헷갈려 하면 앞으로 나갈 수가 없다. 이렇게 되면 '학생'이라기보다는 오히려 '고객'이라고 부르는 쪽이 가깝다. 그런 이유로 나는 처음에 열 번 정도 나가고는 그만두었다. 수업 자체에는 별 불만이 없었지만 척과 함께 공부한다는 건 헛고생이라고 생각했기 때문이다. 어학 교실에서 다른 사람과 함께 어학을 배운다는 것은 상당히 어려운 일이다. 내 경험에 비춰 말하면, 어학이라는 것은 어느 정도 스파르타 식으로 "따라오지 못하는 놈은 두고 간다" 하고 말할 정도로 엄격하게 하지 않으면 가르칠 수 없고 외워지지도 않기 때문이다.

그 뒤 개인 교사를 찾아 혼자서 조금씩 스페인어 공부를 계속했는데 이윽고 소설을 쓰기 시작하자 절대적으로 시간이 부족해져 중도에 그만두고 말았다. 그래도 배낭을 짊어지고 멕시코를 혼자서 여행했을 때는 아주 기초적인 스페인어 지식만으로도 꽤 도움이 되었다. 당연한 일이지만 최소한 아무것도 모르는 것보다는 훨씬 나았다.

최근 육 년 사이에 오 년 가까이 일본을 떠나 외국에 살고 있다. 결국 외국어를 쓰지 않으면 살 수 없는 상황을 스스로 선택해서 살고 있는 것이다. 그래서 새삼스레 이런 이야기를 하는 것도 이상하지만 솔직히 말해서 아무래도 나는 외국어 습득에는 소질이 없는 게 아닌가 생각하게 되었다.

생각해보면 기간이 짧고 긴 것엔 차이가 있지만, 지금까지 여러 외국어를 공부했다. 중학교 때는 물론 영어를 배웠다. 대학에서는 독일어를 배웠다. 대학 졸업 후에는 프랑스어를 잘하는 친구한테서 프랑스어를 배웠다. 프랑스어는 스페인어를 배울 때와 마찬가지로 상식 정도의 지식이 없으면 영어 소설을 번역할 때 상당히 곤란했기 때문에 하게 된 것이다. 사실 프랑스에 간 적은 아직 없었으므로 말해본 경험은 전혀 없다. 읽는 것뿐이다. 그리스어는 그리스에 살기 위해, 일본에서 한 대학의 강좌에 다니면서 꽤 오랫동안 공부했다. 이탈리아어는 간단히 독학했지만 한동안 이탈리아에 잠시 살았던 탓에 쇼핑, 식사, 길물어보기 정도는 할 수 있다. 터키어도 터키 여행을 하기 전에 한 달 정도 선생을 붙여 집중적으로 공부했다. 공부할 땐 그럭저럭 꽤 즐겁게 했던 것 같고, 그 당시에는 내가 어학에 소질이 있을지도 모른다고 생각했었다.

하지만 지금 뒤돌아 생각해보면 그건 아무래도 나의 착각이었던 것 같다. 나는 경향적·성격적으로 외국어 습득에 결코 소질이 없고, 특히 나이를 먹으면 먹을수록 그 '소질 없음'이 내 안에서 더욱 뚜렷해지는 느낌이 든다. 최근에는 "이젠 안 되겠는데. 더 이상 어학 공부는 할 수 없겠어" 하고 새삼스레 생각하게 되었다. 아니, 그렇다기보다는 내 안에서 외국어 습득의 우선순위가 시간이 지나가면서 점점 낮아지고 있다.

그렇게 된 가장 큰 원인은 역시 어학 공부에 할당하는 시간이 아까워진 데 있을 것이다. 젊었을 때는 시간은 얼마든지 있고, 미지의 언어를 습득한다는 열정 같은 것도 있다. 거기에는 지적 호기심도 있고 무엇인가를 정복해야겠다는 흥분도 있다. 새로

운 종류의 커뮤니케이션에 대한 기대도 있다. 일종의 지적 게임이기까지 하다. 하지만 마흔이 넘고 앞으로 유효한 시간이 나를 위해 어느 정도 남아 있는가에 대해 슬슬 신경이 쓰이게 되자, 스페인어나 터키어의 동사 활용을 닥치는 대로 외우는 것보다는 내 자신에게 더욱 절실하게 필요한 작업이 있지 않을까 하는 생각이 앞서게 되었다. 그리고 그런 것에 신경 쓰기 시작하자 어학 공부라는 것을 좀처럼 할 수가 없다. 아득바득 노력하지 않아도 마치 공기를 들이마시듯 자연스럽게 조금씩 어학을 익힐 수 있는 천재라면 몰라도(이런 사람은 내 주위에 실제 몇 명인가 있다), 나처럼 고생하지 않고는 아무것도 몸에 익히지 못하는 사람은 나이를 먹으면 꽤나 괴로워진다. 대개 몇 개 국어로 커뮤니케이션을 한다 해도 나라는 인간이 타인에게 전할 수 있는 건 어차피 한정되어 있는 게 아닌가 하는 생각도 한다.

이번에 스페인어를 배우면서 내가 절실히 느꼈던 건 그런 것이었다. 아무래도 어학 습득에 정신을 집중할 수가 없는 것이다. 척처럼 심하지는 않다고 해도 머리가 도저히 공부 쪽으로 돌아가지가 않는다. 전에는 그렇지 않았다. 무엇보다 구문(構文)의 이해나 단어 암기나 정확한 발음 연습 같은 것에 의식을 집중할 수 있었다. 하지만 지금은 그렇게 하는 게 불가능해지고 있다. 물론 나이를 먹고 지적 집중력의 절대량이 줄어든 탓도 있겠지만 역시 시간의 총량이 부족하게 되었다는 쪽이 크다고 나는 생각한다. 간단히 말하자면 "그렇게 뭐든지 다 할 수는 없다"는 것이다. 내가 우선순위라고 말한 것은 바로 그런 의미다.

미국에서 벌써 이 년 이상 살고 있고 십 년간 줄곧 영어 소설 번역을 해왔기 때문에 물론 어느 정도 영어 회화는 할 수 있다. 그러나 영어를 써서 사람과 이야기하는 건 솔직히 말해 상당히 고역이다. 나는 일본어로 말하는 것도 그다지 자신이 없어 떠들면 떠들수록 점점 마음이 무거워지곤 하는데 영어도 그건 역시 마찬가지다. 그래서 적극적으로 영어를 써서 말하고 싶은 생각이 별로 일어나지 않으니 말할 것도 없이 그런 사람의 영어 회화 실력은 좀처럼 늘지 않는다.

흔히 일본인은 말을 잘하지 못한다는 걸 필요 이상으로 부끄러워하기 때문에 어학에 능하지 않다는 말을 듣지만 나는 그런 부끄러움이라는 건 그다지 느끼지 않는다. 단어가 막힌다든가, 문법을 틀린다든가, 발음이 부정확하다든가 그런 건 외국어니까 어느 정도 어쩔 수 없다고 생각한다. 다만 내가 생각하기에, 자신이 생각하고 있는 것을 일본어로 술술 표현할 수 없는 사람은 외국어를 아무리 열심히 공부해도 역시 그 언어로 능숙하게 말할 수 없을 것이다. 이것은 원래 성격적 경향의 문제라서 고

치려고 생각해도 간단하게 고칠 수 있는 문제가 아니다. 일본어 노래를 잘 부르지 못하는 사람이 영어로 부른다고 갑자기 잘 부르게 되지 않는 것과 같다.

게다가 내가 있는 곳은 대학의 동양어학과라서 교직원도, 학생도 대부분 일본어를 유창하게 구사한다. 나 따위가 떠드는 영어보다 훨씬 유창하고, 그들 쪽도 연습을 위해 일본어를 쓰고 싶어하기 때문에 이쪽도 무심결에 일본어로 떠들게 되고, 그 바람에 내 영어 회화 실력은 더욱 늘지 않는다. 그에 비하면 경제학과나 철학과 같은 곳에 소속된 사람은 싫어도 온종일 영어를 써야 하기 때문에 일 년 정도 지나면 무척 잘하게 된다.

지난번에 학생들과 함께 세미나를 하면서 오랜만에 고지마 노부오〔小島信夫〕의 《아메리칸 스쿨》을 찬찬히 읽었는데, "아, 정말 그렇다" 하고 공감한 부분이 많았다. 간단히 말하자면 영어 교사인 이사〔伊佐〕라는 주인공이 종전 직후의 시대에 영어로 말하는 것에 깊은 무력감을 느끼면서도 아메리칸 스쿨에 견학하러 가지 않을 수 없었고, 그곳에서 영어를 쓸 수밖에 없는 상황에 빠지게 된다는 이야기다. 안됐다면 안됐고, 우스꽝스럽다면 우스운 이야기인데, 외국어를 말하는 작업에는 많든 적든 '안됐다면 안됐고 우스꽝스럽다면 우스운' 부분이 있다. 나는 이사만큼 심각하게 여기지는 않지만 그래도 영어로 열심히 얘기하면서도 문득 "왜 이런 것을 해야만 하는 걸까" 하고 생각할 때가 있다. 가게 점원이 "What?" 하고 큰 소리로 되묻거나, 자동차 정비 공장에 가서 아저씨를 상대로 땀을 흘리면서 떠듬떠듬 증상을 설명하거나(깜박이를 영어로 뭐라고 하더라?) 할 때면 가끔 자신이 한심스러워질 때가 있다. 길을 걸어가다 대여섯 살쯤 되는 미국 꼬마 아이가 멋진 영어로 술술 말하는 걸 들으면 "애들도 이렇게 영어를 잘하는데" 하고 생각하며 아연해지기도 한다. 생각해보면 당연한 이야기이고, 일일이 아연해할 일이 아닌데도 왠지 문득 그런 식으로 생각을 하게 되는 순간이 있는 것이다. 하기야 내 의지로 일본을 떠나왔으니까 누구를 원망할 것도 없는 일이지만.

한번은 뉴욕에 사는 메리 모리스 삭가의 집에 저녁 초대를 받았다. 메리는 작년 한 해 동안 프린스턴 영문과에서 창작 코스를 가르치고 있었고, 그곳에서 그녀를 알게 됐다. 프린스턴 영문과에는 조이스 캐롤 오츠, 토니 모리슨, 러셀 뱅크스 같은 쟁쟁한 작가들이 속해 있는데 황송해서 좀처럼 그들 곁에는 다가갈 수가 없다. 그중에서 토니 모리슨은 프린스턴 대학에서 가장 높은 보수를 받고 있는 것으로 유명하다. 내 눈으로 명세서를 보지 않았기 때문에 단언할 수는 없지만, 그렇다는 소문이다. 이 주일에 한 번씩 창작과 교수들의 오찬 모임이 있어서 나도 몇 번 초대를 받았지만 문지방이 높은 것 같아 무심코 망설이게 된다. 그에 비하면…… 이런 말을 해도 괜찮을지 모르지만 메리는 나하고 나이도 비슷하고, 성격도 개방적이고, 서로 사이토 에이지〔齊藤英治〕라는 친구를 알고 있어서(그는 메리의 작품을 몇 개 번역했다) 비교적 편안하게 사귈 수 있었다. 에이전트도 같고, 내가 멕시코 여행을 하고 있었을 때 우연히 그녀의《중남미 혼자 여행하기Nothing to Declare》라는 흥미진진한 멕시코 여행기를 갖고 가서 읽기도 했고—이 책은 일본어로 번역되어 있는데 일본어 제목은 잊어버렸다—그녀도 내 책을 우연히 읽었기 때문에 그런 이유로 해서 비교적 친하게 교제하게 되었다.

메리는 브루클린의 한적한 타운하우스에서 살고 있는데, 바로 근처에는 폴 오스터 부부가 살고 있고, 그곳에 맨해튼에서 온 모나 심슨 부부까지 가세해서 그날은 상당히 활기찬 디너가 되었다. 그런데 이렇게 되면 안타깝게도 나 같은 사람은 거의 대화 스피드를 따라갈 수가 없다. 일대일로 대화를 하면 그다지 불편하지 않지만 네 명이 되고 다섯 명이 되어 대화가 기관총처럼 빨라지게 되면 이야기의 줄거리를 쫓는 게 고작인 형편이 된다. 이야기 자체는 상당히 흥미롭지만, 가만히 듣고 있으면서 두 시간 정도 지나면 피로해져 신경이 이완되어버린다. 신경이 이완되면 집중력이 저하되고 내가 하는 영어도 점점 나오지 않게 된다. 울트라맨은 아니지만 이른바 '배터리가 나간' 증상이다. 외국어로 대화해보신 분이라면 대개 이 '배터리가 나간' 증상을 경험하시지 않았을까.

하지만 어쨌든 폴 오스터와 만날 수 있었던 건 즐거웠다. 나는 전부터 오스터라는 사람은 상당히 뛰어난 악기 연주가가 아닐까 하고 멋대로 상상하고 있었기 때문에 그에게 그런 질문을 해보았다. "당신의 문장은 구조적으로나 시간적으로도 매우 음악적으로 느껴지고, 뛰어난 연주가 스타일을 연상하게 합니다만"이라고 하자 그는 웃으며 고개를 저었다.

"나는 아쉽게도 악기를 연주할 줄 모릅니다. 가끔 집에 있는 피아노를 두들기기는 하지만요. 그러나 당신의 말은 아주 정확하다고 생각해요. 나는 소설을 쓸 때에는 언제나 악기를 연주하는 것, 음악을 만들어내는 걸 생각하면서 쓰고 있거든요. 악기를 잘 연주할 수 있으면 좋겠다고 자주 생각합니다"라는 것이었다. 정확하게 맞히지는 못했지만 빗나가지도 않은 정도라고 해야 할까.

내가 유창하게 말할 수 없다는 걸 변명하는 건 아니지만 외국어를 술술 할 수 있고, 커뮤니케이션이 가능하다고 해서 개인과 개인의 마음이 쉽게 통하는 건 아니라고 생각한다. 막힘없이 커뮤니케이션을 하면 할수록 절망감이 더 깊어지는 경우도 있고,

더듬거리며 대화를 나눌 때 마음이 더 잘 통하는 경우도 있다. 악기 연주에 비유하자면 초절정의 테크닉이 있다고 해서 반드시 더욱 명확하게 음악을 표현할 수 있는 건 아니라는 것과 마찬가지다. 물론 테크닉은 없는 것보다는 있는 게 낫다. 우선 악보를 읽을 수 없으면 연주도 할 수 없다. 하지만 극단적으로 말하자면 잘못 치거나, 도중에 막혀서 연주를 중단하더라도 심금을 울리는 연주는 있을 수 있는 법이다. 나는 그렇게 생각한다. 내 경험으로 비춰보면 외국인에게 외국어로 자신의 마음을 정확하게 전달할 수 있는 요령이라는 것은 이런 것이다.

(1) 자신이 하고 싶은 말이 무엇인지 먼저 자신이 확실하게 파악할 것. 그리고 그 포인트를 되도록 빠른 기회에 우선 짧은 말로 명확하게 할 것.

(2) 자기가 제대로 알고 있는 쉬운 단어로 말할 것. 어려운 단어, 멋진 말, 의미 있는 듯한 말은 불필요하다.

(3) 중요한 부분은 되도록 반복해서(바꿔 말하라) 말할 것. 천천히 말할 것. 가능하면 간단한 비유를 넣어라.

이상과 같은 세 가지 점에 유의한다면 그다지 말이 유창하지 않아도 당신의 마음을 상대방에게 비교적 확실하게 전달할 수 있을 것이라고 생각한다. 그런데 이건 그 자체가 '문장 쓰는 법'도 되는구나.

뒷이야기

　메리는 얼마 전 보스턴에 와서 새 책(여성이 쓴 여행기를 모은 선집)을 낭독했다. 나도 들으러 갔고 끝난 뒤에 함께 일본 음식점에 가서 초밥을 먹었다. "토니(모리슨)가 노벨상을 받게 돼서 프린스턴은 굉장히 떠들썩해요" 하고 그녀는 말했다. 축하할 일이다. 아내는 토니 모리슨과 우피 골드버그를 가끔 혼동할 때가 있다고 한다. 난처한 일이다.

운동화를 신고 이발소로 가자

　　이제 나는 도저히 '사내아이'라고 불릴 만한 나이는 아니지만 그래도 '사내아이'라는 말에 아직도 이상하게 마음이 끌린다. 그 말의 울림이나 거기에 담긴 느낌 같은 것이 참 좋다. 세상에는 "야, 저 녀석은 진짜 사나이야"라는 말을 듣는 사람도 있지만, 나는 역시 '사나이'라는 이미지보다는 '사내아이'라는 이미지 쪽이 여전히 나 자신에게 더 가까운 듯한 기분이 들 때가 있다. 이런 말을 하면, 그러니까 너는 덜떨어지고 사회화되지 못한 데다 유아적인 거야, 하는 소리를 듣겠지만 꼭 그렇지만은 않을 거라고 나는 생각한다. 오히려 현실적인 연령과는 그다지—물론 전혀라고는 할 수 없지만—관계없이 성립되어 있는 일종의 사물에 대한 견해, 가치관의 문제는 아닐까? 사회적으로 충분히 성숙되어 있으면서 그와 동시에 어떤 부분에서는 '사내아이'로 계속 머물러 있는 사람이 분명히 있을 것이다.

"그럼, 사내아이란 대체 어떤 것이냐?"라는 문제가 제기되는데 이런 것은 대개 심정적·감각적인 문제이기 때문에 분명하게 말로 정의를 내리기가 어렵다. 하려고 들면 못할 건 없지만 빙둘러서 말을 해야 할 것 같다. 그러나 그와는 별개로 "당신에게 '사내아이'의 이미지란 것은 구체적으로 어떤 겁니까?"라는 식으로 질문받는다면 내 대답은 간단명료해진다. 각 항목을 조목조목 쓰자면,

(1) 운동화를 신고

(2) 한 달에 한 번 (미용실이 아니라) 이발소에 가며

(3) 일일이 변명하지 않는다

이것이 나에게 '사내아이'의 이미지다. 간단하다. 이 세 조건을 만족시키는 사람이 있다면 나이와는 관계없이, 적어도 나에게 이 사람은 '사내아이'인 것이다. 그리고 나 자신도 꽤나 오래 전부터(얼마나 오래됐는지는 생각나지 않지만) 이 세 가지 조건을 어떻게든 충족시키며 살고 싶다고 생각해왔다.

그러나 제시된 조건이 간단명료하다고 해서 그것을 실행하는게 간단하느냐 하면 물론 그렇지 않다. 단 세 개의 단순한 항목일지라도 장기간에 걸쳐 그것을 꾸준히 유지해나가려면 역시

나름대로 고충이 있고, 그 결과 일종의 철학 같은 것이 생기게 된다. 아니, 철학이라는 표현은 조금 과장인지도 모른다. 경험적 관점이라고 하는 게 더 가까울 것 같다. 유지하려는 고충 속에는―그 고충이 어느 정도 객관적 필연성을 갖는가 하는 점과는 거의 관계없이―종종 그러한 것이 생겨나는 것이다.

어쨌든 내 자신의 경우를 검증해보자.

(1)의 항목에 관해 말하면 나는 지금도 완전히 사내아이의 조건을 충족하고 있다. 나는 일 년에 거의 320일은 스니커즈를 신고 지내고 가끔 구두를 신거나 하면 어쩐지 신분을 사칭하는 듯한 느낌이 들어 아무래도 마음이 편하지 않다. 특별히 자랑할 건 아니지만 이 점에 대해서는 거의 문제가 없다.

그러나 (3)의 '일일이 변명하지 않는다'는 항목을 실행하는 건 정말 어렵다. 굳이 변명할 작정을 하지 않았더라도 무심결에 "아니, 사실 그것은……" 하고 변명투로 말하고 있는 자신을 문득 깨닫고 씁쓸해한 적이 살면서 종종 있다. 혼자서 제멋대로 살 수 있는 젊은 시절은 제쳐놓고, 어른이 되어 깊고 폭 넓게 사회와 관계를 맺고 어느 사이엔가 복잡한 인간관계 속에 말려들게 되면, 변명과 해명 없이 살아가기가 거의 불가능해진다. 그런 단계마다 해야 할 변명을 하지 않으면 현실적인 손해를 입기도 하고, 오해 끝에 깊은 상처를 받는 일도 있다. 다른 사람에게

폐를 끼치거나 본의 아니게 소중한 친구를 잃게 되는 일도 있다. 평범한 세계에서도 이렇게 힘이 드는데, 그것이 내가 속해 있는 문학 관계 사회가 되면 이야기는 한층 더 복잡해진다. 이곳에서는 여러 가지 의견이 속속 활자화되어 광범위하게 퍼지기 때문이다. 따라서 당연히 그에 대한 변명·해명도 결과적으로 광범위해질 수밖에 없다.

그런데 일단 이런 변명 사이클에 들어가버리면 그야말로 하나에서 열까지 일일이 변명을 해야 한다. 어디까지가 정말 필요한 변명이고, 어디부터가 정말 필요 없는 변명인가 하는 경계선을 점점 알 수 없게 되기 때문이다. 그래서 나는 소설가가 된 거의 초창기부터 글을 이용해서 개인적인 변명을 하는 일만큼은 하지 말아야겠다고 결심했다. 나는 그다지 강인한 사람이 아니니까 일상생활 속에서 어쩌면 무심코 변명 같은 것을 할지도 모른다. 하지만 그것 때문에 글을 이용하는 짓만은 하지 않으려고 한다. 약간 과장된 말이라고 생각하지만, 가령 전 세계적으로 오해를 받는다고 해도 그건 어쩔 수 없지 않냐, 하고 기본적으로 나는 생각한다. 바꿔 말하면 "소설가라는 건 좋든 싫든 그렇게 모든 사람으로부터 쉽사리 이해받을 수 있는 존재가 아니다"라는 뜻이다. "아는 것이 힘이다"라는 말도 있지만, 소설가에게는 오히려 "오해는 힘이다"라는 쪽이 맞지 않을까? 소설의 세계에서는 이해를 거듭해서 얻어진 이해보다는 오해를 거듭해서 얻어진 이해 쪽이 종종 더욱 강한 힘을 갖는 것이다.

하지만 뭐 이런 것에 대해 쓰기 시작하자면 한이 없고, 그야말로 푸념만이 될 것 같으니 슬슬 (2)번의 이발소 이야기로 옮겨가겠다. 사실은 이 이발소 문제가 바로 이번 원고의 중심 화제인 것이다.

최근 육 년간 거의 외국에서 거주하면서 나는 이발소 때문에 정말 고민하고 괴로워해왔다. 이 세상에서 나처럼 자주, 그리고 심각하고 진지하게 이발소 걱정을 하며 살아온 사람은—물론 이발업계 관계자를 별도로 치고—여간해선 없을 거라는 생각마저 들 정도다. 어쨌든 이발소 문제에 관해 쓰기 시작하면 아무리 종이가 많아도 모자라다.

나는 헤어스타일에 유난히 공을 들이는 사람은 아니다. 얼굴 사진을 보시면 알겠지만 특별히 이렇다 할 것이 없는 헤어스타일을 하고 있다. 1960년대 후반부터 70년대에 걸쳐서는 시대적인 사정도 있어 비교적 장발을 하고 있었지만, 그 뒤로는 달리거나 수영하기 좋게 아주 짧은 헤어스타일을 하고 있다. 분명하게 말하면 예술적 감각이라곤 전혀 없는 헤어스타일이다. 헤어스타일이라고 부를 수조차 없다. 파마도 하지 않고, 포니테일도 하지 않고, 크림도 오일도 무스도 아무것도 바르지 않는다. 그저 똑바로 깎아서 브러시로 빗을 뿐이다. 그런 문제 때문에 인간이 왜 그리 심각하게 고민해야 하느냐고 당신은 의문을 품을지도 모른다. 하지만 내 머리카락은 약간 특이해서 균형을 맞추기가 무척 까다롭기 때문에 '적당히 짧게 깎으면 그걸로 오케이'가 아닌 것이다. 까딱 잘못하면 정말 지독한 몰골이 된다. 이발소에서 집으로 돌아와 거울을 보고 망연자실해서 일주일 정도 밖에 나가지 않았던 적도 있다. 사람에게는 저마다 간단하게 설명할 수 없는 사정이라는 게 있는 법이다.

일본에 있는 동안에는 언제나 도쿄의 한구석에 있는 이발소로 간다. 나는 그 이발소에 벌써 십오 년째 다니고 있다. 두 달에 세 번꼴로 그곳에 가서 "안녕하세요" 하고 말하며 의자에 앉는다. 그뿐이다. 일절 아무것도 생각할 필요가 없다. 오랫동안 알고 지내는 사이이기 때문에 이곳 사람들은 내 머리카락을 어떻게 깎으면 되는지 잘 알고 있어 요령 있게 처리해준다. 그래서 나는 나라시노에서 후지사와로, 후지사와에서 오이소로 이사했어도 머리를 깎을 때는 늘 전철을 타고 도쿄까지 나왔다. 이른바 유니섹스 미용실 같은 곳은 가본 적도 없다. 원래 나는 머리를 뒤로 젖히고 머리를 감는다는 것은 인간성에 대한 대단한 모독이라고 생각해왔다. 머리를 감고 있을 때 사람의 얼굴은 아주 바보 같고 그런 얼굴을 위로 향한 채 세상에 드러내 보인다는 게 치욕이 아니면 무엇이겠는가?

그러나 외국에서 살게 되면 아무래도 머리가 자랄 때마다 도쿄로 되돌아갈 수는 없다. 할 수 없이 현지의 이발소를 찾게 된다. 그런데 일본의 이발소와 외국의 이발소 사이에는 상당한 기술 격차가 있다. 딱 잘라 말하면 분재 가꾸기와 잔디 깎기 정도의 차이다. 미국 이발소의 중심 명제는 그저 단순히 '자라난 머리카락을 짧게 깎는 것'이지 결코 '머리카락을 다듬는' 게 아닌 것이다. 따라서 아무튼 소요 시간은 압도적으로 짧다. 의자에 앉으면 가위로 싹둑싹둑 머리카락을 자르고 이발기로 목덜미 부분을 윙윙 다듬으면 그걸로 끝이다. 십 분에서 십오 분이면 끝나버린다. 머리조차 감겨주지 않는 곳이 많다. 머리를 감겨준다 해도 머리카락을 자르기 전에 감겨주기 때문에 목덜미며 옷이 머리카락투성이가 되어버린다. 감성이란 건 눈곱만큼도 없다. 물론 대개의 경우 끔찍한 결과가 초래된다.

한번은 런던의 스위스 카티지라는 지하철 역 근처에 있는 이발소에 들어간 적이 있다. 의자에 앉자 젊은 남자 이발사가 와서 당신은 일본인이냐, 이 가게에 온 게 처음이냐고 묻는다. 그렇다고 대답하자 그러면 누군가 아는 사람의 소개로 여기에 왔느냐고 묻는다. 노no라고 나는 대답한다.

"그럼 당신은 정말 운이 좋은 사람이군요" 하고 그는 내 어깨를 툭툭 치며 말한다. "왜냐하면 말이죠, 일본인의 머리카락은 서양인의 머리카락과는 머릿결이 다르거든요. 머리 생김새도 다르고 얼굴 생김새도 다르죠. 그러니까 일본인에게는 일본인에게 맞는 헤어컷이라는 게 있는 거죠. 그렇지 않습니까?"

"그건 그렇죠. 확실히 그건 그래요" 하고 나는 대답한다.

"그런데도 영국인이 하는 이발소에서는 그런 까다로운 부분은 고려하지 않고, 또 실제로 일본인에게 어울리는 헤어컷을 할 수 있는 사람도 없죠. 그건 알고 계시죠?"

"잘 압니다."

"녀석들은 머리라는 걸 쓰지 않는답니다. 경험에서 배우려고 하지 않죠. 하지만 말이죠, 나는 그걸 할 수 있습니다. 나는 오랫동안 이곳에서 이발소를 해왔습니다. 이 근방에는 일본인이 많이 살고 있고, 그래서 지금까지 정말 많은 일본인의 머리를 깎아왔죠. 어떤 식으로 일본인의 머리를 깎으면 되는지 잘 알고 있습니다. 그래서 오늘 우리 가게로 머리를 깎으러 온 당신을 운이 좋은 사람이라고 한 겁니다."

"거참, 그렇군요" 하고 나는 말한다. 만약 그렇다면 나는 실제로 운이 좋은 사람임에 틀림없다. 내가 런던에서 도저히 이발소에 가지 않으면 안 되는 상황에 쫓겨, 할 수 없이 눈을 질끈 감고 이 근처의 아무 이발소에나 뛰어들어온 것이기 때문이다.

하지만 결론부터 말하면 이 이발소는 정말로 끔찍했다. 컷은 서툴고, 가위는 잘 들지 않았으며, 셔츠는 머리카락투성이에, 완성된 헤어스타일은 엉망진창이었다. 거울을 보니 도저히 내 얼굴처럼 보이지 않았다. 원래 그렇게 칭찬받았던 얼굴은 아니지만 그렇게까지 심하게 할 건 없지 않나 싶었다. 이런 얼굴을 한 녀석과 어떤 사정으로 마주 앉아 밥을 먹게 되었다고 하면 분명 뭘 먹어도 밥맛이 없을 것 같은, 그런 얼굴이었다. 그리고 그게 진짜 내 얼굴인 것이다. 이발사 본인은 "어떻습니까? 행운이었죠?" 하고 대단히 만족해했고, 이야기의 흐름상 팁도 보통 이상으로 많이 주지 않을 도리가 없었지만 나는 한동안 밖에 나가고 싶지 않았다. 수염을 깎을 때도 되도록 내 얼굴을 보지 않으려 했다. 덕분에 방 안에 틀어박혀 줄곧 일을 할 수 있어서 그건 뭐 잘된 일이긴 했지만. 어쨌거나 런던 체류 중에는 머리가 길어져도 절대 스위스 카티지 역 근처의 이발소만큼은 가지 않는 게 좋을 거라고 생각한다.

그리스에서 살고 있을 때에는 이따금 아테네에 있는 미용실에 갔다. 나는 줄곧 섬에서 살았기 때문에 머리를 깎으러 항상 아테네까지 갈 수는 없는 일이라, 무슨 볼일이 있어 아테네에

갈 때마다 이곳에 들르는 게 한동안 습관이 되었다. 이곳은 내가 태어나서 처음으로 들어간 유니섹스 미용실이었다. 그리스의 이발소에 질려버린 나로서는 이제 지푸라기라도 잡는 듯한 절박한 마음으로 여기에 들어간 것이다. "더 이상 사내아이가 아니라도 좋아. 제대로 된 사람에게서 제대로 머리를 깎고 싶다"하고 생각해서. 이 미용실은 아테네의 최고급 주택가 안에 있었고, 깔끔하고 밝은 유리로 둘러쳐져 있고, 분위기도 제법 여피적이다. 물론 요금은 싸지 않다. 하지만 역시 기술은 좋아서 완성된 모습이 나쁘지 않았기 때문에 아테네에 올 때마다 이곳에 들르게 되었다. 종종 머리맡에 슬픈 표정을 한 이발사 아저씨가 서서 "어째서 당신은 우리를 버리고 미용실 같은 곳에 다니게 되었소?"하고 힐책하는 꿈을 꿨다— 라는 건 거짓말이지만 그래도 이발소에 다니지 않게 되어 꽤나 꺼림칙한 기분이 들었던 건 사실이다. 딱히 이발소에 의리라든가 빚진 돈이 있는 건 아니었지만.

그런데 이 미용실에는 약간 기묘한 문제점이 있었다. 머리를 감겨준 뒤에 양손에 하나씩 면봉을 건네주는 것이다. 얼굴을 위로 향하게 하고 머리를 감겨주고 나서 타월로 쓱쓱 닦은 뒤에 머리 감겨주는 아가씨가 나에게 아무 말도 없이 그 면봉 두 개를 건네주고는 그대로 어디론가 가버리는 것이다. "이걸로 스스로 귀 청소를 하세요"라는 건지는 모르겠지만 그럴 틈도 없이 머리 감기가 끝나자마자 미용사가 다가와 가위를 들고 다음 작업을 시작한다. 그러니까 나는 그 면봉 두 개를 양손에 꼭 쥔 채그 자리에 꼼짝 않고 끝까지 앉아 있어야만 하는 처지가 된다. 이건 보기에도 바보스러울뿐더러 거북스럽기 짝이 없다. 무슨 작정으로 이런 짓을 하는 건지 나로서는 잘 알 수 없었고, 지금도 이해할 수 없다. "당신처럼 귓속이 더러운 인간의 귀 청소는 해줄 수 없어. 다음부터는 확실히 청소하고 와"라는 혐오스럽다는 의미인지도 모르겠다. 그렇게 귓속이 더러웠다고는 생각하지 않지만. 그런 걸 하나하나 생각하자 점점 더 신경 쓰이게 되어 이윽고 그 가게에도 가지 않게 되어버렸다. 대단한 일은 아니지만 면봉을 건네받을 때마다 가슴이 철렁하는 건 역시 심장에 좋지 않다.

미국에 와서 얼마 동안은 집 근처 이발소를 시험 삼아 갔다. 집에서 가까운 곳에 있는 이발사는 거의 이탈리아계 사람들이다. 원래 20세기 초 뉴저지에 건축 붐 같은 것이 있었고, 그때 건축 노동자 수가 부족해 이탈리아에서 석공을 많이 불러왔는데, 미국에서 사는 게 더 편했는지 대부분 그대로 마을에 눌러앉게 되었다. 그들은 어떻게든 신천지에서 자리를 잡아보려고 빈곤과 불황에 시달리던 고향 마을에서 일가친척들을 불러들였다. 이탈리아 이민자 대부분은 뱃삯을 치르고 간신히 미국 땅을 밟긴 했지만 자본이라고 부를 만한 건 갖고 있지 못했고, 개척자가 사라져버린 미국에서는 농사지을 땅을 새롭게 손에 넣는 것도 쉽지 않았기 때문에 손쉽게 빨리 급료를 받을 수 있는 기술자가 된 듯하다. 지금도 프린스턴 근교에 있는 건축업자, 조경업자, 빵 가게 주인 중에는 이탈리아계 사람이 많다. 마찬가지로 자본을 갖고 있지 않았던 아일랜드계 이민자가 빨리 급료를 받을 수 있는 경찰, 군인, 소방대원 등이 된 것을 생각하면, 미국에서 민족의 직업적 분포라고 하는 것도 꽤나 흥미롭다.

그런 까닭으로 아인슈타인이 프린스턴 대학에 있었던 무렵부터 줄곧 이발소를 해왔을 것 같은 할아버지들이 지금도 이탈리아어가 섞인 영어를 말하면서 류 지슈(笠智衆, 일본 영화배우―옮긴이)처럼 느긋하게 교수며 학생의 머리를 깎고 있다. 이발소의 분위기도 퍽이나 고풍스런 미국풍으로, 꽤나 운치가 있다. 그러나 아쉽게도 기술적으로 분명히 말하면 전근대(前近代)에 가깝다. 몇 집 시험해보았지만 다시 한 번 가보고 싶다는 생각이 든 이발소는 한 군데도 없었다.

집 근처에 있는 유니섹스 미용실도 일단 한번 시험해보았다. 이곳은 역시 기술적으로는 좀 더 현대적up to date이고 머리 손질도 나름대로 정성스러워 '그럭저럭 나쁘지 않다'지만, 미용사 중에 무턱대고 말을 걸어오는 사람이 있기 때문에 입을 닫아버리게 된다. 이발소의 이탈리아 할아버지는 세면대로 갈 때 "안디아모 시뇨레"(이탈리어로 "이쪽으로 오세요"의 뜻—옮긴이) 하고 말하는 정도로 대체로 말이 없다. 그에 비하면 유니섹스 미용실 쪽은 서비스를 한다고 그러는 건지 모르겠지만 무척 수다스럽다. "무슨 일을 하고 계세요?" "대학에 계십니까? 전공은 뭔가요?" "미국은 마음에 드세요?" "일본에는 징병제가 있나요?" "일본에서는 왜 미국 차가 팔리지 않는 거죠?" 등의 얘기를 잇달아 물어보기 때문에 약간 피곤하다.

지난번에 내 머리를 깎아준 앤드류라는 미용사는 나이가 사십 대 중반으로, 이미 머리숱이 적다. 그의 전용 거울 앞에는 십 대인 세 딸과 아내의 사진, 집과 개의 사진이 장식되어 있었고, 작은 성조기가 다섯 개 정도 나란히 늘어서 있었다. 그래선 안 된다는 건 아니지만 나로서는 머리를 깎으려고 미용실에 온 것이라 미용사의 가족사진이나 성조기 같은 걸 하나하나 보고 싶지 않다. 게다가 머리를 깎고 있는 동안 줄줄이 늘어놓는 딸 자랑을 듣고 있자면 참을 수 없게 된다.

결국 지금은 뉴욕에 있는 일본인이 운영하는 미용실에 다니고 있다. 굳이 한 시간 십오 분이 걸리는 뉴욕까지 가서 머리를 깎는다는 것도 멍청한 짓이라고는 생각하지만, 이곳에 이르기까지 이 년간에 걸친 다양한 시행착오, 절망, 낙담, 무산된 기대, 쓴웃음, 피곤함 등이 있었던 것이다─ 변명할 생각은 아니지만. 뭐 한 달에 한 번은 뉴욕에 가야 할 일도 있기 때문에 그틈에 한다는 생각에 머리를 깎는 것이다. 미용실 의자에 앉아 멍하니 창밖을 바라보며 싹둑싹둑하는 가벼운 가위 소리에 귀를 기울이고 있으면 문득 도쿄로 돌아온 듯한 기분이 든다. 아마도 그 '싹둑싹둑'하는 소리가 외국인 이발소나 미용사가 내는 '싹둑싹둑'하는 소리와는 약간 다르기 때문이 아닌가 생각한다. 일본인 이발소나 미용사의 경우 '싹둑싹둑'하는 소리가 일의 흐름에 따라 '삭삭'하는 가벼운 소리가 되고, 어느덧 시냇물처럼 '사각사각'하는 소리로 바뀌어간다. 그 작업의 미묘한 진행 방식에 "이것이 일본이구나" 하고 느끼게 하는 설득력이 있다.

그런 까닭에 지금은 (2)의 '이발소에 가서'라는 항목은 아쉽게도 실행되지 않고 있다. 본의 아니게 매달 얼굴을 위로 한 채 머리가 감겨지고 있다. 사람이 언제까지나 '사내아이'로 머물러 있다는 게 간단한 일은 아닌 것이다. 도쿄로 돌아가면 다시 이발소에 다녀야겠다고 생각하고 있지만, 과연 그게 언제가 될는지.

뒷이야기

지금은 보스턴에서 단골 헤어 살롱을 발견했다. 아쉽게도 이발소는 아니고 유니섹스 미용실이다. 이곳에서 레니라는 미용사에게 매달 한 번 머리를 깎고 있다. 레니는 스포츠맨이자 채식주의자로 내가 가면 늘 스포츠나 채식 이야기를 한다. 왜냐하면 이곳에 처음 갔을 때 수영 이야기를 해버렸기 때문이다. 그래서 '이 사람은 건강주의자'라는 정보가 그의 머릿속에 입력되어버린 듯하다.

프린스턴에서 이웃으로 지냈던 경제학자 캔들리 군 이야기에 따르면, 이렇게 미국의 이발소에서는 처음에 나눈 화제가 영구적으로 정착되어버리는 경향이 있으니 조심하는 게 좋다고 한다. 병아리가 태어나서 처음 본 것을 엄마라고 생각하는 것과 비슷하다. 그는 가까운 이발소에서 맨 처음 우연히 테킬라 얘기를 했기 때문에 그 이후로 장장 몇 년 동안을 테킬라 마시는 법이며 테킬라를 사용한 칵테일 만드는 법 같은 것에 대해 이발소 아저씨와 이야기를 나누는 처지가 되었다고 한다. "정말 피곤해요. 원래 테킬라를 좋아하지도 않는데" 하고 그는 말한다. 딱한 일이다.

뒷이야기 그 후

사실을 말하면 지금은 일본에서 유니섹스 미용실에 다니고 있습니다. 첫째는 이사를 해서 항상 다니던 이발소가 멀어졌기 때문이고, 둘째는 예약할 수가 없어서 항상 붐비기 때문입니다.

며칠 전 뉴욕에 가서 로버트 올트먼의 새로
운 영화 시사회를 보고 왔다. 〈숏컷Short Cuts〉이라는 제목의 영화
로 레이먼드 카버의 여러 단편소설을 원작으로 하고 있다. 레이
먼드 카버의 미망인인 테스 갤러거가 전화를 걸어와 그 영화를
만든 사람들만의 스크리닝(상영회)이 있는데, 혹시 시간이 있으
면 함께 보러 가지 않겠냐며 초대해주었다. 로버트 올트먼 본인
도 옵니다, 라는 것이었다. 테스는 평소에는 워싱턴 주에서 살
고 있지만 뉴욕 대학에서 단기 문학 강좌를 가르치는 일 때문에
당분간 그리니치빌리지에 있는 호텔에 머물고 있던 것이다.

시간이 있든 없든 당연히 그런 기회를 놓칠 수는 없다. 시사회
장은 그리니치빌리지 현상소에 있는 아담한 촬영실이었는데,
이 스크리닝은 조촐한 파티도 겸하고 있어 시사회장에는 와인

과 맥주와 가벼운 음식이 준비되어 있었다. 시작이 저녁 여섯 시라서 상영 전에 사람들이 떠들썩하게 환담을 나누며 먹고 마시고 있었다. 관객은 전부 서른 명 정도. 참석한 사람들은 업계와 관계있는 백인 뉴요커뿐으로 대개는 모두 "야, 너" 하는 아는 사람들인 듯했다. 이 모임은 정확히는 시사회(프리뷰)가 아니라서 소설로 치자면 초교지를 공개하는 것에 가깝다. 타이틀과 배우의 크레딧은 들어가 있지만 스태프의 크레딧은 아직 들어가 있지 않다. 상영 전에 올트먼 자신이 나와, "이건 올모스트 파이널(거의 완성판)이지만 또 약간 바뀔지도 몰라. 상영 시간이 전부 세 시간 정도로 긴 영화니까 단단히 각오하고 보라고. 화장실은 저쪽이야. 사양하지 말고 다녀오라고" 하고 말하며 웃었다.

결론부터 말하자면 세 시간이라는 긴 시간이 조금도 길게 느껴지지 않는 영화였다. 이 영화는 레이먼드 카버의 단편소설 몇 편을 모자이크 식으로 조합해 만든 것인데, 상당히 변형되어 있기 때문에 도대체 카버의 단편이 몇 편이나 삽입되었는지 쉽사리 알 수가 없다. 손가락을 꼽아가며 세어보았는데 내가 아는 한도 내에서는 모두 아홉 개였다(나중에 테스에게 물었더니 "나도 세어보았는데 잘 모르겠다"고 했다). 대부분은 단편소설 속의 또 다른 단편(斷片)이었는데 〈개를 버리다〉, 〈사소하지만 도움이 되는 것〉, 〈발밑을 흐르는 깊은 강〉, 〈다이어트 소동〉은 스토리 전개상 매우 중요한 위치를 차지하고 있다. 그 아홉 개(인지 몇 개인지)의 카버 원작 외에도 로버트 올트먼과 시나리오 작가들이 만들어 넣은 독창적인 이야기가 곳곳에 삽입되어 있다. 더 이상 셀 수 없을 정도로 많은 삽화가 이 영화 속에서 거의 끊임없이 동시적으로 진행되고 있는 것이다. 시간적으로는 하루나 이틀에 걸친 이야기다.

이렇게 말하면 아마도 많은 사람은 제임스 조이스의 《율리시스》를 떠올릴 테고, 아마 감독의 의도도 확실히 그쪽이 아니었을까 생각한다. '묵시록'이라는 표현이 참으로 딱 들어맞는 영화다. 이 작품을 대걸작이라고 말하는 사람도 많이 있을 테고, 어쩌면 두서없는 실패작이라고 하는 사람도 있을 것이다. 난 전혀 실패작이라고 생각하지는 않지만, 그렇게 생각하는 사람이 있다고 해도 뭐 이상하지 않으리라는 건 인정한다. 그런 사람에게 "이걸 이해 못하다니 말도 안 돼"라는 식으로 말하고 싶지 않다. 이 영화에 대해서는 그런 흑백논리적 평가는 그리 큰 문제가 아닐 거라고 생각하기 때문이다. 설령 이 영화가 영화적으로 실패했다고 가정해도 강인하게 다가오는, 불가사의한 설득력이 있는 존재감은 그런 결점을 메우고도 남는다…… 심지어 그 나머지만으로도 반년 정도는 족히 감당할 수 있을 만큼의 박력이 있다. 〈플레이어〉도 확실히 재미있는 영화였지만, 이쪽이 위험 부담이 있는 만큼 오히려 깊이 있는 영화가 아닐까 생각한다. 다 보고 나서 시간이 지나면 지날수록 '재미있었다'는 실감이 새록새록 솟아나는 영화다.

　이 영화는 한밤중에 로스앤젤레스 상공에서의 농약 공중 살포(지중해 과실 파리 구제를 위해)로 시작해서 가까운 미래의 로스앤젤레스 대지진으로 끝난다. 아무튼 여러 대목에서 세기말적 카타스트로프(파국—옮긴이)의 냄새가 강하게 감돌고 있다. 무대는 줄곧 로스앤젤레스 근교 도시지만 그 같은 교외 주택가의 살균된 무기적(無機的)인 광경이 올트먼의 영화적 표현 분위기와 딱 맞아떨어지고 영상적으로도 실로 뛰어나다. 그런 의미에서 이것이 진정한 의미에서의 미국 영화구나, 하고 생각한다. 어쨌든 미국밖에는 만들 수 없는 영화다.

　나 자신의 경험으로도, 가령 뉴저지든 캘리포니아든, 미국 대도시 근교를 차를 타고 가다가 가끔 격심한 무력감에 휩싸였던 적이 있다. 여기 하나의 마을이 있다. 도로를 따라 계속 가면 늘어선 건물들이 이윽고 사라진다. 마을을 벗어나면 거대한 쇼핑몰이 나타난다. 그 안에는 콤플렉스(복합) 영화관이 있고, 물품 보관소가 있고, 버거킹이 있고, CVS 드러그 스토어가 있고, 웨스트 코스트 비디오 대여점이 있다. 좀 더 가면 숲이며 강 따위의 조그마한 자연이 펼쳐진다. 그곳을 빠져나가면 이윽고 또 다른 마을이 나타난다. 마을을 벗어나면 물론 쇼핑몰이 있다. 또 조그마한 자연이 있다. 그리고 또 다음 마을이 있다…… 어쨌든 이런 것의 끝없는 연속이다. 물론 마을과 마을 사이에 작은 차이는 있다. 하지만 거의 같다. 특히 캘리포니아 같은 경우는 지형이 밋밋하고 평탄해서 자연이 단조로운 만큼, 우리가 느끼는 무력감은 더 크고 더 깊어지게 된다. 그런 끝없는 연속을 보고 있자면, 그러는 사이에 사람이 산다는 게 대체 무슨 의미를 갖는 걸까 하는 상념에 문득 빠지게 된다. 그런 무력감은 미국에서밖에 맛볼 수 없는 종류의 감정이다. 유럽에서도 맛볼 수 없고 일본에서도 맛볼 수 없는 절대적인 아메리칸 오리지널이다.

〈숏컷〉 속에 수록된 무수한 삽화의 나열이 관객에게 안겨주는 쓸쓸함도 그런 미국의 지표(地表) 이동적 무력감과 공통되는 부분이 있다. 영화가 하나의 삽화에서 다음 삽화로 이동하면 우리는(적어도 나는) 하나의 마을에서 하나의 마을로 이동한다. 그것들 하나하나는 서로 다른 이야기인데도 우리는 서서히 그것들의 차이를 제대로 구분할 수 없게 되는 것이다. 스크린을 보고 있는 동안 점점 머리가 마비되어와서 우리는 그 영화가 드러내는 세기말 교외 주택지의 나른한 악몽 속으로 끌려들어간다. 그 감각은 물론 카버의 소설 세계에 힘입은 바도 크지만, 기본적으로는 역시 올트먼이 지니고 있는 개성일 것이다. 좀 더 정확히 말하면 카버가 만들어낸, 집요하기까지 한 개인적인 세계에 영감을 받아 점점 부풀어오른, 이것 역시 집요하기까지 한 개인적인 올트먼의 세계일 것이다. 그것은 부풀고 부풀고 부풀어 마침내 그 팽창이 거의 한계에 도달해, 아득히 먼 곳까지 내려가지 않으면 애당초 그곳에 무엇이 있었는지조차 알 수 없다. 그 어디서부터 어디까지가 카버랜드이고, 어디서부터 어디까지가 올트먼랜드인지를 구분하기가 매우 어려운 일이다— 아니, 현실적으로 불가능하다. 〈플레이어〉의 허구 속의 허구 세계를 보고 있는 동안 그 허와 실을 갈라놓고 있는 한 장의 베일을 관객들이 스스로 제대로 깨닫지 못한 채 이쪽으로 빠져나가기도 하고, 저쪽으로 빠져나가기도 하듯이, 우리는 이 영화 속에서 카버와 올트먼 사이에서 행해지는 스코어보드 없는 미로 같은 스쿼시 게임 비슷한 것을 보게 된다.

이 영화에는 제작 과정을 담은 비디오가 있는데, 타이틀은
"Luck, Trust & Ketchup"
Robert Altman In Carver country
이다. 나는 이 비디오도 보았는데(내가 본 것은 두 시간 오 분짜리로, 정식 영화는 한 시간 사십 분 정도가 될 거라고 했다), 그 안에서 올

트먼은 이 영화의 재미있는 부분은 이야기 속에 수많은 캐릭터가 등장하는 데도 그 등장인물 간에 현실적인 연관이 별로 없다는 점이라고 말했다. 그의 〈웨딩〉이라는 영화에도 많은 인물이 등장했지만, 그들은 결혼식에 초대된 손님들이라 다들 어딘가에서 어떤 형태로든 연결되어 있었다. 그러므로 이야기에도 처음부터 대강 일관성 같은 게 있었다. 하지만 이 영화에서 등장인물 대부분은 서로 보지도 알지도 못하는 타인이다. 배경이 된 장소만 해도 〈플레이어〉에서는 할리우드 영화계라는 긴밀한 공동체＝작은 세계가 무대였지만, 이 영화에서는 로스앤젤레스 교외라는 엄청나게 크고 통합되지 않은 세계가 아메바처럼 펼쳐져 있다. 그처럼 가혹한 혼돈 속에서 일관성을 가진 하나의 영화 세계를 어떻게 만들어낼 것인가, 그것이 올트먼 감독의 수완을 보여주는 부분이 될 것이다. 과연 그것이 가능할 것인가? 예상되는 바로는 그렇게 간단하지 않다. 그러나 그 '간단하지 않음'이 결과적으로는 이 영화의 강렬한 매력 중 하나가 되고 있는 것이다.

뭐 실제로 보시면 아시게 될 테니 보시기 전부터 이러쿵저러쿵 떠들지 않는 쪽이 좋을 것 같아 그렇게 장황하게 설명은 하지 않겠지만 이 영화 속에는 다양한 장치가 있다. 가령 〈다이어트 소동〉에서 커피 하우스의 웨이트리스 역으로 등장하는 릴리 톰린은 동시에 〈사소하지만……〉에서 남자아이를 친 운전사로 나온다. 그리고 다른 삽화의 여주인공의 어머니 역이기도 하다. 그처럼 사람들은 여러 장면에서 스쳐 지나가고, 제각각 다른 사람의 이야기에 의식적으로 혹은 무의식적으로 연결되거나 혹은 연결되지 않거나 한다. 하나의 이야기와 또 하나의 이야기가, 한 인물과 또 한 인물이, 하나의 거리와 또 하나의 거리가, 그러한 접합점에 의해 겹쳐지고 척척 연결되어간다. 그러나 그럼에도 불구하고 스토리 자체는 전혀 설명적이지 않다. 그것은 단지 단순히 물리적으로 연결되어 있을 뿐 그 연결에 의해 무언가 구체적으로 이야기되거나, 증명되거나, 혹은 어느 쪽으로 기울거나 하지 않는다. 이 도무지 종잡을 수 없고 복선 없는, 틀에 벗어난 영화 감각은 〈바톤 핑크〉에도 〈네이키드 런치〉에도 없던 종류의 것이다.

그리고 또 한 가지 이 영화의 멋진 부분은 뭐니 뭐니 해도 배역의 절묘함과 그들의 탁월한 연기력이다. 특히 톰 웨이츠와 릴리 톰린의 부부 연기는 만담처럼 우습고도 슬퍼서 정말 압권이다. 두 사람 다 진짜 멍청할 대로 멍청해서 좋았다. 평범한 미국인의 평범한 애수가 참으로 평범하지 않고 절절하게 나온다. 그리고 흰 오토바이를 탄 경찰 역으로 나오는 팀 로빈스의 가당치

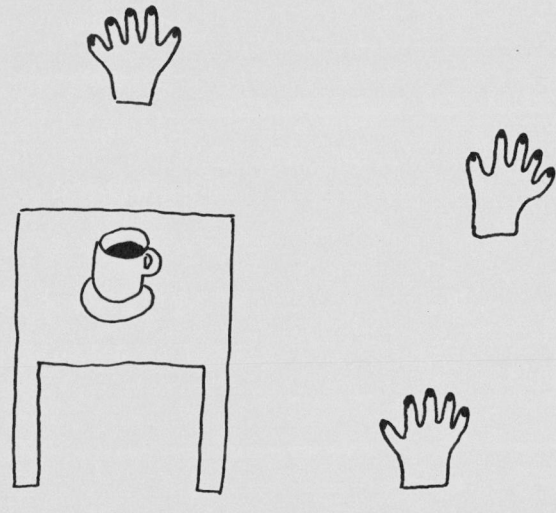

않게 마초인 척하는 연기도 대단하다. 만약 내게 그럴 자격이 있다면 이 사람에게 무조건 아카데미 남우주연상을 주고 싶다.

재즈 가수 역으로 나와 클럽 무대에서 노래하는 애니 로스(램 버트, 헨드릭스 앤 로스의 애니 로스)의 배역—이것은 물론 올트먼 이 나중에 만들어 덧붙인 캐릭터다—은 내게는 지나치게 의도적인 것처럼 느껴졌지만, 어쨌든 애니 로스니까 용서해줄 수밖에 없다. 잭 레먼은 〈사소하지만……〉에서 아이를 잃은 불쌍한 아버지의 또 다른 아버지 역으로 출연하고 있는데, 그는 동시에 〈과자 봉지〉에서는 바람피운 게 들통 나 이혼하게 되는 아버지 역도 겸하고 있다. 그의 연기는 연기 자체로서는 대단히 뛰어나다. 무엇보다 구 분에 걸친 모놀로그를 전혀 힘들어하지 않고 해낸다. 단지 연기가 너무나 진지한 나머지 '의외'의 부분이 없기 때문에 전체적으로 이 영화의 틀에 박히지 않은 흐름과는 약간 어울리지 않는 느낌이 들었다. 그렇지만 이건 취향 문제일 것이다. 그리고 내가 좋아하는 휴이 루이스가 단역으로 나와 이것도 무척 기뻤다. 〈백 투 더 퓨처〉에서는 이 사람의 대사가 단한 줄밖에 없었지만 이 영화에서는 다섯 줄 정도 된다. 휴이 루이스도 이대로 잘나가면 왠지 '제2의 톰 웨이츠'가 될 것 같다. 본인이 그렇게 되고 싶어하는지 어떤지는 잘 모르겠지만.

그 밖의 출연자도 매우 좋다. 앤 아처, 벅 헨리, 프레드 워드,

로버트 다우니 주니어…… 하나하나 손꼽자면 끝이 없겠지만 다들 올트먼 감독의 작품에 참여하는 것을 즐거워하면서 자발적으로 열심히 생각하며 다양한 연기를 하고 있다는 걸 잘 알 수 있다. 애니 로스는 비디오 속에서 "뛰어난 스태프와 일을 한다는 건 뛰어난 리듬 세션과 함께 무대에 서는 것과 같죠" 하고 감상을 피력했지만, 실제로 촬영 현장이 그런 분위기였을 것으로 상상된다.

그렇다고 이 영화가 하나에서 열까지 모두 훌륭하고 멋지다는 건 아니다. 보고 있자면 "이건 좀" 하고 생각하는 부분도 몇 군데 있었다. 없어도 괜찮지 않았나 싶은 삽화도 여기저기 보였다. 예를 들어 테스는, 마지막 지진 장면에서 약간 납득이 가지 않는 부분이 있어서(나도 이 기묘한 라스트신에는 고개를 갸웃거리지 않을 수 없었다. 내 머리가 나쁜 탓인지는 몰라도 너무 난해했다) 올트먼에게 솔직하게 그 말을 할 작정이라고 했다. 따라서 최종적인 완성작은 어쩌면 내가 본 것과는 약간 다른 것이 될지도 모르겠다. 그래도 이 영화에는 "좀 석연치 않은 구석이 있긴 해도 그런 게 큰 문제가 되진 않을 거야" 하고 생각하게 하는 통 큰 구석이 있다.

영화를 보고 난 뒤 커피를 마시면서 테스와 이야기를 나누다가 〈숏컷〉이라는 타이틀이 정확하게 무슨 의미냐고 물어보았다. 그녀의 설명에 따르면 이 제목에는 세 가지 의미가 담겨 있다. 하나는 '짧게 배인 상처', 또 하나는 '지름길', 마지막 뜻은 글자 그대로 '영화의 짧은 컷'일 거라고 했다. 과연 의미심장하다면 의미심장한 타이틀이다.

사실은 〈웨이팅 포 더 문〉의 질 갓밀로우도 몇 년인가 전부터 카버의 원작으로 영화를 찍고 싶어했고, 시나리오도 완성되어 있었다. 그렇지만 아무리 재주를 부려도 상업적으로는 성공할 것 같지 않은 작품이라 미국에서는 자금을 대겠다는 사람을 찾지 못해 영화로 만들지 못한 상태로 있었다. 나는 우연한 기회에 그녀에게 개인적으로 부탁받고 일본에서 출자자를 찾아보았지만 거품경제로 돈이 남아도는 시절이었음에도 불구하고 결국 잘되지 않았다. 나는 현실적인 일에는 몹시 어두운 편이라서 그런 일에는 보통 관여하지 않지만, 레이먼드 카버를 위한 일이라서 할 수 있는 데까지는 힘써보려고 했던 것이다. 한여름 내내 도쿄 여기저기를 뛰어다니며 약간 이상한 경험을 여러 번 했고, 약간 이상한 사람들도 여럿 만났다.

그녀의 시나리오는 나도 읽어봤지만, 로버트 올트먼의 솜씨와는 사뭇 달랐다. 갓밀로우가 포착한 카버 세계에는 올트먼이 추구하는 듯한 난잡한 세기말적 수수께끼 같은 감각이 아니라 더 직선적이고, 더 소품적이며, 더 블리크bleak한(황량한) 느낌이 있었다. 그리고 그녀의 그 황량함은 올트먼의 대담한 각색에 비하면 카버의 오리지널 세계에 더욱 가까운 것이었다. 미니멀리즘적이라는 표현이 보다 잘 들어맞는다. 물론 오리지널 세계에 가까우면 그걸로 좋다는 건 아니지만 가능하다면 '또 하나의 선택지'로 갓밀로우 버전의 카버 영화도 빛을 보길 원했다. 뭐 이렇게 말해봤자 소용없고, 올트먼이 이만큼 뛰어난 영화를 만들었으니까 그것으로 족하다고 생각하긴 하지만.

그런데 일반 미국 영화는 왜 이렇게 재미가 없는 걸까? 확실히 영화 요금은 싸다. 마티네(낮 공연─옮긴이)로 보면 요금은 3달러 75센트면 된다. 400엔 남짓한 돈이다. 게다가 텅텅 비어 있다. 그렇지만 어떤 영화를 봐도 어느 하나 재미있는 게 없다. 영화라는 건 요금이 싸다고 좋은 건 아니다. 아무리 싸도 두 시간을 헛되게 날려버렸다는 허망함은 어쩔 도리가 없다. 영화가 끝나 자리에서 일어서며 "미국 영화란 게 이렇게 따분한가" 하고 고개를 갸우뚱한 적이 압도적으로 많았다. 어느 걸 봐도 억지로 갖다 붙인 듯한 자동차 추격 장면이나 베드신, 그렇지 않으면 로버트 드니로, 알 파치노 같은 명연기다. 아무튼 지난 이 년 반

동안 꽤 많은 미국 영화를 보고 "음, 이건 확실히 재미있었어" 하고 무릎을 친 것은 〈양들의 침묵〉과 〈용서받지 못한 자〉 두 편 (이 작품들은 공교롭게도 둘 다 아카데미 작품상을 받았다)과 이 〈숏 컷〉 정도다. 이래서야 어떡하나 하는 생각이 든다.

미국 영화가 이렇게 재미없게 되어버린 가장 큰 원인은 역시 할리우드가 대단히 보수화되어버렸다는 데에 있을 것이다. 독창적인 작품이 드물고 이거나 저거나 전에 어디선가 본 듯한 것뿐이다. 시리즈물, 리메이크 작품의 홍수. 그리고 최근 미국 사회의 '폴리티컬리 코렉트' 무브먼트의 고조도 미국 영화를 통조림처럼 시시하게 하고 있는 원인 중의 하나라고 생각한다. 대부분의 사람이 남한테 손가락질받지 말아야지, 손가락질받지 말아야지, 하는 자세로 영화를 만들고 있다. 영화란 게 원래 어딘가 구린 구석이 있는 것이고, 점잔 빼는 표정을 지으면 영화의 매력이란 게 크게 사라져버리는 게 아닌가, 하는 게 내 생각이지만. 이렇게 말하긴 좀 뭣하지만, 도대체 아카데미상 수상식에서 발표하는 사람의 잘난 척하는 설교 따위는 듣고 싶지 않다. 설령 그게 바른말이라 해도 그렇다. 아니, 맞는 말이니까 더욱 듣고 싶지 않은 것이다. 그렇게 생각하지 않나?

솔직히 나는 재미있는 영화를 보면 이성을 잃는 버릇이 있다. 마음속부터 혼란스러워지고 만다. 이게 도쿄라면 그래도 괜찮지만 미국의 경우는 차로 영화를 보러 가기 때문에 문제가 훨씬 커진다. 〈양들의 침묵〉을 본 뒤에는 문득 정신을 차리고 보니 도로 왼쪽을 달리고 있어서(주행 차선의 반대 차선을 달렸다는 뜻—옮긴이) 양동이 하나 가득 채울 식은땀을 흘렸다. 〈올리비에 올리비에〉를 봤을 때는 한밤중인데도 라이트를 켜지 않고 달리다가 주위 운전자에게서 꾸지람을 들었다. 그런 까닭으로 재미있는 영화를 본 뒤에는 "좀 조심해. 라이트는 켰어? 안전벨트는? 우측통행이니까 착각하면 안 돼" 하고 아내로부터 일일이 주의를 받게 된다. 그러니까 재미있는 영화가 적다는 것이 뭐 안전하다는 말이지만······

뒷이야기

일본에 돌아오자, 영화 요금이 비싸구나, 하고 생각한다. 나는 미국에 있을 때는 대개 3달러 50센트로 새 영화를 봤다. 저녁 전이면 마티네 요금으로 반액이기 때문에. 그에 비하면 일본의 1,800엔은 좀 너무하다. 이 영화에 1,800엔 가치가 있었나? 하고 생각하면 복잡하다. 뭐 영화관도 힘들겠지만 좀 더 생각해도 좋지 않을까.

가끔 "나는 지금까지 벌써 몇 권이고 몇 권이
고 소설을 쓸 만큼 재미있는 경험을 했습니다" 하고 말하는 사
람을 만난다. 생각해보니 꽤 많은 사람에게 그런 말을 들었던
것 같다. 특히 미국에서 살게 되면서부터 그렇다. 그렇다고 해
서 특별히 미국인이 그런 말을 하는 게 아니고 미국에 살고 있
는 일본인이 곧잘 그렇게 말한다. 뭐 아마도 그렇지 않을까 생
각한다. 어찌 되었든 모국을 떠나서 외국에서 산다는 건 나름대
로 힘든 일일 테고, 그러다 보니 틀림없이 여러 가지 흥미로운
경험을 했을 것이다. 그리고 그런 걸 누군가에게 말하고 싶고,
전하고 싶은 마음도 강해질 것이다.

그런 사람들이 장차 실제로 소설을 쓰게 될지 어떨지 나로서
는 물론 알 수 없다. 하지만 그런 이야기를 들을 때마다 곰곰이

생각하는 게, 내 스스로 지금까지 꽤 많은 소설을 써온 사람이지만 현실의 삶에서는 엄청나게 재미있는 일 같은 건 거의 경험하지 않았다는 것이다. 그야 사십 몇 년간이나 살아왔으니까 재미있는 일이 하나도 없었다면 거짓말이다. 이상한 사람도 여럿 만났고, 운명의 전환에 놀란 적도 있다. 생각날 때마다 빙긋 웃게 되는 즐거운 일도 있었고(내용은 조금도 가르쳐줄 수 없다), 다시 생각하기만 해도 화가 나는 일도 있다. 무척이나 조마조마했고, 오싹했던 일도 있었다. 그렇지만 그 정도의 경험이라면 역시 누구나 경험했을 거라 생각한다. "이렇게 대단한 경험을 한 사람은 이 세상 천지에 그리 많지 않겠지"라고 할 만한 일은 애석하게도 내가 짊어지고 있는 경험 보따리 안에는 하나도 없다. 객관적으로 보건대, 만약 내가 지금까지 소설이란 걸 전혀 쓴 적이 없는 사람이라 치고 지금 시점에서 "나는 몇 권이라도 소설을 쓸 만큼 재미있는 경험을 했어요" 하고 다른 사람에게 말할 수 있느냐고 한다면, 그렇지는 않다고 생각한다. 전혀 말할 수 없을 것이다. "내 인생은 내 나름대로 뭐 재미있었다고 생각하지만 솔직히 말해서 소설이 될 만큼 재미있는 건 아니었다" 하고 말할 수밖에 없을 듯하다.

하지만 세상에는 상상도 할 수 없을 만큼 재미있는 경험을 하고 있는 사람이 적지 않게 있는 법이다. 나는 옛날부터 남의 이야기를 듣는 걸 무척 좋아해서 그런 사람들을 붙잡고 이야기를 자주 듣는다. 특별히 소설 소재로 써야겠다는 것은 아니고, 그저 단순히 듣고 즐기는 게 목적이다. 정말 여러 이야기가 있다. 아연하기도 하고, 감탄하기도 하고, 배를 쥐고 웃기도 하고, 오싹 소름이 돋기도 하는 등 하룻밤 내내 들어도 질리지 않는다. 사실이 소설보다 기이하다고 하는데 정말 그렇다. 그러나 그렇게 재미있는 경험을 한 사람들이 그 흥미진진한 경험에 필적할 만한 재미있는 소설을 쓸 수 있느냐 하면 꼭 그렇진 않다. 물론 평범하지 않은 일을 충분히 겪고 나서 그것을 평범하지 않은 재미있는 소설로 만들어내는 잭 런던 같은 작가의 예도 있지만, 내가 지금까지 실제로 보고 들은 한도 안에서 그런 사람은 오히려 예외에 속한다.

이건 내 개인적인 의견에 지나지 않지만, 사람은 자신이 한번 어떤 압도적인 경험을 하고 나면 그것이 압도적이면 압도적일수록, 그것을 구체적으로 문장화하는 과정에서 뭔가 심한 무력감 같은 것에 사로잡히게 되는 게 아닐까. 아무리 노력해도 그당시 자기가 생생하게 느꼈던 것을 다른 사람에게 재현해줄 수 없다는 스트레스는 당사자에게는 여간 안타까운 일이 아닐 수 없다. 이건 내 경험에서 말할 수 있는 건데, "나는 이러이러한 것을 이런 식으로 쓰고 싶다"는 마음이 강하면 막상 책상 앞에 앉아도 좀처럼 글이 써지지 않는 법이다. 그것은 아주 선명하고 리얼한 꿈을 생각해내며 다른 사람에게 설명할 때 느끼는 초조함과 비슷하다. 아무리 열심히 노력해서 그때의 감각을 누군가에게 전하려 해도 정말로 거기에 있었던 것은 점점 새어나가 사실과는 달라지게 된다.

그와는 반대로, 이렇다 할 대단한 경험을 하진 않았지만 다른 사람과는 다른 시점에서, 작은 것에서 재미나 슬픔 같은 것을 느끼는 사람들도 있다. 그리고 그런 체험들을 뭔가 다른 형태로 바꿔서 알기 쉽게 이야기할 수 있는 사람들도 있다. 어쨌든 이런 사람들이 소설가에 가까운 것 같다는 느낌이 든다.

하지만 어쨌든 나는 정말로 실제 인생에서는 남에게 떠들 만큼 대단한 경험을 하지 않았다. 황당한 이야기를 쓰는 존 어빙이 "만일 내가 실제로 경험한 것만을 썼다면 독자들은 아마 20페이지 정도 읽으면 잠들어버릴 것이다" 하고 쓴 적이 있는데 그 기분을 나는 잘 안다. 내 경우라면 아마 20페이지까지 가지도 못할 것이다. 그런데 세상의 보통 사람들은 소설가는 다양한 현실적인 체험을 바탕으로 소설을 쓸 것이라고 생각하는 것 같다. 예를 들어 내가 처음 소설을 써서 출판했을 때, 내 주변 사람들은 갑자기 안절부절못하며 긴장하기 시작했다. 그때까지 아무 생각 없이 편하게 지내왔는데 나와의 사이에 은근히 거리를 두는 것이었다. 처음 얼마 동안 그들이 왜 그런 태도를 취하는지 제대로 이해하지 못했는데, 찬찬히 이야기를 듣고 보니 그들은 어쩌면 내가 자신들을 모델로 해서 다음 소설을 쓰지 않을까 진지하게 걱정하고 있었던 것이다. 내가 그런 타입의 소설을 쓰지 않는다는 걸 알고 나서야 간신히 원상태로 돌아왔지만.

나는 미국에 온 뒤로 여러 대학을 다니며 미국 학생들과 이야기를 하게 되었다. 많은 사람들 앞에서 강연 같은 것도 하게 되었지만, 나는 격식 차린 강연 같은 것보다는 적은 수의 사람이 있는 교실에 들어가 직접 얼굴을 맞대고 이것저것 내가 하고 싶은 말을 내 마음대로 하는 것이 훨씬 좋다. 수업이 끝난 다음에 술집에 다 같이 가서 맥주를 마시며 와자지껄 부드럽게 이야기를 나눈 적도 있다. 이럴 때는 미국 학생이나 일본 학생이나 별반 다르지 않다. 교실에서는 선생 앞에서 얌전을 빼던 학생들도 마음을 풀어놓고, 어린아이 같은 눈빛을 되찾는다.

그들은 대개 일본 문학이나 일본어에 관심이 있는 학생들이지만 대부분 난생처음 소설가를 만나는 사람들이다. 따라서 소설가라는 사람은 도대체 어떤 생물이고, 뭘 생각하며, 어떤 생활을 하는가 하는 구체적인 것들을 무척 알고 싶어한다. 혹은 그들 가운데 몇 명은 스스로 소설을 쓰고 싶어하기도 한다. 이

들은 어떻게 하면 소설을 쓸 수 있고, 어떻게 하면 소설가가 될 수 있는지 절실히 알고 싶어한다.

그들이 하는 질문은 대개 다음과 같은 것이 많다.

(1) 당신은 대학 시절에 무엇인가를 쓰고 싶어했는가?

(2) 첫 소설을 어떻게 출판했는가?

(3) 소설을 쓰는 데 가장 필요한 건 무엇이라고 생각하는가?

물론 나는 나라고 하는 지극히 개인적인 소설가이기 때문에, 내 경우를 전체로 부연해서 "소설가란 이런 것입니다" "소설이란 건 이렇게 하면 쓸 수 있습니다" "소설가가 되기 위해서는 이렇게 하면 됩니다" 하는 식으로 가르쳐주는 게 우선 불가능하고, 또 그런 말을 해봤자 아무 의미도 없지만 정색을 하고 일일이 그런 정론을 말한다 해도 별수 없기 때문에 "어쨌든 내 경우는 이렇다" 하고 구체적으로 나의 예를 들 수밖에 없다. 게다가 그들로서도 이치에 맞는 이론이나 개념보다는 손에 잡힐 듯이 컬러풀한 사실을 훨씬 좋아하는 것이다.

그런 식으로 가는 곳마다, 어떻게 해서 내가 소설가가 되었나 하는 경위를 '구체적으로 컬러풀하게 학생들에게' 이야기하다가 어느 날 문득 깨달은 사실이, 내가 소설가가 된 게 생각해보면 거의 요행에 가까운 일이었다는 것이다. 참 용케도 소설가가 되었구나, 하고 내 스스로 깊이 감탄하고 만다.

나는 학창 시절에 확실히 뭔가를 쓰고 싶다고 생각했다. 구체적으로 말하면 영화 각본을 쓰고 싶었다. 각본이 아니면 소설도 괜찮다고 생각했지만 그래도 영화에 흥미가 있었다. 그래서 와세다 대학 영화연극과라는 곳에 들어갔는데 도중에 이건 나와 맞지 않는다고 생각해 쓸 희망을 버리게 되었다. 도대체 뭘 써야 좋을지도 몰랐고, 어떤 식으로 쓰면 좋을지도 몰랐다. 이것을 쓰고 싶다는 소재도, 테마도 없었다. 그런 인간이 영화 각본 같은 것(혹은 각본뿐 아니라 어느 것이든)을 쓸 수 있을 턱이 없었다. 그건 자명한 이치다. 하지만 영화 각본을 읽는 건 좋아해서 강의는 듣지 않아도 매일같이 대학 연극 박물관을 다니면서 동서고금의 영화 각본을 섭렵했다. 지금 와서 생각해보면 그렇게 한 게 큰 공부가 되었다. 그러니까 어쩌면 써지지 않을 때는 무리해서 쓰지 않아도 괜찮다고 하는 것이 뭔가를 쓰고 싶다고 생각하는 젊은이를 위한 하나의 어드바이스가 될지도 모른다. 그렇지 않을 수도 있겠지만.

그러고 나서 나는 대학을 졸업하고, 결혼을 했고, 일을 시작했다(아니, 거꾸로다. 결혼하고, 일하기 시작하고, 그러고 나서 졸업했다). 그리고 가혹한 현실 생활에 쫓겨 내가 뭔가를 쓰려고 했다는 사실조차 까맣게 잊어버렸다. 빌린 돈도 갚아야 했고, 아무튼 아

침부터 밤중까지 마차를 끄는 말처럼—하지만 이건 아무래도 비문학적인 상투 문구다—부지런히 일해야 했다. 그것을 칠 년간 계속했다. 예를 하나 들면, 내 가게에서는 롤 캐비지(양념한 다진 고기와 양파를 양배추 잎에 싸서 삶는 서양 음식—옮긴이)를 내놓고 있었기 때문에 아침부터 자루에 가득 들어 있는 양파를 잘게 다져야 했다. 그래서 나는 지금도 많은 양파를 눈물도 흘리지 않고 단시간에 재빨리 썰 수 있다. 정말로 손이 저절로 척척 움직이는 것이다.

"자네들은 눈물을 흘리지 않고 양파를 써는 요령을 알고 있나?" 하고 나는 학생들에게 묻는다.

"노."

"눈물이 나오기 전에 재빨리 썰어버리는 것이다." (웃음)

이런 이야기를 하면 학생들의 눈도 초롱초롱해진다. 아마 그들이 평소 학교에서 배우던 것과 전혀 다른 종류의 이야기라 그럴 것이다. 그리고 아마 그들 자신도 다소 불안하기 때문일 것이다. 앞으로 나는 어떻게 될까, 미래에는 어떤 가능성이 있을까에 대한 것으로. 나도 그들의 그런 불안을 잘 안다. 나 자신도 스무 살 때는 역시 불안했다. 아니, 불안 정도가 아니었다. 지금 이곳에 하느님이 오셔서 다시 한 번 나를 스무 살로 만들어주겠다고 하신다면, 아마도 나는 "감사합니다. 하지만 지금 이대로

가 좋습니다" 하고 거절할 것이다. 이렇게 말하긴 좀 그렇지만 그런 시절은 한 번으로 충분하다.

그러고 나서 나는 스물아홉 살 때 갑자기 소설을 써야겠다고 생각했다. 나는 설명한다. 어느 봄날 오후, 진구 야구장으로 야쿠르트 대 히로시마 팀의 경기를 보러 갔던 것. 외야석에 누워 맥주를 마시고 있었고, 힐튼이 2루타를 쳤을 때 갑자기 "그래, 소설을 쓰자" 하고 생각했던 것. 그래서 내가 소설을 쓰게 된 것을.

내가 그렇게 말하면 학생들은 모두 멍한 표정을 짓는다. "저…… 그 야구 시합에 뭔가 특별한 요소가 있었던 건가요?"

"그게 아니라 그건 계기에 불과했지. 햇빛이나, 맥주 맛이나, 2루타 공이 날아가는 모양이나, 여러 요소가 제대로 맞아떨어져서 내 안에 있는 뭔가를 자극했겠지. 말하자면……" 하고 나는 말한다. "내게 필요했던 것은 자신이라는 존재를 확립하기 위한 시간과 경험이었던 거야. 그것은 특별하고 유별난 경험일 필요는 없어. 그저 아주 평범한 경험이어도 상관없지. 하지만 그건 자기 몸에 충분히 배어드는 경험이어야만 해. 나는 학생 때 뭔가를 쓰고 싶었지만 무엇을 쓰면 좋을지 몰랐어. 뭘 쓰면 좋을지를 발견하기 위해 나에게는 칠 년이라는 세월과 힘든 일이 필요했던 거겠지, 아마도."

"만일 그 사월 오후에 야구장에 가지 않았다면 무라카미 씨는 지금 소설가가 되었을까요?"

"Who knows?"(누가 알겠나—옮긴이)

그런 걸 대체 누가 알 수 있을까? 만일 그날 오후에 야구장에 가지 않았더라면 나는 소설 쓰는 일 없이 일생을 마쳤을지도 모른다. 그리고 뭐 특별한 불만이 없는 인생을 보냈을지도 모른다. 하지만 어쨌든 나는 그 봄날 오후에 진구 야구장에 가서 한적한 외야석에—그 당시 진구 야구장은 거의 비어 있었다—누워 뒹굴며 데이브 힐튼이 좌익수 쪽으로 멋진 2루타를 치는 걸 보았고, 그래서 《바람의 노래를 들어라》라는 첫 소설을 쓰게 되었던 것이다. 그것은 어쩌면 내 인생에서 유일하게 '엑스트라오디너리(심상치 않은)'한 사건이었을지도 모른다.

"무라카미 씨는 그와 비슷한 일이 살면서 누구에게나 다 일어난다고 생각하세요?"

"난 잘 모르겠는데." 나는 그렇게 말할 수밖에 없다. "하지만 완전히 똑같다고는 할 수 없어도 그와 비슷한 일은 많든 적든 누구에게나 언젠가 일어난다고 생각해. 그런 여러 가지 일이 딱하고 제대로 결합하는 계시적인 순간이 언젠가 올 거라고 생각하지. 뭐 적어도 그런 일이 꼭 일어날 거라고 생각하는 편이 인생이 더 즐겁지 않을까?"

아무튼 그건 그렇다 치고, 나는 일을 통해 정말 많은 것을 배웠다. 미국에서 몇 년 전에 《내가 정말 알아야 할 모든 것은 유치원에서 배웠다》는 책이 베스트셀러가 되었는데, 내 경우는 "내가 정말 알아야 할 모든 것은 가게에서 배웠다"가 될 것이다. 학교에서는 분명 여러 가지를 배웠지만, 정확히 말해서 그런 것들은 소설을 쓰는 데는 거의 도움이 되지 않았다. 그렇다고 학교 교육이 의미가 없다는 건 아니지만, 적어도 내 경우에는 학교에서 이런 걸 배워두길 잘했다고 생각한 적이 거의 없다. 어릴 적에 어머니로부터 "지금 제대로 공부하지 않으면 어른이 되고 나서, 그때 좀 더 열심히 공부했더라면 좋았을걸 하고 후회한다"라고 듣고 정말 그럴까 하고 생각한 적은 있지만, 도대체 어떤 뜻으로 어머니가 그런 말씀을 하셨는지 나는 지금도 잘 이해되지 않는다. 어른이 되고 나서 "그때 좀 더 공부했더라면" 하고 후회한 적이 단 한 번도 없기 때문이다. 내가 산다는 것에 대한 진실을 일부분이나마 배운 것은 이십 대의 나날이었으며, 그 당시 나는 말 그대로 육체노동으로 세월을 보내고 있었다. 아무튼 몸을 움직여 일하면서 매달 필사적으로 빚을 갚느라 그 밖의 일에 대해서는 제대로 생각하지 않았다— 생각하려고 해도 생각할 수 없었다. 하지만 결과적으로는 그것이 가장 중요한 자양분이 되었다. 노동은 내게 있어서는 가장 좋은 교사였고, '진짜 대학'이었다.

　예를 들어 가게를 보고 있으면, 매일 많은 손님이 온다. 하지만 모든 사람이 다 내가 하는 가게를 마음에 들어하진 않는다. 그보다는 마음에 들어하는 사람이 오히려 소수다. 그런데 신기하게도 가령 열 명 중에 한두 사람을 빼고 가게를 마음에 들어하지 않았다고 해도, 그 한두 사람이 당신이 하는 일을 정말 마음에 들어한다면, 그리고 "다시 한 번 이 가게에 와야지" 하고 생각해준다면, 가게라는 건 그런대로 유지되어가게 마련이다. 열 명 중에 여덟아홉 명이 "뭐 나쁘진 않군" 하고 생각하는 것보다는 대부분의 사람이 마음에 들어하지 않아도 열 명 중에 한두 사람이 정말로 마음에 들어하는 편이 오히려 좋은 결과를 가져오는 경우도 있다. 나는 그런 것을 가게를 운영하는 동안 피부로 절실히 느꼈다. 정말 뼈를 깎듯이 그것을 느꼈다. 따라서 지금도 내가 쓴 글이 많은 사람들로부터 형편없다는 말을 들어도, 열 명 중 한두 사람에게 제대로 전달되면 그걸로 좋다고 고집스럽게, 일종의 생활 감각으로 믿을 수 있다. 그런 경험은 내게는 다시없는 소중한 재산이 되었다. 이런 경험이 없었다면, 소설가로 살아가는 게 훨씬 더 힘들었을 테고, 어쩌면 이런저런 면에서 내 본래의 페이스가 무너져버렸을지도 모른다. 이런 이

야기를 동료 작가인 무라카미 류에게 한번 했더니, "하루키 씨,
대단하네. 나 같으면 열 명 중에 열 명이 좋다고 하지 않으면 화
가 날 텐데" 하고 말하며 감탄했다. 이런 점은 확실히 무라카미
류답다고 할까…… 오히려 내가 감탄하고 만다.

　내 자랑을 하자는 것은 아니—대개 이런 건 자랑거리도 되지
않는다—지만 나는 머리로 생각하는 인간이 아니다. 어느 쪽이
냐 하면 몸을 실제로 움직여 사물을 생각하는 인간이다. 몸을
통하지 않고는 사물을 배우거나 글을 쓰거나 할 수 없는 인간이
다. 그건 내가 오랜 세월에 걸쳐, 아침부터 밤까지 실제로 몸을
움직여서 생활할 양식을 벌어온 인간이기 때문이 아닐까. 내게
일한다는 것은 오로지 그런 것이었다. 그래서 지금도 간혹 이른
바 '문학 세계'에서는 내 자신이 그야말로 이물(異物)처럼 느껴
질 때가 있다. 내가 이런 식으로 오랫동안 일본을 떠나 생활하
게 된 데는, 어쩌면 그런 '이물감'도 원인일지 모른다. 매일 뛰
거나 수영하지 않으면 제대로 일을 해낼 수 없는 것도 그 탓인
지 모른다.

　소설을 쓰는 것에 대해 내가 학생들에게 '가르칠 수 있는' 것
이란 거의 없다. "아무튼 실제로 살아가는 수밖에 없겠지. 만일
네가 마음속으로부터 절실하게 뭔가를 쓰고 싶다. 누군가에게

뭔가를 전하고 싶다고 생각한다면, 설령 지금은 잘 쓸 수 없어도 '뭔가를 쓸 수 있는' 때는 언젠가 반드시 온다고 생각하고, 그때까지는 현실 경험을 벽돌을 쌓듯 하나씩 소중하게 쌓아갈 수밖에 없지 않을까? 예를 들면…… 그렇지, 열심히 사랑을 한다든지 말이야." 내가 그렇게 말하면, "그런 거라면 저도 할 수 있겠네요" 하고 누군가 대꾸를 하고, 다들 웃음보를 터뜨린다. 그리고 또 다른 누군가가 말한다 "그런데 불행하게도 그때가 오지 않으면 어떡하죠?" 몇 명이 웃는다.

그럴 때 나는 오슨 웰스의 영화 〈시민 케인〉에 나오는 음악학교 교사의 잔혹한 대사를 망설임 없이 인용하곤 한다. "Some people can sing, others can't."(몇 사람은 노래를 부를 수 있고, 다른 사람들은 부를 수 없다-옮긴이)

난생처음 소설을 써서 《군조[群像]》 신인상을 받았을 때, 내가 모두에게 "실은 내가 얼마 전에 소설을 썼는데 그것이 《군조》 신인상을 받았어" 하고 말했더니, 내 주변에 있던 사람들은 거의 한 사람도 내 얘기를 믿지 않았다. 다들 그것을 무슨 농담이라고 생각하는 듯했다. 아마도 그중에 몇 명은 내가 소설가로 불리는 것에 대해 지금도 깊은 의혹을 품고 있을 거라고 확신한다. 내가 웬만해선 소설을 쓸 것 같은 인간으로는 보이지 않았기 때문이었을 것이다.

그런 날들을 아득히 멀리 떠나보내고, 일본을 아득히 멀리 떠나보내고, 롤 캐비지를 아득히 멀리 떠나보내고, 내 인생을 새롭게 되돌아보니 '흥미진진한 경험'의 유무와는 상관없이, 산다고 하는 행위는 역시 본질적으로 뭔가 매우 이상한 것이라고 생각된다.

참으로 이상하다.

뒷이야기

이 원고를 쓰는 도중에 야쿠르트가 세이부 라이온스를 꺾고 일본 시리즈에서 우승했다는 뉴스를 들었다. 십오 년 만에 일본 최고가 된 것이다. 그러고 보니 내가 《바람의 노래를 들어라》라는 첫 소설을 쓴 때가 야쿠르트가 우승했던 해다. 진구 구장에 다니면서 익숙하지 않은 손놀림으로 열심히 원고지의 빈칸을 메워나갔다. 야쿠르트 구단 창설 이십구 년 만의 첫 우승이었고, 나도 정확히 스물아홉 살이었다. 세월은 정말 빨리 흘러간다.

십오 년 전에도 있었고 지금도 현역으로 뛰고 있는 사람은 가도, 야에카시, 스기우라 정도일 것이다. 일본에 그다지 있지 않았기 때문에 프로야구와도 멀어졌고, 솔직히 말해 그 이후의 선수들은 잘 모른다. 특히 피처는 거의 얼굴도 본 적이 없다. 그래서 우승을 했다고 해도 그다지 실감이 나지 않는다. 선수 이름보다는 오히려 멤버 명단에 나열된 코치의 이름을 보는 쪽이 감동이 되살아난다. 이세, 가지마, 와카마쓰, 야스다, 후쿠토미, 오다, 아사노, 미즈타니, 시부이…… 그립다. 아직도 다들 스왈로스의 유니폼을 입고 후진을 지도하고 있구나. 하기야 다른 재주가 없  기 때문에 친정 팀 코치를 하고 있는 건지도 모른다는 생각도 들긴 하지만. 그런데 그 데이브 힐튼은 어디에서 무엇을 하고 있을까? 나는 히로오의 메이지야 앞에서 받은 그의 사인을 아직 소중히 간직하고 있다.

브룩스브라더스에서
파워북까지

　　미국에서 살게 되고 약간 의외였던 일 가운
데 하나는 시내를 어슬렁어슬렁 다녀봐도 특별히 사고 싶은 게
별로 없다는 점이었다. 가게의 쇼윈도를 들여다보아도 "이건 탐
나는데" 하는 기분이 드는 물건이 왠지 그다지 눈에 띄지 않는
다. 이건 딱히 내 물욕이 요즘 들어 급격히 줄어들었기 때문은
아닌 것 같다. 이탈리아에 살고 있었을 때에는 집을 한 발짝만
나서도 물욕이 그야말로 하늘다람쥐처럼 펄럭펄럭 하늘을 날아
와서 등에 찰싹 달라붙어, "사시오, 사시오, 더 사시오" 하고 귓
가에 속삭이며〔로마에서는 왠지 오사카 사투리가 잘 어울린다는 것이
내 개인적인 견해다.(오사카 사투리는 買いなはれ, 표준어는 買いなさい—옮긴
이) 정확한 근거를 들라고 하면 곤란하지만〕 좀처럼 귓가에서 떨어지
지 않았던 것이다. 그 덕분에 나도 모르는 사이에 수중에 있는

돈이 다 떨어져버리는 처지가 되었다. 그런데 이 미국에서는 사고 싶은 물건이 좀처럼 눈에 띄지 않는 것이다. 덕택에 쓸데없이 돈을 쓰지 않게 되므로 불평할 건 아니지만, 어째 여우에게 홀린 듯이 이상야릇한 기분이 든다.

생각해보면 옛날에는 결코 이렇지 않았다. 옛날이라고는 해도 미국이란 나라가 온통 갖고 싶은 물건으로 수북한 보물 창고였던 1950년대나 60년대까지 일부러 거슬러 올라갈 필요 없이 바로 십 년 전쯤 미국에 왔을 때만 해도 시내를 걸어가면 탐이 나서 사가지고 돌아가고 싶은 것이 산더미처럼 있었고, 주머니 사정이나 중량을 고려해서 사는 걸 참아야 하는 게 꽤 힘들었던 것으로 기억하고 있다.

가령 양복이라면 브룩스브라더스, 폴스튜어트, 제이프레스 같은 가게에 한발 들여놓으면 가슴이 왠지 두근두근했다. 청소년 시절을 VAN 재킷 일변도로 보냈던 세대로서는 그런 본고장 아이비리거들이 애용하는 양복점의 브랜드 마크를 보는 것만으로도 가슴이 두근거렸고, 또 실제로 옷을 여러 벌 사서 돌아오기도 했다. 처음 미국에 갔을 때 보스턴에 있는 브룩스브라더스 매장에 들어가 셔츠를 고르고 있었더니, 브룩스브라더스 양복을 말쑥하게 차려입은 기품 있는 할아버지 점원이 나를 맞이해주었는데 이 할아버지가 구사하는 말투는 뉴잉글랜드풍의 멋진 영어로, 양복점 점원이라기보다는 마치 하버드 대학 교수처럼 보였다. 여름철이긴 했지만 티셔츠에 지저분한 운동화인 가벼운 차림으로 가게에 들어간 내가 무척 황송해했던 기억이 있다. 역시 본고장은 대단하구나, 일본 양복점 젊은이들과는 차원이 다르구나, 하고 그때 깊이 감탄했다.

그런데 지금은 유감스럽게도 뉴욕이나 보스턴의 브룩스브라더스 같은 곳을 들어가봐도 사고 싶은 게 좀처럼 눈에 띄지 않는다. 옛날과 거의 같은 디자인과 재질의 양복을 팔고 있을 거라고 생각하지만, 어쩐지 그게 예전처럼 매력적으로 보이지 않는 것이다. 어쩌면 이건 전반적인 시대의 흐름 탓인지도 모르고, 아니면 내가 몇 년간 이탈리아에 살면서 컬러풀하고 근사한 현지의 양복을 날마다 봐온 탓인지도 모르겠지만, 아무튼 옛날부터 내려온 동부의 전통 있는 상점의 양복이 지금의 내 눈에는 왠지 모르게 고루하고 시시한 물건으로 보이는 것이다. 물론 이런 건 개인적인 취향에 속하는 문제라서 객관적으로 이렇다 저렇다 단정 내리기는 어렵다. 아니, 당신 말은 틀렸어, 아메리칸 트렌드는 지금도 신선하고 매력적이야, 라고 하는 사람이 세상에는 무수히 있다 해도 전혀 이상할 건 없다. 나는 절대 그런 복장을 비난하거나, 그런 옷을 애호하는 사람들의 발목을 붙잡고 늘어지려는 게 아니다. 말할 필요도 없는 얘기지만 사람에게는 자신이 입고 싶은 옷을 입고 싶은 대로 입을 권리가 있다. 그러니까 나는 그저 자신이 느끼고 있는 것을 개인적으로 문장화하고 있을 뿐이다. 돈 테이크 잇 퍼스널Don't take it personal. (고깝게 받아들이지는 마시길-옮긴이)

하지만 분명히 말해서 오늘날의 미국 젊은이들은 그런 종류의 양복을 거의 입지 않는다. 나는 지금 이른바 동부 '아이비리그' 대학에 속해 있는데, 이곳은 60년대 아이비스타일 세대로부터 치자면 정말 메카=성지와도 같을 테지만 실제로 살면서 주위를 둘러보면, 이곳 학생은 다들 정말 지독한 몰골을 하고 있다. 축 늘어진 셔츠에 청바지, 다림질 안 된 치노 팬츠, 일 년쯤은 빨지 않은 것 같은 스니커즈, 이런 모습으로 땅바닥에 뒹굴고 있다. 여학생들도 화장기라곤 없고, 머리도 그냥 풀어헤쳐 늘어뜨리든가, 아니면 포니테일. 멋을 부리고 다니는 학생은 거의 없다. 오히려 이곳에서는 옷 따위에 신경 쓰지 않는 것이 패션처럼 되어 있다. 공부나 운동에 바빠서 옷 따위의 쓸데없는 것에 일일이 신경 쓸 짬이 없어, 라는 메시지처럼 보인다(뭐 확실히 옆에서 보고 있으면 안쓰러울 정도로 바쁜 것 같다). 학생 모두가 굉장히 단정하고 말끔한 옷을 입고 있는 일본 캠퍼스에 이런 애들을 데려가면, 분명히 주변으로부터 눈총을 받을 게 뻔하다.

'청빈 사상'이 아니더라도 그런 곳에서 살며 생활하다 보면 새 옷을 사고 싶은 마음이 좀처럼 나지 않는다. 가끔 필요에 응해 '갭'이나 '바나나 리퍼블릭' 같은 청소년용 캐주얼웨어 상점에서 티셔츠나 반바지를 사는 정도인 것이다.

덕분에 미국으로 온 뒤로 양복에는 거의 돈을 쓰지 않고 있다. 이탈리아에 살고 있을 때에는 젊든 늙든 시내를 걸어 다니는 사람이 다들 저마다 멋지게 차려입고 다녀서 나도 주위에 맞춰 나름대로 옷에 신경을 쓰면서 살았다. 양복 색깔을 맞추거나, "오늘은 이런 곳에 가니까 이런 옷차림을 해야지" 하는 생각을 거의 습관적으로 하곤 했다. "로마에 가면 로마인이 되라"는 격언도 있지만, 정말 말 그대로다. 그런데 미국에 와서는 전혀 그럴 필요가 없고 옷에 대해선 거의 신경을 쓰지 않는다. 매일매일 손에 잡히는 대로 그저 적당히 편안하게 입을 뿐이다. 하지만 솔직히 말하면 그렇게 편할 수가 없다. 나는 원래 귀찮은 건 딱 질색인 인간이라 이런 생활에는 금방 적응해버린다.

작년에 일 관계로 어쩔 수 없이 양복을 사야 하는 처지가 되어 뉴욕에 가서 여러 가게를 둘러보았으나, 이것저것 고른 끝에 결국 이탈리아 브랜드 제품을 사게 되었다(그런데 양복을 골라서 사는 것만큼 귀찮은 일은 없다. 그야말로 순수한 형태의 시간 낭비다. 어쩌면 세상에는 그런 걸 무엇보다 좋아하는 사람이 있을지도 모르지만). 모처럼 미국에 있으니까 미국 옷을 사면 좋을 거라고 생각했지만, 실제로 가게에 들어가서 둘러보거나 옷을 시험 삼아 입어보면, "이건 좀 그런데" 하고 고개를 갸웃하게 된다. 왜 그런지는 모르겠지만 아무래도 몸에 잘 어울리지 않는 것이다. 전에는 그렇지 않았던 것 같은데 어딘지 어색한 느낌이 든다. 하기야 나는 일 년에 한 번 정도밖에 양복을 입지 않는 사람이니까 잘난 체하고 이것저것 떠들어봤자 소용없겠지만.

패션이란 건 재미있는 것으로 마일스 데이비스는 1950년대부터 60년대 전반에 걸쳐서 브룩스브라더스 양복만 입었다. 지금 생각하면 아무래도 미스매치라는 느낌이 들지만 그 당시 그에게는 브룩스의 트래드(traditional style, 미국 동부의 전통적인 신사복 스타일-옮긴이) 슈트가 가장 '첨단 패션'이었던 것이다. 마일스가 재즈 무대에 등장한 40년대는 비밥bebop(잘 정돈된 스타일을 벗어나 새로운 주법·사운드를 만들어내려고 시도한, 1940년대를 전후한 시기에 나온 재즈 연주 스타일-옮긴이) 전성기로, 재즈를 하는 사람은 다들 반짝반짝하는 요란한 정장을 입고 강렬한 연주를 하고 있었다. 그렇지만 마일스는 그런 무리 속에서 '첨단 유행'의 브룩스 슈트를 입고 있던 단 한 사람으로서 쿨한 곡조로 트럼펫을 불었다. 인텔리 중산 계급의 아들이라는 축복받은 환경에서 자란 마일스에게는 기발하고 천박한 복장은 도저히 참을 수 없었던 것이다. 주변 동료들은 그런 그를 거북해했지만, 이 윽고 비밥이 한물가고 그 대신에 쿨재즈cool jazz(열광적인 비밥 스타일에 반발해 냉정하고 편안한 스타일 속에 지성적인 내면을 갖춘, 1940년대 후반과 50년대 초에 유행했던 연주 스타일-옮긴이)의 시대가 찾아와 그때부터 신세대에 의한 동부의 하드 밥hard bop(1950년대 중반에 유행한 재즈 연주 스타일-옮긴이)이 기세를 떨치게 되자, 마일스 쪽이 연주나 복장에서도 단연코 주류가 되었다. 그 덕분인지 1950년대에는 마일스뿐만 아니라, 재즈 뮤지션은 거의 다 말쑥한 아이비스타일로 바뀌었다. 자연스런 어깨 부분, 스리 버튼, 버튼다운 셔츠, 반짝반짝한 코도반 구두…… 실은 나도 고교 시절에 여러 가지 재즈 레코드 재킷을 보고는 "이런 스타일로 옷을 입을 수 있으면 참 좋겠다" 하고 가슴 설렜던 사람이다. 마일스 데이비스의 자서전《마일스》를 읽으면, 그가 일찍이 얼마나 브룩스브라더스 옷을 동경하고 가슴을 불태웠는지 알 수 있다. 그의 젊은 날의 우상이 프레드 아스테어와 캐리 그랜트로, 그 두 사람과 같은 옷차림을 하는 것을 꿈꾸었다니 그건 정말 대단하다.

어떤 하나의 복장 스타일이란 것은, 소설 스타일에 대해서도 같겠지만 논리적인 이론이나 선전으로 확산되는 건 아니다. 사람들이 자신의 눈으로 '실제 사례'를 보고, "그렇구나, 과연 이런 식으로 옷을 입으면 되는 건가?" "그렇구나, 과연 이렇게 글을 쓰면 되는구나"라는 형태로 물리적으로 납득해야 비로소 세상에 일반적으로 전파되는 것이다. 마일스가 영화관 스크린에서 캐리 그랜트라는 '실제 사례' 혹은 주연배우를 보고, 좋아, 나도 이런 옷을 입어야지, 하고 결심했던 것처럼 1950년대의 젊은 재즈 뮤지션들은 마일스라는 휘황찬란한 '실제 사례'를 보고 그런 옷을 입기 시작하게 된 것이다.

가령 정치가를 예로 들면 1960년대의 존 케네디나 로버트 케네디의 옷맵시는 아직 양복이라는 것과는 인연이 없던 십 대 초반이었던 내 눈으로 봐도 깜짝 놀랄 정도로 멋있었다. 그들은 아메리칸 트래드를 정말 멋지게, 자신을 갖고 차려입었다. 지금 생각하면 거기에는 '양복을 입는다'라는 단순한 물리적 행위를 뛰어넘은 좀 더 깊고 중후한 뭔가가 있었던 듯이 느껴진다. 거기에 있는 냄새나 촉감 같은 것이 공간을 초월해 찌르르하고 직접 전달되는 듯한 위력이 있었다. 그것은 그대로 당시 아메리칸 이스태블리시먼트Establishment(기성의 여러 특권계층을 의미하는 말—옮긴이)를 자연스럽게 몸으로 계승한 강인한 자기 확신 같은 게 아니었을까 하고 생각한다.

영화로 말하자면, 나는 고교 시절에 폴 뉴먼의 〈명탐정 하퍼〉를 열 번쯤 보았다. 잭 스마이트가 감독한 이 영화는 작품 자체도 정말 멋져서 아마도 내가 좋아하는 영화 베스트 텐에 들어가지만 내가 이 영화를 그렇게 몇 번이나 본 이유는 사실 폴 뉴먼이 입고 있는 옷을 보기 위해서다. 나는 그 무렵 폴 뉴먼의 옷맵시를 전적으로 동경하고 있었다. 당시는 안타깝게도 비디오 같은 편리한 물건이 존재하지 않았기 때문에 물론 전부 영화관에 가서 봤다. 이 영화에서 폴 뉴먼이 입고 있는 옷은 서부풍의 약간 캐주얼한 트래드였는데, 그 가뿐함이 영화 분위기와 딱 맞아떨어져 매력적이었던 것으로 기억하고 있다. 딱히 뭐라고 말할 차림새는 아니었지만, 그 당시 폴 뉴먼이 영화 속 분위기에 맞춰 아무렇게나 '옷을 걸친 모습'은 정말 멋있어서 그 분위기가 재킷을 입는 법, 선글라스를 끼는 법 하나에도 지극히 자연스럽게 스며 나오는 듯한 느낌이 든다.

그런데 이것 역시 내 개인적인 의견에 지나지 않지만, 양복의 맵시나 옷을 걸치는 법이라는 관점에 국한해 말하면, 요즘 미국에서는 예전처럼 카리스마를 지닌 '주연배우'를 볼 수 없는 것 같다. 음악에서도, 영화에서도 그런 경향이 있지만 정치가는 특히 더 심하다. 부시 대통령은 아예 그런 방면과는 인연이 없는 사람이니까 딱딱하고 고리타분한 건 어쩔 수 없다고 생각하지만, 현직 대통령인 젊은 빌 클린턴도 도무지 신통치 않다. 고급스러운 양복을 입고는 있지만, 어째 양복에 '입혀졌다'는 느낌이 든다. 물론 옷맵시가 뛰어나지 않다고 해서 그것 때문에 정치가로서의 직무에 지장을 받는 건 물론 아니지만, 존 케네디의 스타일이 사카모토 규(坂本九, 1960년대 활동한 일본의 유명 가수─옮긴이)의 헤어스타일까지 바꾸어놓은 걸 생각하면, 그 압도적이기까지 한 전파력을 생각하면, 역시 약간 서글퍼지는 느낌이 들기도 한다. 결국 미국 자동차의 판매 부진이 그대로 미국 경제의 기반 침하를 상징하듯이, 미국적인 양복과 옷맵시의 영향력 쇠퇴는 그대로 미국 사회 이스태블리시먼트의 자기 확신의 쇠퇴로 이어지는 게 아닐까…… 이렇게 말하는 게 약간은 억지스런 결론일지도 모르겠지만.

양복 얘기가 무척 길어지고 말았는데, 미국에서 살 만한 물건을 별로 발견하지 못하게 됐다는 얘기로 돌아가보자. 미국에서 이 년 반을 살면서 대체 지금까지 뭘 샀는지 하나하나 되짚어보았는데 진짜 중요한 건 산 적이 없다. 가구는 몇 개인가 샀다. 의자나 책상, 책꽂이, 그런 것이다. 내가 지금 살고 있는 집은 원래 대학 교직원을 위한 가구가 딸린 주택이라 그렇게 많은 물건이 필요하지는 않지만, 뭐 부족한 물건은 필요에 따라 조금씩 사고 있다. 할인 기간에 가까운 가구점에서 사거나, 아니면 중고 가구점에서 샀다는 정도의 차이가 있다. 반쯤은 이케아(스웨덴제······ 미국에서는 다들 아이케아라고 발음하지만)다.

차는 앞에서도 썼지만 독일제 폭스바겐을 샀다. 스테레오 장치는 작은 데논 제품, 텔레비전은 소니, 비디오는 샤프 것을 샀다. 이것들은 물론 모두 일본제. 레코드플레이어는 B&O(덴마크제), 헤드폰은 독일제. 데스크 램프는 이탈리아제. 전자레인지는 파나소닉, 커피밀은 독일제. AT&T의 팩시밀리, 이건 미국 것이겠거니 했더니 뒤에 또렷하게 메이드 인 재팬이라고 써 있었다. 다리미는 독일제.

그럼 대체 미국 제품은 어디에 있는 것인가, 하고 샅샅이 뒤져서 겨우 찾아낸 게 자전거다. 이것은 일부분에 일제 부품이 쓰이긴 했지만 미국제 부품이 대부분이었다. 그리고 작은 물건이긴 하지만 수첩과 지갑인데, 이것은 근처에 있는 코치라는 가게의 물건을 사용하고 있다. 체중계도 아마 미제일 거다. 그러나 주위를 빙 둘러봐도 집 안에서 눈에 띄는 메이드 인 아메리카 제품은 대충 그 정도다. 이래서야 아무리 경제 글로벌제이션globalization이 진행되고 있다 해도, 미국 경제에 약간 문제 있는 건 아닌가, 하고 경제 사정에 상당히 어두운 나조차도 생각한다.

여기까지 썼을 쯤에 커다란 미국 제품 하나를 샀던 일이 갑자기 생각났다. 등잔 밑이 어둡다던가, 지금 내 손 앞에 있는 매킨토시 랩톱 피시, 파워북 160/80이다. 이건 대학교 컴퓨터 센터에서 2,200달러를 주고 샀다. 내가 미국에서 산 것 중에서는 자동차 다음으로 가장 비싼 물건이지만, 그래도 일본에서 사려면 두 배 가까이 줘야 한다고들 말한다. 이 기계에서 일본어 워드프로세서 기능을 사용하려면 기본 소프트웨어를 바꿔야 하는데 이게 약간 귀찮다면 귀찮지만, 그것만 끝내면 나머지는 아무 문제 없다. 이처럼 복잡하게 돌아가는 세상이니까 나로서는 맥 컴퓨터가 속속들이 순수한 미국 제품인지 어떤지 하나도 확신을 할 수 없지만, '메이드 인 아메리카'라 해도 좋을 것이다. 이건 제품으로서 매우 우수하고 값도 싸다. 적어도 옛날에 비하면 거짓말처럼 싸다. 미국에서도 역시 대히트한 상품인 것이다.

그런 까닭에 요즘은 새로운 피시를 이용해서 원고를 쓰고 있다. 아직 사용법을 충분히 익히지 못했고 외워야 할 것도 너무 많아, 글 쓰는 작업만을 놓고 따진다면 예전의—이렇게 말해야 하나—워드프로세서 쪽이 뭐 단순하고 편하지만, 이렇게 일본을 떠나 살면서 일로 글을 쓰며 원고를 보관하거나 액세스하는 작업을 고려하면 앞으로는 역시 필연적으로 피시로 이행되어갈 것이다.

그러나 생각해보면 육 년 전 《노르웨이의 숲》을 쓸 때는 대학 노트의 빈칸을 만년필이나 수성 볼펜으로 빽빽이 메우곤 했다. 이때는 유럽을 전전하고 있었기 때문에 쓰던 원고가 없어져버리지나 않을까 걱정되어 견딜 수가 없었다. 아무튼 긴 소설이고 열심히 썼기 때문에 한번 잃어버리면 다시 쓴다는 건 거의 불가능했다. 울 수밖에 없었다. 산책하는 동안에도 방에 남겨둔 원고가 화재로 타버리면 어쩌나 불안해서 안절부절못했다. 레스토랑에서 식사를 하다가도 밖에서 소방차 사이렌이 들리면 죽을 맛이었다. 당시 아테네나 로마에서는 대량의 원고를 복사하는 것이 정말 대단한 작업이었고(지금은 약간 편해졌을까?) 복사한 그 원고를 일일이 보관해두는 것도 큰일이었다. 하지만 지금은 순식간에 디스크를 복사해서 그것을 우편으로 보내어 보관해둘 수도 있다. 출판사에도 디스크를 우편으로 보낼 수 있기 때문에 더할 나위 없이 편리하다. 바로 얼마 전까지만 해도 보통 종이에 보통 펜으로 보통 글씨로 글을 쓰면서도 그런 것에 의심 한번 품지 않았다는 걸 생각하면(겨우 육 년 전이다), 그 변화의 엄청난 속도에 새삼 놀라게 된다. 하지만 생각해보면 나뿐만 아니라 거의 모든 일본인이 메이지 유신 이래 백 년 이상 '펜이나 연필로 글자를 쓰는' 행위를 계속해왔고, 그 점에 달리 의문을 품지 않았던 것이다.

"워드프로세서나 피시로 바꾸고 나서 문체에 변화가 있습니까?" 하고 자주 질문받는다. 하지만 그건 솔직히 말해서 나도 잘 모른다. 왜냐하면 육필로 썼을 때에도 문체는 꽤 자주 변했기 때문이다. 물론 최근 오륙 년 동안 내 문체가 꽤나 변했다고 생각하지만, 문체의 변화 그 자체는 나에게는 오히려 당연한 일이었고, 그 어디까지가 기계와 관계있는 것이고, 어디까지가 기계와는 관계없는 것인지 나로서는 도저히 판단할 수 없다. 볼펜이 만년필로 바뀌어서 문체도 변했습니까, 하는 질문을 받고 제대로 대답할 수 없는 것과 마찬가지다. 따라서 그런 질문을 받으면, 솔직히 말해서 또야? 하고 지겨워진다.

그러나 단 하나 내가 확실하게 말할 수 있는 건 나쓰메 소세키나 다니자키 준이치로나 미시마 유키오의 글은, 혹은 요시유키 준노스케의 글은 워드프로세서나 피시로는 쓸 수 없다— 아니면 지극히 쓰기 힘들 것이다. 그런 의미에서 일본어는 가까운 장래에 필기구 혁명에 의해서 아마도 '기본 소프트웨어의 변환'을 경험할 것이다— 아니면 나중에 확인하게 될 것이다. 이것은 좋고 나쁘고의 문제가 아니고, 인정할 수 있고 없고의 문제도 아니며, 냉전 체제의 붕괴나 농업 인구의 감소 같은 것과 마찬가지로 그저 '거기에 있는' 현실이다. 아무쪼록 그것 때문에 나를 비난하거나 하지 말아주세요. 돈 테이크 잇 퍼스널.

뒷이야기

나는 전혀 몰랐는데 코치는 일본에서도 유명한 메이커인가 보다. 얼마 전 하버드 스퀘어에 있는 신발 가게에 갔더니 점원이 "일본인 관광객이 여기 와선 다들 코치는 없습니까, 코치는 없습니까, 하고 외치는데 코치라는 게 일본에서 그렇게 유명한가요?" 하고 물었다. 그 말을 듣고 보니 보스턴 중심지 코플리 스퀘어에 있는 코치 상점의 점원이 미국인 손님에게는 상냥하게 굴면서 일본인에게는 대단히 고압적으로, 원숭이라도 다루는 듯이 거만하게 굴었다. 나는 사정을 알지 못한 까닭에 뭔가 굉장히 기분 나쁜 가게라고 생각했지만 말이다(이 책의 담당 편집자인 기노시타 요코(가명) 씨도 이곳에서 똑같은 경험을 했다고 하니, 이건 나 한 사람만의 착각은 아닌 듯싶다). 그에 비하면 프린스턴의 코치 상점은 상품도 제대로 갖

추고 있고 무척 친절했다. 나는 여기에서 1994년용 수첩의 리필용 속지를 샀다. 리필이지만 12달러를 받는 건 좀 지나치게 비싼 거 아닌가 하는 기분도 들긴 하지만.

뒷이야기 그 후

그 후로 컴퓨터는 여러 가지를 새로 바꿔가며 시행착오를 반복한 끝에 지금은 줄곧 맥을 쓰고 있습니다. 하지만 점점 "이게 없으면 더 할 수 없을 것 같다"는 몸이 되어가는 안타까움도 있네요.

히에라르키
풍경

　　전에 고교 시절에는 제대로 공부라는 것을
하지 않았다는 이야기를 썼더니 한 독자로부터 "무라카미 씨는
분명히 와세다 대학을 나왔다고 했습니다. 공부하지도 않고 와
세다 대학에 들어갔을 리가 없지 않습니까? 거짓말하지 마십시
오"라는 항의인지 힐책인지 모를 편지를 받은 적이 있다. 아, 정
말 그런 세상이 되었구나, 하고 나는 그 편지를 읽고 꽤 깊이 감
탄했는데, 뭐 그건 그렇고, 만일 그런 발언을 한 것 때문에 내가
누군가에게 상처를 입혔다면 아무튼 정말 미안하게 생각한다.
되도록 남들이 불쾌한 생각이 들지 않게 하려고 언제나 신경을
쓰며 글을 쓰려 하지만, 세상은 넓기 때문에 무엇을 어떻게 써
도 반드시 어디서인가 상처를 입거나 아니면 화를 내는 사람이
나오는 듯하다. 특히 대학과 관련한 일에는 많은 사람이 정말

민감해지는 사실을 나는 자주 잊어버린다.

하지만 내가 고교 시절에 공부를 제대로 하지 않았다는 것은 결코 거짓말이 아니다. 고등학교에 다니는 동안 거의 매일같이 마작을 하거나(잘하지도 못하면서 좋아하는, 최악의 패턴이었다), 여자아이와 놀거나, 재즈 다방에 틀어박혀 있거나, 닥치는 대로 영화를 보거나 했다. 담배도 피웠고 학교도 자주 빼먹었다. 물론 낙제하지 않을 정도로 적당히 진도를 맞추고 있었기 때문에 성적 불량이라고 할 수는 없었지만, 그렇다고 특별히 공부에 힘을 쏟았던 기억도 없다. 노느라고 훨씬 더 분주했고 즐거웠다. 수업 중에는 대개 소설을 읽었다. 이런 일들을 지금 새삼스럽게 일일이 거창하게 쓰고 싶진 않지만, 내가 하는 말을 믿지 않는 것도 곤란하기 때문에 일단 설명해두려고 한다.

그런데 어떻게 와세다에 들어갈 수 있었는가 하면 이유는 정말 간단한데, 그 당시의 와세다 대학은, 특히 문학부는 지금과는 달리 입학하기가 그다지 어렵지 않았기 때문이다. 이렇게 말하면 뭣하지만, 내가 다니던 고등학교에서 와세다에 들어간 동창들을 봐도 두뇌가 명석하고 학업 성적이 뛰어난 사람은 한 사람도 없었다. 어느 쪽이었냐 하면…… 아, 그만하자. 대학 4학년이 되었을 때 취직 삼아 모 텔레비전 방송국 사람을 만나러 갔는데, "미안하지만 와세다로는 어떻게 할 수가 없어" 하고 차

갑게 거절당한 적도 있다. 그런 식으로 출신 대학으로 사람을 간단히 차별하는 불합리함에 약간 어이없었지만—나는 그때 아직 매스컴 관련 산업이라는 곳은 좀 더 자유로운 기풍이 있는 데라고 순진하게 믿고 있었다—한편으로는 "뭐, 그렇게 본다면 그럴지도 모르지" 하고 그럭저럭 납득한 정도였다. "어느 대학에 들어갔느냐가 중요한 문제는 아니지 않습니까? 들어가서 무엇을 얼마나 공부하느냐가 중요한 것 아닙니까?" 하고 소리라도 한번 크게 지를 수 있었으면 좋았겠지만, 대학에 들어가서는 고등학교 때보다 훨씬 더 공부하지 않았으니 그런 말을 할 수도 없는 노릇이었다.

변명을 하는 건 아니지만, 나는 옛날부터 남한테서 받는 것을 진지하게 받아들이지 못하는 딱한 경향이 있는데, 초등학교에 들어가고부터 대학을 졸업할 때까지 그것이 내 학업을 일관되게 저해해온 듯하다. 딱 잘라 말하면 "하고 싶지 않은 것, 흥미 없는 것은 무슨 일이 있어도 하지 않는다(할 수 없다)"는 것이다. 더 분명히 말하면 '제멋대로고 막무가내'일지도 모른다. 그 대신 하고 싶은 일, 흥미 있는 일은 어떠한 어려움을 무릅쓰고라도 내 페이스로 끈기 있게 한다. 이런 성격은—일에 관해서이긴 하지만—지금도 거의 변함없다. 그보다는 전보다 더욱 체계적으로 되었다. "정말 이상한 성격이네" 하고 아내는 자주 말한다. 아내는 잇따라 새로운 일을 척척 벌이고, 그때는 푹 빠져서 열중하다가도 금세 싫증을 내버리는 성격이라서 나 같은 사람을 보고 있으면 가끔 매우 화가 난다고 한다. 뒤에서 뭔가로(예를 들어 포크나 볼펜 끝으로) 찌르고 싶어진다고 한다. 하지만 어쩔 수 없어, 이게 원래 내 성격인걸. 공연히 쿡 찌르지나 않았으면 좋겠다.

작가가 되어서 가장 기뻤던 것은 "이제 하고 싶은 일을, 하고 싶은 만큼 할 수 있다"는 것이었다. 물론 전업 작가가 되면 생활을 유지하기 위해 어느 정도 내키지 않는 일도 해야 하는 경우도 있지만, 그건 오히려 생활을 조정하면 해결될 일이다. 이만큼 내게 맞는 생활은 없다. 처음 몇 년간은 여러 가지 시행착오를 겪었지만, 그러는 사이에 점점 익숙해져서 내 나름대로의 작가 생활 시스템을 만들어냈다. 그 시스템의 근본 사상은 아까도 얘기했듯이 "하고 싶은 것만 자신의 페이스로 한다"라는 한마디로 충분하다. 왜냐하면 하고 싶은 것을 하기 위해 어디에도 속하지 않는 전업 작가가 되었으니까, "하고 싶지 않은 것은 하지 않는다"라는 건 당연한 일이다. 무라카미 씨는 베스트셀러를 썼으니까 그런 식으로 하고 싶은 대로 할 수 있는 거죠, 그렇게 하고 싶어도 보통 사람은 도저히 그렇게 할 수 없어요, 하고 말하는 사람도 개중에는 있지만(이런 발상이나 말투를 일본에 있을 때에는 지겨울 정도로 겪었는데, 어찌 된 영문인지 미국에서는 한 번도 경험하지 않았다), 나는 그렇게 생각하지 않는다. 이것은 오히려 기본적인 성격 문제다. 책이 그다지 팔리지 않던 시절부터 나는 줄곧 일관되게 같은 일을 해왔다. 그러나 이 역시 당연한 일이지만, 이렇게 약간 협조성이 결여된 자세는 내 의도와는 달리 간혹 주변에 풍파를 일으키곤 한다. 하긴 아내조차 뒤에서 찔러버리고 싶다고 할 정도의 인간이니, 그 역시 어쩔 수 없는 일인지도 모르겠지만.

하지만 중학교와 고등학교 시절에는 내가 공부를 그다지 하지 않으면 부모님이 잔소리를 하는 정도지, 특별히 그 일로 주변에 풍파가 생기지는 않았다. 당연한 일이지만 화를 내는 사람도 없었다. 인격을 비난받는 일도 없었다. 따라서 마음 놓고 좋아하는 일을 할 수 있었다. 나는 책 읽는 걸 정말 좋아했기 때문에, 틈만 나면 문학 서적을 읽어서 그 결과 특별히 공부를 하지 않아도 국어 성적은 나쁘지 않았다. 영어에 관해 말하면, 고등학교 초기부터 내 방식으로 영어로 된 페이퍼백을 찾아 읽었기 때문에 영문을 읽는 것 자체는 자신이 있었지만, 그 이외의 세세한 공부의 노하우는 전혀 신경 쓰지 않았던 탓에 성적은 썩 좋지 않았다. 중간보다는 조금 나았던 정도였던 걸로 기억하고 있다. 내가 지금 번역 일을 꽤 많이 하고 있는 걸 당시의 영어 선생님이 아신다면, 아마도 고개를 갸우뚱할 것 같다.

사회는 무엇보다 세계사를 잘했다. 왜냐하면 나는 추오코론 샤에서 나온 《세계의 역사》라는 전집을 중학교에 들어갔을 때 부터 그야말로 열 번이고 스무 번이고 반복해서 읽었기 때문이 다. 아마도 '소설보다 재미있다'라는 것이 이 전집의 광고 카피 였던 것으로 기억하고 있는데, 그것은 드물게도 과대광고가 아 니라 실제로 재미있고 즐겁게 읽을 수 있는 책이었다. 그래서 이것을 읽고 있는 동안 세계사에 대한 웬만한 사실을 자연스럽 게 외우게 되어, 특별히 그 이상의 공부를 할 필요가 없었다. 역 사라는 건 머릿속에 전후좌우의 대략적인 콤퍼지션만 잡혀 있 으면, 대충 감을 잡을 수 있는 것이다. 시험 전에 몇 가지 연호 나 사람 이름 등 세부적인 사항만 통째로 외워두면 그것으로 대 부분 오케이였다. 개인적인 기호 탓인지는 모르겠지만, 같은 회 사에서 나오고 있는 《일본의 역사》는 몇십 번씩 읽어서 외울 만 큼 재미있다고는 생각하지 않았다.

그래서 지금은 어떤지 모르지만, 그 당시 와세다 대학의 입시 는 세 과목뿐이었기 때문에 국어, 영어, 세계사를 선택하면 그 다지 고생하면서 수험 공부를 하지 않아도 입학할 수 있을 거라고 생각했다. 사설 학원이나 입시 학원에도 한 번도 다니지 않았다. 그 당시는 편차치(偏差値, 학력검사 결과가 집단의 평균치와 어느 정도 차이가 나는지를 수치로 나타낸 것—옮긴이)라는 게 아직 없었던 때라, 수학적 수치는 모르지만 어디까지나 어림짐작으로 말하자면, 와세다 대학은(적어도 문학부는) 그 정도로 "좋아하는 걸 좋아하는 만큼 한다"는 식으로 공부해도 비교적 수월하게 들어갈 수 있었다. 최근엔 와세다에 들어가는 것도 어려워졌어, 옛날과는 비교도 안 될 정도지, 문학부라도 굉장한 거야, 라는 말을 자주 듣는데, 그런 말을 들어도 잘 모르겠다. 편차치가 도쿄 대학 편차치와 같을 정도라는 말을 들어도, 내 머릿속에는 애초부터 편차치라는 개념 자체가 존재하지 않기 때문에 전혀 실감나지 않는다. 그리고 내가 다닐 당시의 와세다 대학에 뭔가 좋은 점이 있다고 한다면 그건 아마 "좋아하는 것을 좋아하는 만큼 한다"는 식의 학생이 태평하게 입학할 수 있었다는 점인데, 그런 '태평한' 분위기가 사라진 와세다 대학에 이제 어떤 좋은 점이 있는지 나는 잘 모르겠다. 하지만 뭐 와세다 대학이 어떻게 변했다 해도 이십 년 이상 지난 옛날에 졸업한 나와는 별로 관계없을 것이다. 〈도시의 서북〉이라는 교가를 부른 적도 거의 없으니까.

그래도 어떻게든 국립대학에 들어가라는 부모님의 말을 들

고, 나는 일 년 동안 재수하며 지겨운 수학과 생물을 머릿속에 욱여넣으려고 노력했지만, 생각대로 잘되지 않아 결국 아시야 시립 도서관의 독서실에서 꾸벅꾸벅 졸면서 일 년을 허송세월하고 말았다. 익숙하지 않은 일은 섣불리 하는 게 아니다, 쉽게 할 수 있는 일은 쉽게 할 수 있을 때 해야 한다는 귀중한 교훈을 얻었다.

여기까지가 내가 제대로 공부하지도 않고 1968년에 와세다 대학에 태평하게 입학한 데 대한 대략적인 상황 설명이지만 이런 걸 써서 도리어 불난 집에 부채질하는 격이 될 듯싶다. 화가 머리끝까지 나서 편지를 보내는 사람이 어딘가 있을지도 모르겠다. "나는 열심히 공부했는데도 같은 해에 와세다 대학을 떨어졌어. 우쭐거리며 잘난 체하지 마"라고 말이다. 그런 말을 들으면 나로서도 다시 "정말 미안합니다" 하고 사과할 수밖에 없지만, 솔직히 한편으로는 그런 일을 지금에 와서 일일이 신경 써봐야 뭘 하나 하는 생각도 든다. 어차피 시험이란 건 운도 있고, 적성도 있고, 그때의 상황도 있다. 게다가 기껏해야 대학에 관한 일 아닌가요…… 이렇게 말해도, 그 '기껏해야'란 말 때문에 떠올리기 싫은 생각을 하게 되는 사람도 세상에는 분명 많을 것이다. 그런 생각을 하면 마음이 좀 아프다.

프린스턴 대학에는 일본 관청이나 회사 사람이 꽤 많이 파견되어 공부하고 있다. 체류 기간은 대개 일 년이지만 회사나 관청이 그동안의 경비나 월급을 지불해주는 까닭에, 당연한 말이지만 관청이나 회사 내에서도 엘리트에게 주어지는 특권인 듯하다. 나는 내 일이 바쁘기 때문에 교제라고 해봤자 좁은 동양학과 안에 있는 사람들과 알고 지내는 정도라서 그런 사람들과 얼굴을 맞대고 이야기할 기회가 별로 없지만, 내가 아는 몇 사람으로부터 들은 이야기로는, 그런 '파견 그룹' 내부에서도 출신 대학이나 회사, 관직에 따라 히에라르키 비슷한 것이 생긴다고 한다. 일본에서의 직책이나 학력이 거의 그대로 이곳에 옮겨지는 듯하다. "나는 ○○대학 출신인데, 다들 도쿄 대학 출신이라 주눅이 들어서"라는 듯한 말을 자주 들었다. 나도—프린스턴에서는 아니지만—그런 히에라르키 광경을 엿본 적이 있다. 다른 사람 일이니까 내가 이러쿵저러쿵할 필요는 없겠지만, 솔직히 말해 별로 보기 좋은 건 아니었다.

오해를 하면 곤란하지만, 모든 사람이 그렇게 틀에 박힌 일본 사회라는 그물에 얽매여 있지는 않고, 극히 평범하게 외국 생활을 즐기고 있는 사람들도 물론 많이 있다. 하지만 개중에는 정말 어쩔 수 없는 사람도 있다. 그리고 그런 사람들 대부분은 어찌 된 영문인지 흔히 말하는 '초엘리트'다. 만나서 일단 인사를 나눈 다음 순간부터 "사실 제1차 공통 시험 성적은 몇 점이고요" 하고 느닷없이 설명하기 시작하는 사람들이다. 우리가 대학에 들어갔을 때에는 1차 공통 시험이란 것 자체가 없었기 때문에 갑자기 그런 말을 들으면 뭐가 뭔지 알 턱이 없다. 그런데 더 알 수 없는 건 자기소개 대신 1차 공통 시험 점수를 꺼내놓는 사람의 정신 상태다. 도대체 무슨 생각을 하고 있는 걸까? 이런 사람들이 엘리트 관료로서 일본에서 세력을 떨치며 잘난 체하는 건가 생각하니(미국에 와서도 꽤나 잘난 체하고 있다), 이건 좀 곤란하다는 느낌이 든다.

이런 이야기를 프린스턴에서 공부하고 있는 일본인 여학생에게 했더니, "아, 그런 일 많아요. 새삼스럽지도 않아요. 지난번에도 한 사람 만났어요"라는 것이었다. 뉴욕에서 전철을 타고 돌아올 때 우연히 일본 남자 옆자리에 앉았는데, 그 사람은 파견 관리로 "나는 ○○성(省)에서 ○○과장대리(라던가 뭐라던가)를 하고 있고, 1차 공통 시험에서는 ○○점을 받았습니다" 하고 자랑을 주렁주렁 늘어놓았다고 한다. 웃기는 사람이라고 생각해서 제대로 상대해주지 않자 화를 내며 짜증 섞인 몇 마디를 남기곤 다른 쪽으로 가버렸단다. "정말 그런 사람들은 무슨 생각을 하고 있는 걸까요?" 하고 그녀도 어이없어 했는데, 정말이지 무슨 생각을 하고 있는지 모르겠다. 모처럼 일본을 떠나 외국에 있으니까 적어도 그 일 년 정도는 일본적인 궤도에서 벗어나, 그저 한 사람의 순수한 인간으로서 모든 사람들과 마음 편하게 사귈 수 있으면 좋을 텐데, 하고 나 같은 사람은 생각하지만 그런 사람들의 자아나 아이덴티티나 세계관이나 호흡기관이나 소화기관 속에는 '1차 공통 시험' 'OO성' 'OO과장대리'라는 요소가 분리될 수 없을 정도로 박혀 있어서, 새롭게 뭔가를 받아들이거나 다른 사람과 접촉할 때 그런 까다롭고 복잡한 필터를 일단 통과시키지 않으면 치명적인 알레르기 반응을 일으킬지도 모른다. 그들에게 이런 히에라르키는 무척 중요한 가치를 지닌 것이기 때문에 그런 것과는 무관하게 살고 있는 사람들이 이 세상에 꽤 많이 있다는 사실을 좀처럼 이해할 수 없을 것이고, 그런 엇갈림 때문에 다양한 희비극이 일어나는 것 같다.

물론 일본 관청에서 파견되어 미국에 와 있는 사람들이 모두 그렇다는 건 아니고, 내가 만난 사람들 중에는 꽤 소탈하고 재미있는 사람도 있었다. 확실하고 성실하게 공부에 전념하는 인상 좋은 사람들도 알게 되었다. 성실한 사람은 성실히 지낼 거라고 나는 생각한다. 사람을 한꺼번에 싸잡아 평하는 걸 나는 좋아하지 않는다. 하지만 솔직히 말해서 좀 이상한 사람이 많은 것도 사실이다. 이것은 나만의 편견이 아니라 많은 '보통 사람들'의 공통된 의견이다. 이런 사람들은 미국의 엘리트 대학 같은 곳에 파견하지 말고, 일 년 정도 자신이 일하고 있는 빌딩 청소라도 시키는 게 어떨까 하고 생각한다. 아니면 벽지에서 봉사 활동을 시키는 것도 괜찮겠다. 그렇게 하는 편이 절대적으로 일본을 위해서 좋다.

관청뿐만 아니라 엘리트 기업에서 일하는 사람 중에도 좀 문제 있는 사람이 많았다. 그런 녀석들이 다니는 회사의 물건 따위에는 땡전 한 푼 쓰지 말아야지(예를 들어 이제 다시는 이런 항공사의 비행기 같은 건 타지 말아야지, 이제 이런 신문사의 신문 같은 건 읽지 말아야지) 하고 생각하게 하는 사람과 지금까지 몇 번이나 만났다. 아무래도 일반 회사에서 일하고 있기 때문에 순수하게 배양된 관청 계통의 '1차 공통 시험을 치른 남자'만큼 상식에서 벗어나지는 않지만, 뭘 그리 뻐기고 있는 걸까 싶은 사람이 여기저기 보인다. 왜 그런지는 모르겠지만 특히 외국에서 그런 경향이 강해지는 것 같다. 회사가 일부러 그런 사람을 골라서 외국에 파견하는 건지, 아니면 외국에 오면 그런 경향이 두드러지는 건지 나로서는 잘 알 수 없지만. 다만 경험적으로 말하면 조금 '작은' 회사에 다니는 사람에게는 그런 경향이 희박한 것 같다. 회사가 크고 유명하면 할수록 약간 위험한 느낌의 사람이 늘어난다.

일본에 있을 때는 몰랐던 일본에 관한 것을 외국에 나와서 새삼스레 잘 알았다, 하는 것이 내 경우에 뭐가 있는가 하면, 그것은 "일본은 내가 상상한 것 이상으로 엘리트가 활개 치고 있는 나라였구나"라는 것이다. 이건 나로서는 조금 놀라운 사실이었다. 아니, 놀랐다기보다는 오히려 쇼크였다. 그리고 그런 사람들이 자기 자신의 개인적 가치보다는 자기가 속해 있는 회사나 관청의 이름, 혹은 자기가 얻은 1차 공통 시험 점수 쪽을 훨씬 더 진지하게 소중하게 생각하고 있다……고나 할까, 그것이 아마도 그대로 자기 자신의 개인적인 가치로 되어버렸다는 사실도, 나로 하여금 경악을 금치 못하게 한 것 중 하나였다. 그런 특수한 가치관으로 지탱되는 세계가 존재한다는 것을 나는 외국에서 살기 전까지는 잘 몰랐던 것이다. 그야 말로는 듣긴 했지만, 실체를 보기 전까지는 전혀 실감할 수 없었다.

생각해보면 일본에서 살 때는 이른바 '엘리트'로 불릴 만한 사람들과 얼굴을 마주할 일이 거의 없었다. 그럴 기회도 없었고 필요성도 없었다. 그런데 외국에 살게 되자 그런 '엘리트'들과 접촉할 기회가 적어도 일본에서 살 때보다 훨씬 많아진다. 그 까닭은 외국에 살고 있는 일본인의 수가 절대적으로 적은 데다, '엘리트(준엘리트)'와 '가난뱅이(준가난뱅이)'라는 양극단의 두 가지 카테고리로 아주 분명하게 분리되어버렸기 때문이다. 대부

분의 경우 엘리트는 회사나 관청에서 파견된 사람들이고, 가난
뱅이는 스스로 어떻게든 생계를 이어가고 있는 사람이다. 그리
고 대략 짐작하겠지만, 엘리트는 엘리트끼리, 가난뱅이는 가난
뱅이끼리 뭉쳐 있다. 그 두 개의 계층이 뒤섞이는 일은 거의 없
다. 뭐 내가 보통 알고 지내는 사람은 어느 쪽인가 하면 후자에
가까운 사람들이 많지만, 그래도 중간층이 없는 탓에 아무래도
엘리트 계층 사람들의 존재가 일본에 있을 때보다 눈에 띄게 된
다. 그래서 "그렇구나, 지금까지는 몰랐는데 이런 사람들이 실
은 일본을 움직이고 있었구나" 하고 한편으로는 놀라면서도 납
득하게 되는 것이다. 하기야 그쪽에서도 "역시나 이런 바보가
작가가 돼서 무지한 서민을 속이고 있구나" 하고 생각하고 있을
지도 모르지만.

미국에 온 지 얼마 되지 않아, 그 당시 초베스트셀러가 되었던
마이클 크라이튼의 《떠오르는 태양Rising Sun》을 읽었을 때, 이것
은 분명 잘 쓴 소설이지만 크라이튼의 소설치고는(나는 사실 이
사람의 애독자다) 약간 구성이 엉성하고 깊이가 없다고 생각했다.
그는 언제나 독자들에게 '믿음이 가는' 이야기를 제공하는데,
이 책에 관해서는 그런 점이 좀 부족했다. 그 까닭은 사설이 너
무 길고 인물 설정이 약간 도식적이라, 그 탓에 이야기로써의
종합적인 설득력이 부족했다— 는 것이 이 책에 대한 내 개인

적인 의견이었다. 거기에 나오는 일본인 엘리트 비즈니스맨이 왠지 종이에 인쇄되어 있는 걸 그대로 오려낸 것처럼, 인간성이 결여된 스테레오 타입으로 묘사되어 있어 도저히 그런 인물이 현실에는 존재하지 않을 것 같다는 게 내 생각이었다. 그래서 미국인이 이 책에 대한 감상을 물을 때면 대부분 그런 식으로 대답했다. 하지만 나중에 그렇게 약간 문제가 있는 일본 사회의 슈퍼 엘리트들을 현실적으로 보고 나니, 어쩌면 이것은 크라이튼 씨가 쓴 게 오히려 맞고 내 현실 인식 쪽이 틀렸던 건 아닌가 하는 기분마저 들었다. 그런 생각을 하니 왠지 모르게 암담해질 수밖에 없다.

하지만 성실한 사람이 대부분이지 않을까? 어쩌다가 눈 내리는 아침에 검은토끼를 본 것뿐인 건 아닐까? 나는 정말 마음속으로부터 그렇게 믿고 싶다.

뒷이야기

미국에서 살다 보면 역시 일본 식사가 그리워진다. 이번에 일본에 돌아가면 맛있는 걸 이것도 먹고 싶고 저것도 먹고 싶다고 가끔 생각하는데, 그럴 때 희한하게 와세다 대학 학생 식당에서 먹던 런치가 머릿속에 떠오르곤 하니 이상한 일이다. 〈산케이 스포츠〉 따위를 펼쳐놓은 채 플라스틱 그릇에 담긴 덮밥 A정식을 와구와구 먹으면 맛있겠구나, 하고 생

각하고 있는 내 자신을 느끼게 되면 무섭다. 맛있었다는 기억 같은 건 전혀 없었는데도 말이다. 아내는 문학부 생활협동조합의 작은 식당에 있던 '구이'는 꽤 맛있었다고 하는데, 아직도 있을까나.

뒷이야기 그 후

이 글을 읽고 좀 '상처 받았다'라는 국가공무원들을 그 후 몇 번인가 만났습니다. 죄송합니다. 하지만 그중에는 정말로 어떻게 할 수 없는 사람들도 있으니까요. 내가 여기서 말하고 싶은 것은 '공무원[官]'이 무의미하게 으스대는 나라가 되면 안 된다는 겁니다.

안녕, 프린스턴

　　"안녕, 프린스턴"이라고 하면 왠지 〈라바울이여, 안녕〉(태평양전쟁 당시 일본군이 라바울에서 철수하는 심정을 담은 노래―옮긴이) 같지만, 뭐 그렇게 거창한 건 아니고 그저 이사를 가는 이야기다. 그러나 풍속, 습관, 언어가 다른 남의 나라에서 짐을 꾸려 이사를 하는 것이어서, 단순한 이사라고 해도 꽤나 힘이 든다. 지금은 매사추세츠 주의 새집에 있는 작업실에서 이 원고를 쓰고 있는 중이지만, 아무튼 덥고(에어컨 같은 건 물론 없고), 짐 풀기도 아직 덜 끝났고, 보험에 은행에 관청에 해야 하는 수속은 산더미처럼 쌓여 있고, 이사 통보도 써야 하고, 솔직히 말해 녹초가 되어버렸다. 미국은 주가 바뀌면 여러 가지 일을 처음부터 다시 해야 하기 때문에 일본의 이사보다 훨씬 번거롭다. 지쳤다. 이제 당분간은 이사 같은 건 하고 싶지 않고, 짐

싸는 상자는 꼴도 보기 싫다…… 이렇게 말하면서도 다시 몇 년 뒤에는 "자, 이번엔 어디로 옮길까" 하고 상의하기 시작하는 데, 뭐니 뭐니 해도 이사에 따르는 무서움 때문이라고 하겠다. 버트 바카락의 노래에 "이제 사랑 따위는 하지 않을 거야— 적어도 내일까지는"이라는 가사가 있는데, 그런 의미에서 이사는 사랑과 닮았다고 할 수도 있겠다. 자랑은 아니지만, 나는 사랑보다 이사를 한 횟수가 더 많다. 그래서 어쩌라는 거냐고 한다면 그뿐이지만.

프린스턴 대학은 꽤 살기가 편해 어찌어찌하다 보니 결국 이년 반이나 있게 되었다. 나는 처음에는 비지팅 스칼러(객원 연구원—옮긴이)로 일 년 반 동안 있었고(보통은 일 년이 기한인데 부탁해서 반년을 연장했다), 그 후에는 비지팅 렉처(객원 강사—옮긴이)라는 좀 생소한 자격으로 바뀌었다. 이 타이틀을 받으면 체류 기간을 연장할 수 있는데, 그 대신 강의를 하나 맡아서 가르쳐야 한다. 가르치면 수입이 생기고—아아, 이것은 실로 내가 태어나서 처음으로 받은 봉급이다—대학을 위해 일하고 있다는 대의명분이 생기고, 체류 연장이 가능해진다.

일주일에 두 개의 강의를 맡으면 더 높은 랭크의 비지팅 프로세서가 될 수 있지만, 이건 좀 버거운 느낌이 들었다. 나는 교수

가 되기 위해 미국에 온 건 아니기 때문이다. 그래서 결국 대학
원생을 대상으로 세미나를 일주일에 한 번만 맡기로 했다. 다른
사람에게 뭔가를 가르친다는 게 정말 서툴고, 물론 교원자격증
도 없고, 생전 가정교사 한번 해본 적 없는 나 같은 사람이, 외
국까지 와서 이렇게 엄청난 일을 해도 되는 건가 하는 의문이
당연히 들었지만, 이곳에서는 자격이나 경험 같은 건 그리 중요
한 문제가 되지 않는 듯하다. 현대 일본 문학을 가르치고 있
는—그리고 나의 술친구이기도 한—호세야가 일 년 동안 세배
티컬(안식년)을 얻어서 프린스턴을 떠나 있었기 때문에, 그 공백
을 메워야 하는 사정도 있었다. 원래대로라면 영어로 해야 하지
만, 내 영어 실력으로 대학원생을 상대로 문학을 논한다는 건
좀 뭣해서 일본어로 할 수 있도록 허락을 받았다. 내가 삼십 대
였다면 이 기회에 열심히 분발해서 어떻게든 영어를 내 것으로
만들려고 했겠지만, 사십 대도 절반이 넘어 점점 남은 세월을 계
산하며 일을 하게 되다 보니, 본래의 내 일 이외의 다른 일에 시
간과 에너지를 쏟는다는 게 여간 힘든 게 아니다. 안타깝게도.

　나는 이 세미나의 테마로 '제3의 신인'(1950년대에 등장한 전후
파에 뒤이은 세대의 작가들에 대한 총칭—옮긴이)을 택했다. 교재는
1950년대 후반에서 60년대 전반에 쓰인 책 중에서 선택했다.
왜냐하면 나 자신이 이 그룹에 속하는 작가들의 작품에 대해 예

전부터 무척 흥미를 가지고 있었기 때문이다. 나는 솔직히 근대나 현대를 막론하고 일본 작가의 작품은 별로 읽지 않는데, 그래도 곰곰이 생각해보면 요시유키 준노스케, 쇼노 준조, 고지마 노부오, 야스오카 쇼타로, 엔도 슈사쿠 같은 작가들의 작품은— 어디까지나 내 처지에서지만—비교적 열심히 읽었다. 대부분은 내가 소설가가 되고 나서 의식적으로 읽은 것이지만, 그 이전에 읽은 것도 꽤 있다. 쇼노 준조의 《풀 사이드의 작은 경치》, 《정물》이나 고지마 노부오의 《아메리칸 스쿨》은 학생 시절에 읽고 깊은 인상이 남은, 내게는 몇 안 되는 일본 소설 중의 하나다. 제1차, 2차 전후파에 비하면 '사소설(私小說)적'이라고 평가받는 경우가 많은 이들의 소설군(小說群)에, 왜 내가(미안하지만 '사소설' 알레르기인 내가) 이토록 마음이 끌리는가, 하는 것이 이번 세미나를 통한 내 자신의 개인적인 테마였다. 마침 좋은 기회니까 이전부터 막연히 마음속에서 꿈틀거리던 이 의문을 계통적으로 밝혀보고 싶었던 것이다.

그 결론에 대해 이 자리에서 쓰기 시작하면 너무 길어지니까 다른 기회에 상세히 쓰겠다. 그런데 한 학기 동안 학생들과 얼굴을 맞대고 매주 한 번씩 세 시간(!) 동안 토론하는 건 나 자신에게도 즐겁고도 유익한 일이었다. 내가 느끼거나 생각한 것을 학생들에게 구체적인 말로 알기 쉽게 설명하고, 칠판에 그림을 그러거나, 세부적인 의미에 대하여 논쟁하는 사이에 그때까지 나 자신도 잘 몰랐던 것들을 문득 깨닫게 되거나, 아니면 그들이 제기하는 의견이나 질문에 "정말 그렇구나, 그런 시각이나 생각도 있겠다" 하고 자극받게 되는 경우도 적지 않았다. 나는 어느 쪽인가 하면 학구적인 사람이 아니고, 학문으로써의 문학이란 것에 흥미를 느껴본 적도 거의 없고, 결국 문학이란 건 개인적인 작업이며 해석 불가능한 것이라고 생각하며 살고 있는 사람이라, 이런 집단 토론이 과연 의미가 있을까 조금 우려했는데 회를 거듭할수록 강의에 나가는 게 점점 즐거워졌다.

매주 두 편의 단편이나 한 권의 장편을 읽고, 에토 준의 《성숙과 상실》을 부교재로 썼다. 일본어로 읽고 일본어로 토론하는 것이어서 매주 단편 하나면 되지 않을까 싶어 처음에는 그렇게 했는데, 대학원생들이 "이러면 곤란합니다. 독서량을 좀 더 늘려주십시오"라고 요구를 해서 이처럼 빡빡한 스케줄이 됐다. 학생에게는, 특히 미국인 학생에게는 상당히 힘들었을 거라고 생각했는데 그들은 정말 열심히 노력하며 따라와주었다. 머리가 수그러진다고 해야 할까, "이봐, 정말 이렇게 공부해도 괜찮겠어?" 하고 내가 말하고 싶어질 정도로 미국 학생들은 열심히 공부한다. 아무튼 가르치는 쪽으로서는 무척 기쁜 일이긴 하지만.

세미나에는 대략적으로(이렇게 말하는 것은 확실히 구분하기 어려운 부분이 있기 때문이다) 미국인 학생 다섯 명, 일본인 학생 다섯 명이 참가하는데 일본 학생은 동양 문학 전공자가 아니라 다른 학부에서 온다. 미국 대학원생 두 명은 사백 자 원고용지를 사용해 일본어로 장문의 학기말 리포트를 써냈다(이 노력에는 역시 A를 주지 않을 수 없었다). 학생들이 리포트 안에서 다룬 텍스트를 보면 수적으로는 쇼노 준조의 《정물(靜物)》이 가장 많았고, 다음이 야스오카 쇼타로(《나쁜 동료》와 《해변의 광경》)였다. 어쩌면 이 두 사람의 작품이 미국의 젊은 학생들에겐 비교적 읽기 쉽고 비평하기 쉬운지도 모른다. 고지마 노부오는 토론 때 가장 활발하게 거론됐지만, 다루기가 조금 버거워서인지 이 사람의 작품을 선택한 학생은 거의 없었다.

한 미국 학생은 요시유키 준노스케의 《나무들은 푸른가》를 골라 논평했다. 나는 강의에서 이 작품을 다루지 않았지만, '제3의 신인'의 작품이라면 어떤 걸 다뤄도 좋다고 했기 때문에 그대로 받아들였지만, 곤란한 점은 내가 이 작품을 너무 오래전에 읽은 탓으로 내용을 거의 기억하지 못한다는 것이었다. 대학 도서관에는 요시유키 준노스케 전집이 있었지만, 안타깝게도 《나무들은 푸른가》가 들어 있는 책은 대출 중이었다. 그래서 그 닉이라는 학생(록 밴드를 하면서 일본 문학을 연구하는 조금은 괴짜인 남

학생)에게 전화를 걸어, 지금 책이 없어서 그러는데, 혹시 갖고 있으면 빌려줄 수 있겠느냐고 물었더니, "아니요, 실은 영어로 번역된 것을 읽었습니다. 그 번역본은 제가 가지고 있습니다만" 이라는 것이었다. 그런 까닭으로 나는 요시유키의 단편을 할 수 없이 영역본으로 읽게 되었다. 아무튼 읽지 않으면 보고서를 채점할 수 없기 때문이다. 그러나 잘 생각해보면, 이 소설을 영역본으로 읽은 학생이 영어로 쓴 리포트를 채점하는 거니까 내가 그 책을 영역본으로 읽는 게 어쩌면 합리적인 선택일지도 모른다. 왠지 꽤 복잡한 이야기 같긴 하지만.

실제로 읽어보니 《나무들은 푸른가》의 영문판은 꽤 번역이 잘 되어 있었다. 대충 읽어본 바로는 번역 내용이 '나무랄 데 없는' 수준이었다. 그러나 번역이라는 것은 원래 하나의 언어로 쓰인 것을 '어쩔 수 없이 편의적으로' 다른 언어로 바꾸는 작업이기 때문에 아무리 정성을 들여 꼼꼼하게 해도 원본과 완전히 똑같을 수는 없다. 번역에 있어서 뭔가를 취하고 뭔가를 유지하기 위해서는, 뭔가를 버리지 않으면 안 된다. '취사선택'이라는 것은 번역 작업의 근간에 있는 개념이다. 이 영역본을 읽고 있는 동안 갑자기 "정말 이 번역은 잘되었구나. 하지만 이걸 다시 한 번 그대로 일본어로 고쳐보면 어떻게 될까?" 하는 의문에 시달렸다. 그것이 요시유키의 오리지널과 어느 정도나 가까워(혹은 멀어)질까?, 하고. 다음 문장은 내가 시험 삼아 영역본을 재번역해본 첫 부분이다. 외국에서 공부하고 귀국한 자녀들의 말 같은 요시유키 준노스케 문학, 이라고 하면 될까……

　　이키 이치로는 육교 위에서 걸음을 멈춰 뒤돌아보고, 눈 아래 펼쳐진 해 질 무렵의 거리로 눈을 돌렸다.

　　매일 같은 시각에 그는 일터로 향했다. 그리고 매일 똑같이 그는 이 다리 위에 선 채로 그 거리들을 바라보았다.

　　거리는 아지랑이 같은 것으로 반쯤 뒤덮여 있었다. 그것이 진짜 아지랑이인지, 아니면 수없이 많은 높은 굴뚝으로부터 피어올라 층을 이루어 이 일대의 거리를 은밀히 감싸고 있는 연기 때문인지, 구분하기가 어려웠다. 어쨌든 거리는 언제나 아지랑이에 싸여 있었다.

　　그 아지랑이에 싸인 거리를 볼 때마다 그는 두 개의 다른 감정을 느끼게 됐다. 하나는 이제부터 거리로 내려가지 않으면 안 된다는 짜증스런 기분이었다. 그곳에서 자신을 기다리고 있는 단조로운 일을 생각하는 것만으로도 그는 마음이 무거워졌다. 이 다리에서 그대로 되돌아서 집으로 돌아가 이불을 덮고 다시 잠을 잘 수 있으면 얼마나 좋을까, 하고 그는 생각했다.

　　또 하나는 이 바닥을 알 수 없는 아지랑이의, 잿빛 심연을 향해 내려간다고 하는 조금은 자극적인 생각이었다. 이런 두 개의 감정

중에서 어느 쪽을 끌어안는가는 그날그날에 따라 달랐다.

—《The Showa Anthology》, KODANSHA INTERNATIONAL

이것은 오리지널을 거의 기억하지 못하는 머리로, 되도록 원문(영어)에 충실하게, 요시유키 씨의 문체는 일체 염두에 두지 않고 번역한 것이다. 진지하게 번역을 하면 문장으로서도 좀 더 '세련'되겠지만 여기서는 오리지널과의 대비를 명확하게 하기 위해서 상당히 스트레이트로 뉴트럴하게 번역했다. 그런데 원문(일본어)은 사실 다음과 같았다.

육교 위에서, 이키 이치로는 멈춰 서서 눈 아래 펼쳐지는 해 질 무렵의 거리로 눈을 돌렸다.

매일 이 시각이 그의 출근 시간이다. 그리고 그는 매일 다리 위에 멈춰 서서, 거리를 바라본다.

거리는 아지랑이 같은 것 속에 반쯤 잠겨 있었다. 그것이 진짜 저녁 아지랑이인지, 이 지대를 둘러싸듯이 솟아 있는 몇십 개의 굴뚝에서 피어오르는 매연이 층을 이루어 거리 위를 뒤덮어오는 것인지는 알 수 없지만, 언제나 거리는 아지랑이 속에 잠겨 있었다.

아지랑이 속의 거리를 내려다볼 때, 그의 마음속에 이는 감정이 두 종류 있다. 하나는 그 거리 속으로 내려가는 게 매우 귀찮은 기분이다. 그곳에서 기다리고 있을 단조로운 일에 관한 것을, 그는 우울한 기분으로 생각한다. 다리 위에서 그대로 발길을 돌려서 집으로 돌아가 이불 속으로 기어들어 잠들어버리고 싶어진다.

또 하나는 아지랑이 밑에 흐릿한 까닭 모를 장소로 내려간다고 하는 자극적인 기분이다. 그 두 종류의 감정 가운데 어느 쪽인가가 그날에 따라 그의 안에서 일어난다.

—《신선현대일본문학전집33—전후소설집(2)》, 치쿠마쇼보

쓰여 있는 것은 같을지라도 이렇게 재번역해보면 꽤 분위기가 다르다는 걸 알 수 있으리라고 생각한다. 우선 원문에는 과거형과 현재형이 뒤섞여 있는데, 영문에서는 그렇게 할 수 없기 때문에 전부 과거형으로 되어 있다. 그리고 이것도 어쩔 수 없는 일이기는 하지만, 한자(漢字)의 글자 모양이 자아내는 '분위기'가 나지 않는다. 또한 문체의 미묘한 특징에 의해 생기는 불가사의한 탄력성도 사라져 있다. "아지랑이 밑에 흐릿한 까닭 모를 장소"는 영문에서는 "the unfathomable, shadowy depths of the mist"로 되어 있다. 이것은 상당히 잘된 번역이라고 생각하지만 이 영문을 통해 거꾸로 오리지널의 문장을 짐작하기는—물론 그것을 할 수 있느냐 없느냐는 번역의 가치와 직접적으로 관계없지만—역시 어려울 것이다. 하지만 이것은 내 개인적인

감상인데, 영문 번역본으로 요시유키 준노스케의 단편을 읽는 건 재미있었다. 이상한 비유일지 모르지만, 클래식 음악을 옛날 악기로 연주하는 것과 비슷한, '다시 보기' 식의 재미가 있다. 그런 걸 하나하나 재미있어 하는 사람은 어쩌면 나밖에 없을지도 모르지만.

어쨌든 학생들이 제출한 기말 리포트에 점수를 매기고, 이것으로 난생처음 '선생'으로서의 의무도 다했다. 드디어 프린스턴하고도 이별이다. 이번에는 매사추세츠 주에 있는 어떤 대학으로 옮기게 되었다. 그곳에서 일본 문학을 가르치고 있는 지인이 "괜찮다면 이번에는 이쪽으로 오지 않겠느냐" 하고 권유를 한 것이다(그렇지만 그는 장학금을 받아 우리와는 엇갈리게 일본으로 가버려서, 우리는 아는 사람이라고는 한 명도 없는 곳에 내던져지는 처지가 되었다). 이사하는 곳은 서부든 중서부든 어디라도 괜찮지만, 출판사나 에이전트가 뉴욕에 모여 있는 관계로 동부 연안의 북쪽에 머무는 편이 여러모로 편리했다.

이번 이사는 돈이 좀 들더라도 편하게 하고 싶다며, 일본어가 통하는 일본계 이삿짐센터에 맡기자고 그다지 영어에 자신이 없는 아내가 말했고, 나도 일이 바빠서 될 수 있으면 잡다한 일에 시간을 빼앗기고 싶지 않았기 때문에 일본계 이삿짐 전문 회사에 전화를 걸어 견적을 뽑으러 오라고 했다. 이것저것 플러스 알파도 있어 막연히 일반 미국 이삿짐센터보다 50퍼센트 정도 할증된 요금이 붙지 않을까 예상했더니, 나온 금액이 자그마치 4,400달러(게다가 보험금 플러스)가 되어 깜짝 놀랐다. 아무리 꼼꼼하게 한다고는 해도 특별히 조심스럽게 다뤄야 할 물건이 있는 것도 아니고, 뉴저지에서 매사추세츠 정도의 거리에 이 가격은 해도 너무한 것이다. 이 정도라면 차라리 짐을 전부 처분해 버리고 이사 간 곳에서 새로 사는 게 훨씬 득이 될 정도의 금액이다. 가구가 딸려 있던 집이었기 때문에 이사라고 해도 짐이 그리 많지도 않아 도와줄 일손만 있으면 차라리 내가 트럭을 빌려 옮겨도 될 정도지만, 학교가 이미 여름방학에 들어가버려 아쉽게도 주위에 도움을 청할 사람이 한 명도 없었다. 아무리 그래도 나와 힘없는 아내 둘이서 무거운 짐을 이 층까지 들어올리는 건 불가능하다. 그래서 근처의 운송업자를 찾아다닌 끝에 간신히 스케줄이 비어 있는 곳을 발견하고(그 이유인즉슨, 미국에서는 여름이 이사철이기 때문에 이 시기에 이 주 뒤의 이사 예약을 하기가 무척이나 힘들다), 서둘러서 견적을 뽑아달라고 했다. 다음 날 아침 견적 담당자가 와서 집 안을 둘러보고 가구와 상자 수를 계산하고는 "음, 이 정도라면 980달러(보험금 포함)인데 괜찮습니까?" 하고 물었다. 물론 우리에게 불만이 있을 리 없다. 어쨌든 처음에 뽑았던 견적에서 채 4분의 1도 안 되니까.

　그런데 미국 이삿짐센터는 약속 날짜도 안 지키고, 짐도 잘 잃어버리며, 가구에 흠집을 내고, 완전 야쿠자라고 여러 사람이 겁을 주었다. 근처에 사는 루시는 "내가 워싱턴 디시에서 이사 올 때, 로딩(짐 싣기)이 약속한 날보다 이틀이 늦어졌고, 짐은 모두 상자에 넣어뒀기 때문에 할 수 없이 그동안 남편과 둘이서 바닥에 웅크리고 잤어"라고 했고, 멕은 소중한 앤티크 가구가 엉망으로 다뤄졌다고 했으며, 애나는 "도중에 이삿짐 상자 하나가 없어졌는데 결국은 나오지 않았어. 보험도 들지 않았어"라고 했고, 타라는 "제대로 견적도 뽑고 약속도 했는데, 이삿짐센터 트럭이 결국 오지 않았어" 하고 말했다. 일본 업자는 확실히 비싸기는 해도 그렇게 심각한 문제는 거의 없는 듯하다. "그래서 대학이 비용을 대줄 경우에는 모두 일본 업자에게 맡겨요. 아무튼 편하고 일을 제대로 하니까요" 하고 한 교수가 가르쳐주었다. 우리 경우도 "로딩은 사흘 중의 어느 하루에 하며, 이삿짐 운송도 그 사흘 중의 하루가 된다"는 식으로, 그야말로 대충대충―일본에서 그렇게 했다가는 큰일 난다고―이었는데, 그래도 실제로 해보니, 이번에는 고맙게도 특별한 문제없이 끝냈다. 아널드 슈워제네거 비슷한 체형에, 문신을 한 사내가 세 명 정도 와서, 나로서는 한 개를 들어올리기에도 벅찰 것 같은 무거운 짐을 세 개씩 번쩍번쩍 들어올려 계단을 오르내리며 눈 깜짝할 사이에 이사를 마쳤다. 밤길에 마주치면 약간은 가슴이 철렁할 것 같은 몸집의 사내들이었지만, 감탄할 정도로 일도 잘하고 꽤 친절했다. 나의 수많은 이사 경험에 비추어 말한다면, 일본의 이사 업체 사람들은 대체로 "이 일은 해야만 하는 일이니까"라는 분위기로 정확하고 조용히, 시스터매틱하게 무표정한 얼굴로 일하는 경우가 많은데, 이쪽 사람들은 "우린 프로요, 프로"라는 느낌으로, 그야말로 근육을 과시하듯이 큰 소리로 농담을 하며 당당하게 마초처럼 일을 한다. 이 나라에서는—물론 모두가 그렇다는 건 아니지만—육체노동에 종사하고 있다는 것이 하나의 주체적인 인생의 선택이기도 한 것이다. "힘이 굉장하네요" 하고 칭찬하면, "당연하죠"라는 얼굴로 기쁜 듯이 싱긋 웃는다. 이런 사람들은 아마 힐러리 클린턴과는 말이 통하지 않을 것이다.

새집의 마룻바닥에 이삿짐 상자들이 높게 쌓이고, "헤이, 랏스 오브 럭!"(많은 행운이 함께하길―옮긴이) 하고 기운찬 작별 인사를 남기고 운송 트럭이 떠난 뒤, 우리는 아는 사람이라곤 한 사람도 없는 낯선 외국 도시에 둘만 덩그러니 남겨지고 말았다. 서글프지 않다면 거짓말이다. 하지만 할 수 없지, 누가 시킨 것도 아니고 내가 좋아서 여기저기 방황하고 있는 거니까, 하고 나는 생각한다. 미국인이 흔히 말하듯 "더운 게 싫으면 애초부터 부엌에

들어가지 마라"는 말이다. 어찌 되었든 새로운 장소에 있고, 그
곳에 새로 시작해야 할 생활이 있다는 건 멋진 일이 아닌가.

　말은 이렇게 하지만, 도대체 언제까지 이런 생활을 계속해야
할지, 나도 정말.

《이윽고 슬픈 외국어》를 위한 후기

       나는 이 책을 쓰기 전에도 여행기랄까, 체류기라고 할 만한 책을 한 번 낸 적이 있다.《먼 북소리》라는 책이 그것으로, 나는 그 책에서 약 삼 년간에 걸친 유럽 체류에 대한 이야기를 썼다. 하지만 지금 생각해보니 그 책에 담겨 있는 글의 대부분은 '첫인상' 내지는 기껏 해봐야 '두 번째 인상'을 적은 것이었다. 나는 상당히 오랫동안 그곳에 머물러 있었지만, 결국은 스쳐 지나가는 여행자의 눈으로 주위 세계를 바라보았던 듯하다. 그것이 좋다거나 나쁘다고 말하는 게 아니다. 스쳐가는 사람에게는 스쳐가는 사람의 관점이 있고, 그곳에 뿌리내린 사람에게는 뿌리를 내리고 사는 사람의 관점이 있다. 양쪽 다 메리트가 있고, 보이지 않는 사각이 있다. 반드시 첫인상을 토대로 글을 쓰면 깊이가 없고, 오래 살면서 차분히 사물을 지켜본 사람의 관점이 깊이가 있고 올바른 것은 아니다. 그곳에 뿌리를 내리고 있는 만큼 거꾸로 보지 못하는 점도 있다. 얼마만큼 자신의 관점과 진지하게, 또는 유연하게 관계 지을 수 있는가, 그것이 이런 글에서 가장 중요한 문제라고 나는 생각한다.

하지만 그런 걸 잘 알면서도, 다음번에는 가능한 한 '두 번째 인상' 내지 '세 번째 인상' 정도의 눈으로 글을 쓰고 싶다고 맨 처음에 생각했다. 이번에는 모처럼 미국이라는 사회에 일단 '속해서' 생활하는 거니까, 뭔가 신선한 것, 새로운 것에 중점을 두고 글을 쓸 뿐 아니라, 조금 떨어진 곳에서 시간을 두고 여러 가지를 생각해보고 싶었던 것이다. 사진으로 말하자면 표준 렌즈만을 사용해서 보통 거리에서 지극히 당연한 것을 찍어보고 싶었다.

사실을 말하면, 나는 유럽에서 돌아와서 한동안은 일본에 정착해 느긋하게 지낼 작정이었다. 생각해보면 여러 해 동안 이사만 다니며 뿌리 없는 부평초처럼 이리저리 계속 떠돌아다녔던 것이다. 나도 이제는 그리 젊지도 않고, 슬슬 한곳에 정착할 때가 온 건 아닌가 스스로 생각하고 있었다. 실제로 유럽 체류의 막바지 무렵에는 약간 그로기 상태였다. 나도 오랜만에 "잠깐 온천에나 가볼까" 하는 생각이 들면 전철을 타고 어딘가에 있는 온천 여관으로 훌쩍 떠나거나, 여름에는 대낮부터 국숫집에서 맥주를 마시기도 하고, 추운 계절에는 오뎅집에서 따끈한 정종을 마시며 몸을 따뜻하게 하는, 홀가분하고 마음 편한 생활을 만끽해보고 싶었다.

그러나 첫머리에 쓴 것처럼 1990년 일월부터 이듬해 일월까지 일 년 동안 일본에서 살아본 뒤에, 그리고 무척 망설인 끝에, 결국 또 짐을 싸들고 미국으로 이사하게 되었다. 질리지도 않고 다시 외국으로 나가볼까 생각한 것은, 일본에서 한동안 휴식을 취하면서 지내는 동안에 확실히 나는 이제 그다지 젊지 않을지는 모르지만, 그렇다고 아직 그 정도로 나이를 먹은 것도 아니라는 것을 스스로 실감했기 때문이다. 나는 아주 단순하게 여러 곳을 좀 더 보고 싶었고, 여러 가지 체험을 좀 더 하고 싶었다. 좀 더 여러 사람과 만나고 싶었고, 좀 더 여러 가지 새로운 가능성을 시험해보고 싶었다. 아직 그런 것이 가능한 상황에 있을 때 될 수 있는 한 많은 것을 해보고 싶었다.

그런 이유로 그럭저럭 삼 년 가까이 미국에서 살게 되었다. 그 안에 일본으로 돌아갈 생각은 하고 있지만, 그것이 언제가 될지 확실한 건 나도 잘 모른다. 아무튼 지금 쓰고 있는 긴 소설을 완성하고 나서 그것에 대해서 다시 생각해야지 하면서, 예정도 잡히지 않은 채, 이국땅에서(이런 표현은 좀 구시대적이지만) 하루하루를 지내고 있는 상태다.

유럽에 있을 때도 그랬지만, 오랫동안 일본에서 떨어져 지내면서 가장 절실하게 느끼는 것은 내가 없어도 세상은 아무 탈 없이 잘 돌아간다는 사실이다. 나라고 하는 한 인간이, 혹은 한 사람의 작가가 갑자기 일본에서 사라져도 누구 하나 특별히 곤란해하거나 특별히 불편을 느끼지 않는다. 결코 심사가 뒤틀려서 하는 말이 아니라, "결국 나 같은 건 있으나 없으나 아무래도 마찬가지구나" 하는 생각이 든다. 생각해보면 이것은 자명한 이치이고, 인간이 한 명 늘거나 줄어든 정도로 세상이 혼란해진다면 세상은 몇 개가 있어도 모자란다. 하지만 일본에 살면서 자신의 역할 같은 것에 매일 바쁘게 쫓기다 보면, 그런 자신의 무용성 같은 것에 대해 찬찬히 깊게 생각할 만한 여유가 없는 것도 사실이다.

만일 내가 지금 여기에서 비행기 사고나 식중독으로 갑자기 죽어버린다고 해도 상황은 거의 마찬가지일 것이다. "아직 젊은데 정말 안됐네요"라고 말해줄 사람도 개중에는 몇몇 있을지 모르겠지만, 일 년 정도 지나면 분명히 모두 나라고 하는 인간이 존재했다는 사실조차 잊어버릴 것이다. 가끔 생각이 나긴 하겠지만, 내가 없어도 특별히 괴로워할 사람은 없을 것이다. 그런 의미에서는 표현이 약간 오버일지는 몰라도, 외국에 오래 나가 있다는 것은 사회적 소멸을 미리 맛보기＝의사(擬似) 체험이라고 해도 좋을 것 같다.

그것과 조금 비슷한데, 외국에서 지내는 것의 메리트—라고 말할 수 있을지는 좀 의문이지만—중의 하나는 자기가 단순히 한 사람의 무능력한 외국인, 이방인(스트레인저)에 불과하다고 실감할 수 있는 것이다. 우선 첫 번째로 언어 문제가 있다. 내 경우에는 외국어로 나를 제대로 표현하는 게 실제적으로 불가능하고, 내가 말하고 싶은 것의 20～30퍼센트밖에 상대에게 전달하지 못하는 경우가 일상다반사다. 그렇기는커녕 전혀 이야기가 통하지 않는 경우도 왕왕 있다. 외국인이라는 사실만으로 처음부터 차별을 받는 경우도 있다. 안 좋은 일도 상당히 있었다. 속은 적도 몇 번 있다. 그러나 나는 그런 경험을 결코 무의미하다고는 생각하지 않는다. 적어도 차별을 당하거나 아니면 이방인으로서 말도 안 되는 배척을 받기도 하는 나는, 모든 걸 빼앗긴 제로 상태의, 있는 그대로의 나이기 때문이다. 나는 결코 마조히스트는 아니지만, 가령 약자로서 무능력한 사람으로서, 그런 식으로 허식이나 군더더기가 없는 완전한 자기 자신이 될 수 있는(혹은 될 수밖에 없는) 상황을 가져보는 것이 어떤 의미에서는 귀중한 경험이 아닐까 하는 느낌마저 든다. 물론 그럴 때는 화도 나고, 마음도 상하고, 도저히 "이건 어떤 의미에서는 소중한 경험인 거다"라고는 속 편하게 생각할 수 없지만, 나중에 냉정한 마음으로 되돌아보면 어쩐지 그런 느낌이 든다. 그건 그대로 어쩔 수 없지 않나 하는 생각도 든다. 적어도 내가 일본에 있을 때 항상 느꼈던 갖가지 종류의 복잡한 고민보다는 이렇게 개인이라는 자격에 바짝바짝 다가오는 직접적인 '어려움' 쪽이 내게는 더 합리적인 것으로 생각되는 것이다.

 일본을 떠나 오랫동안 외국에서 살면 일본어가 변하지 않습니까, 하는 질문을 자주 받는다. 미국인이 묻기도 하고, 일본인이 묻기도 한다. 그러나 그건 본인으로서는 좀처럼 알기 어려운 일이다. 그런 말을 들으면 변한 것 같은 느낌도 들고, 그다지 변하지 않은 것 같은 느낌도 든다. 그래서 "네, 역시 바뀌더군요" 하고 대답할 때도 있고, "아뇨, 특별히 변하지는 않았습니다" 하고 대답할 때도 있다. 그때그때 기분에 따라 여러 가지로 대답한다. 무책임하다면 무책임한 일이 되겠지만, 그렇게 어려운 질문을 갑자기 받으면 이쪽으로서도 정확하게 대답할 수가 없지 않겠는가?

 예를 들어 누군가 옛날 친구와 만났는데 갑자기 "너 사람이 변했어. 그렇지, 변했지?"라는 말을 들으면, 당신은 그 말에 제대로 대답할 수 있겠는가? 대답할 수 없을 것이다. 왜냐하면 오년이든 십 년이든 이십 년이든, 그동안 사람이 변하는 것은 당연한 일이며, 변하지 않는 쪽이 오히려 훨씬 더 이상하다. 그와 동시에 그런 변화를 가능케 한 당신이라는 사람은 일관된 불변의 존재로서 그대로 있다. 그렇기 때문에 한마디로 "사람이 변했다"고 해도, 그것이 대체 어떤 측면을 지적하는 건지, 분명하게 구체적으로 정의해주지 않으면 그 말을 듣는 사람은 대응할 방법이 없는 것이다. 언어나 문체의 변화 같은 것도 마찬가지다. 언어란 항상 변하는 것이고, 여러 가지 요인에 의해 변화해가는 것이다. 그것은 공기에 따라 변하고, 사고방식이나 행동양식에 따라 변한다. 교제하는 상대와 연령에 따라 변하고, 자신의 입장 변화에 따라 변한다. 그리고 외국에서 산다는 것도 그런 변화 요인 가운데 하나에 불과한 것이다. 간단하게 예스, 노로 대답할 수 있는 문제가 아니다. 만일 정확하고 진지하고 성실하게 대답하려면 "예, 아무래도 제 일본어가 미국에 온 이후 변화하고 있는 것 같습니다. 그러나 현실적인 문제로서 그 이외의(즉 내가 미국에서 살고 있다는 것 이외의) 선택지(選擇肢)가 만들어냈을 변화와 지금 여기에 있는 변화를 나란히 비교 검증할 수는 없으니까, '미국에 살게 됨으로써 내 일본어가 변했는가' 하는 당신의 질문에 대해 지금 내가 여기서 대답한다 해도,

그건 어디까지나 증명할 수 없는 잠정적인 가설에 불과할 것입니다" 하고 말해야 하겠지만, 얼굴을 마주하고 이런 말을 듣는다면 상대방은 아마 머쓱해할 테고, 대화를 계속할 화젯거리도 잃게 될 것이고, 그런 이유로 경우에 맞춰 적당하게 예스라고 말하거나 노라고 말하기도 하는 것이다. 어차피 내가 무엇을 어떻게 대답한다 한들 그것 때문에 세상이 좋아지거나 나빠지거나 하지는 않을 테니까. 설사 그렇다고 한다면, 나는 소설을 쓰고 있을 겨를조차 없을 정도로 진지하고 성실하게 여러 가지를 고려해서 분명하고 정확하게 대답을 할 테지만, 다행인지 불행인지 그런 상황은 아직까지는 일어나지 않고 있다.

다만 한 가지 진지하고 성실하게 말할 수 있는 것은, 나는 미국에 와서 일본이라는 나라에 대해, 혹은 일본어라는 언어에 대해서 상당히 진지하게, 정면으로 마주하며 생각하게 되었다는 점이다. 솔직히 말해서 나는 젊었을 때, 소설을 쓰기 시작했을 무렵에는 조금이라도 일본이라는 상황에서 멀리 도망가고 싶다고 생각했다. 다시 말하면 조금이라도 일본어적인 것의 속박에서 벗어나고 싶었다. 그쪽이 나라는 인간에 더욱 '가까운' 글을 쓸 수 있을 것으로 생각했던 것이다. 이렇게 말하면 어지간히 비애국적인 발상 같지만, 누가 뭐라 해도 실제로 그렇게 생각했으니 어쩔 수 없다. 그리고 그러기 위해 필사적으로 노력했다.

나와 일본어의 타협점을 찾기 위해 정말로 모든 수단과 방법과 관점을 총동원해서 악전고투했다. 그 당시의 내 글을 지금 읽어 보면 정말 여러 가지로 힘들었겠구나, 하고 남의 일처럼 감탄하게 된다.

하지만 나이를 먹고 그 악전고투 끝에 내 나름대로 '타협점을 찾은' 일본어 문장의 스타일을 조금씩 익혀감에 따라, 그리고 현실적인 문제로 일본을 떠나 지내는 세월이 늘어남에 따라, 나는 점점 일본어로 소설 쓴다는 행위를 좋아하게 되었다. 일본어라는 언어가 내게 있어 점점 사랑스럽고 없으면 안 되는 존재가 되었다. 그렇다고 이것이 일본으로의 회귀라는 건 아니다. 외국에 가서 서양물이 든 사람이 반대로 일본 문화 지상주의자처럼 되어 돌아오는 예도 많지만, 내가 말하고 있는 건 그것과는 또 다른 얘기다. 왜냐하면 나는 일본어가 다른 언어보다 언어적으로 특별히 우수하다든가 하는 이야기를 하는 것이 아니기 때문이다. 일본어가 외국어에 비해서 얼마나 아름답고 또 뛰어난 자질을 가진 언어인가를 내세우는 사람도 세상에는 많지만, 나는 그건 올바르지 않다고 생각한다. 일본어가 굉장한 언어로 보이는 것은 그것이 우리 생활에서 배어나온 언어이기 때문이고, 그것은 우리에게 없어서는 안 되는 일부분이 되어 있기 때문으로, 일본어라는 언어의 특질 자체가 뛰어나기 때문은 아니다. 모든 언어는 기본적으로 동등한 가치를 지닌다는 게 시종일관 변함없는 나의 신념이다. 그리고 모든 언어는 기본적으로 동등한 가치를 지닌다는 인식이 없으면 정당한 문화 교류 역시 불가능하다.

나는 서른 살 때 우연한 계기로 작가가 되었지만, 그 이전에는 극소수의 예를 제외하곤 일본 작가의 소설이란 걸 손에 쥐어본 적이 거의 없어(여기에는 내 나름대로 어쩔 수 없는 여러 가지 사정이 있지만, 이야기를 시작하면 길어질뿐더러 전에도 어딘가에 쓴 적이 있기 때문에 여기서는 다루지 않겠다), 그 탓에 나보다 앞선 세대의 작가로부터 구체적으로 표현 방법이나 문체를 배우는 경험을 하지 못했다. 모델로서 존경하는 작가도 특별히 없었다. 사소설(私小說)이 어떤 것인가에 대한 초보적인 인식조차 없었다. 특별히 일본 문학을 싫어했다거나 그런 건 아니다. 그저 단순히 일본 소설을 읽은 적이 없었던 것이다. 그러므로 나는 그때까지 읽었던 많은 영문 소설이나, 혹은 다른 언어를 번역한 소설로부터 소설을 쓰기 위한 방법을 스스로 배워야만 했다. 즉 일종의 대리모 같은 것으로부터 한번 걸러져서 일본어로 소설을 쓰기 위한 문체나 방법을 배워야 했던 것이다. 그것은 좀 부자연스러운 일이 아니냐고 한다면 나로서도 대답하기가 곤란하지만, 상당히 오래된 일이고 또 이미 벌어진 일이니 이제 와서 좋다 나쁘다 새롭게 따져봤자 어쩔 수 없는 노릇이다. 하지만 출발점이 어찌 되었든 나는 그로부터 십오 년 동안 내 힘으로 나 자신의 소설을 쓰기 위한 일본어 문체를 마치 벽돌을 쌓아올리듯 하나하나 만들어나가야 했다. 그리고 그렇게 함으로써 조금씩이지만 나 자신이 생각하는 일본어의 모습을 보게 되었다고 생각한다.

그런 의미에서 이 책의 《이윽고 슬픈 외국어》라는 타이틀은 나에게 있어서는 상당히 절실한 울림을 갖고 있다. 책 제목으로 해야겠다고 작정하고 나서부터 수시로 이 말이 내 머릿속에 떠오르게 되었다. 예를 들어 이렇게 보스턴에서 매일 생활하면서, 이발소 의자에 앉아 거울에 비친 내 얼굴을 보거나, 대학 근처에 있는 던킨도너츠에서 커피와 도넛을 사거나, 누군가의 집에서 열린 파티에서 와인을 마시거나, 건널목에서 자동차 핸들 위에 양손을 얹은 채 멍하니 신호를 기다리거나 할 때, 이렇다 할 이유도 없이 불쑥 '이윽고 슬픈 외국어'라는 말이 만화의 말풍선처럼 번쩍 머리 위에 떠오르는 것이다. 그러나 '슬픈'이라고 해도 그것이 외국어로 말해야 하는 것이 힘들다거나, 아니면 외국어를 잘 말할 수 없어 슬프다는 건 아니다. 물론 조금은 그럴지 몰라도 그것이 중요한 문제는 아니다. 내가 정말로 하고 싶은 말은, 무슨 연유인지 내게 자명성(自明性)을 지니지 않은 언어에 이렇게 둘러싸여 있다는 상황 자체가 일종의 슬픔과 비슷한 느낌을 내포하고 있다는 것이다. 어쩐지 말을 빙빙 돌리는 것 같아서 미안하지만, 정확히 말하면 그런 말이 된다.

그리고 가끔 일본에 돌아오면, 이번에는 "지금 우리가 이렇게 자명하다고 생각하는 이런 것들이 정말 우리에게 자명한 것일까"라는 생각에 왠지 모르게 슬퍼진다. 그렇지만 물론 이런 나의 사고방식이 적절한 건 아닐 것이다. 왜냐하면 자명성에 의문이 있다는 것 자체가 자명성이 결여되어 있음을 분명히 시사하고 있기 때문에. 말할 필요도 없이 한동안 일본에서 지내면 이 자명성은 내 속으로도 다시 조금씩 돌아올 것이다. 그리고 나는 그것들을 의미 있는 것으로 받아들일 것이다. 나는 그것을 경험으로 알 수 있다. 하지만 그중에는 돌아오지 않는 것도 있을 것이다. 이것도 경험으로 알 수 있다. 그것은 아마도 자명성이라는 것이 영구불변의 것이 아니다라는 사실에 대한 기억이다. 가령 어디에 있을지라도 우리 모두는 어떤 부분에서는 이방인이고, 우리가 그 어슴푸레한 에어리어에서 언젠가 무언의 자명성에게 배신당하고 버림을 받지 않을까, 하는 약간은 으스스한 회의적인 감각이다.

한 사람의 인간으로서, 한 사람의 작가로서, 나는 아마도 이 '이윽고 슬픈 외국어'를 끌어안고 계속 살아가게 될 것이다. 그

것이 올바른지, 그다지 올바른 것이 아닌지 나는 잘 모르겠다. 비난받아도 곤란하고, 칭찬받아도(하기야 칭찬하는 사람도 없겠지만) 곤란하다. 그곳이 내가 다다른 곳이고, 결국 거기까지밖에 도달하지 못한 것이니까.

여기에 수록된 글들은 《책〔本〕》에 연재한 원고를 약간 손본 것이다. 그리고 단행본으로 엮을 때, 몇 가지 새롭게 첨가하고 싶은 이야기가 있어, 그것에 고쳐 쓴 것과는 별도로 '뒷이야기'라는 형태로 각각의 글 뒤에 덧붙였다.

《이윽고 슬픈 외국어》에 담긴 뜻

남진우(시인·문학평론가)

왜 하필이면 무라카미 하루키인가.

1990년대의 개막과 더불어 한국의 독서계를 휩쓴 하루키 열풍을 지켜보며 많은 사람들이 던진 질문이다. 하루키의 거의 모든 소설이 소개되고, 상당수 작품이 베스트셀러 반열에 오르고, 심지어 표절 시비가 일 정도로 젊은 세대 작가들에게 큰 영향을 주고 있다는 사실이 밝혀질 때마다 제기된 이 질문엔 질시와 곤혹, 자괴감 등 복합적인 감정이 개입되어 있다.

일본 문학은 우리나라에선 여타의 다른 외국 문학과 달리, 아직도 객관적인 분석이나 향수의 대상으로 자리 잡지 못하고 있다. 우선 국내에 소개된 현대 일본 작가의 수가 극히 한정돼 있을 뿐 아니라, 그 작품들 또한 소수 문학 독자의 관심을 끌었을 뿐 대중적인 반향을 일으키지는 못했다.

오히려 1980년대 중반까지 우리에게 친숙한 일본 문학은 추리물이나 역사물, 무협물 같은 대중소설류였다. 우리가 그동안 일본 문학을 얼마나 등한시해왔는가 하는 것은 가와바타 야스나리나 오에 겐자부로가 노벨문학상을 수상했을 때 국내 문인들이 보인 냉소에 극명히 드러나 있다.

물론 이러한 일본 문학에 대한 거리감 내지 상대적 경시 이면엔 당연히 지난 시절 우리 민족이 겪어야 했던 아픈 역사적 기억이 버티고 있지만, 그것 못지않게 일본 문학은 무조건 서구 문학보다 한 수 아래로 놓고 보려는 분위기가 작용한 면도 없지 않았던 듯하다.

이런 가운데 갑자기 불어온 하루키 바람은 정말 평지 돌출이라고 하지 않을 수 없다. 결과적으로 하루키는 나쓰메 소세키 이후 아쿠타가와를 거쳐 다자이 오사무나 미시마 유키오, 아베 고보, 나카가미 겐지 등 기라성 같은 여러 일본 작가들도 달성하지 못한 한반도 상륙을 성공리에 마친 거의 유일한 작가가 되어버렸다.

여기서 왜 하필이면 하루키인가, 라는 질문이 다시 제기된다.

하루키의 어떤 점이 한국 독자들의 강한 일본 혐오를 무장해제시키고 그를 받아들이게 했는가, 무엇이 하루키를 여타의 현대 일본 작가들과 구분시켜주고 있는가.

많은 답변이 주어질 수 있겠지만, 현재까지 나온 설명 가운데 가장 그럴듯한 것은 하루키 문학이 담고 있는 '신세대 정서'에 모아진다. 하루키의 본래 의도와는 무관하게 그의 소설은 이 땅에서 경쾌하고 재미있으면서도 산뜻한 이야기를 선호하는 신세대의 감수성에 적절히 부합하는 작품으로 읽히고 있다.

늘 그의 소설을 따라다니는 '가벼움', '무국적성', '상실감' 등의 수식어는 하루키의 어떤 측면이 우리 독자들에게 어필했는지를 말해준다. 하루키의 소설은 소비 자본주의 사회에서 단자(單子)로 살아가야 하는 현대인의 단절감과 고독을 적절히 반영하고 있는데, 이는 사회주의권의 몰락 이후 이데올로기에 대한 관심의 퇴조와 더불어 새롭게 사회 전면에 나선 세대의 감성을 대변해주고 있다는 것이다.

그러나 이러한 견해는 하루키를 한 시절 잠시 반짝했다 사라지는 인기 작가로 치부하게 만들 위험이 있다. 하루키를 만만한 일본의 대중작가 중 한 사람으로 여기는 태도는 국내의 일부 하루키 모방자들에 대한 비난의 근거가 될 수 있을지는 몰라도 하루키의 올바른 수용에는 아무런 도움을 주지 못하게 된다.

그런 점에서 이번에 번역된 하루키의 수필집 《이윽고 슬픈 외국어》는 하루키에 대한 국내 독자들의 시각 교정에 어느 정도

보탬이 될 것으로 보인다.

이 수필집에서 우리가 보게 되는 것은 '감성적인' 혹은 '환상적'인 하루키가 아니라, 이지적이고 성찰적인 하루키이기 때문이다. 그는 낯선 이국땅에서 끊임없이 자신의 내면과 주위 풍물을 관찰하고, 거기서 어떤 통찰 내지 지혜를 끌어내고 있다. 그리고 이러한 하루키의 관점은 다른 일반적인 미국 견문록(체험기)과는 다른 매우 흥미로운 요소를 내장하고 있다. 그것은 하루키 자신이 그 누구보다도 미국 문화의 영향을 짙게 받은 '미국 취향적' 작가이기 때문이다.

여기서 새삼 젊은 시절 하루키가 미국 문화에 얼마나 경도됐는지 구체적으로 밝힐 필요는 없을 것이다. 다만 그가 인터뷰에서 종종 고백했듯이 일본의 사소설(私小說)보다 미국의 현대 작가들로부터 더 많은 영향을 받았고, 그의 작품에 할리우드 영화나 록 음악, 재즈 등에 대한 남다른 애호가 드러나 있다는 사실을 환기하는 것으로 족하다. 《이윽고 슬픈 외국어》는 이처럼 미국 문화의 다시없는 수혜자인 그가 미국에 도착해서 현장을 가까이서 지켜보며 쓴 기록이라는 점만으로도 충분히 그 가치를 인정받을 수 있는 책이다.

그는 한때 자동차 판매를 둘러싸고 일어난 미일 양국인 간의 감정적 대립을 고찰하기도 하고, 육상 경주를 예로 들어 일본 사회의 관료적 분위기와 엘리트 의식의 허위성을 공박하기도 한다. 또 그가 머물던 프린스턴 대학가의 분위기를 스케치하며 지식인의 속물근성을 꼬집기도 한다. 미국 사회의 보수화와 여성의 지위 향상, 중산층의 불안 심리를 설득력 있게 진단하기도 한다.

급변하는 사회 분위기를 이야기하며 "정보가 감상을 앞서고 감각이 인식을 앞서고 비평이 창조를 앞선다. 그것이 나쁘다는 건 아니지만 솔직히 말해 피곤하다"(〈대학가 스노비즘의 흥망〉)고 토로하는 대목을 읽으면 우리는 일반적으로 각인된 하루키와는 다른 하루키, 첨단적인 것에 편승하기보다는 어떤 근원적인 것에 더 관심을 둔 작가 하루키를 만나게 된다.

하루키는 광범위한 주제를 극히 평이하면서도 심층적으로 다루고 있으며, 사물을 다른 각도에서 볼 수 있는 시야를 제시해주고 있다. 그는 일본 문학의 세계화 가능성을 타진하면서 "일본어로 소설을 쓰면서 다시 한 번 일본어를 상대화하는 것, 일본인이면서 다시 한 번 일본인의 성격을 상대화하는 것"(〈버클리에서 돌아오는 길〉)의 중요성을 언급하고 있는데, 이는 이 책의 성격을 정확히 말해주는 것이기도 하다. 이 책에 실린 글들이야말로 상대적인 시각, 반성적인 관점에서 일본, 일본인, 일본어를 점검하는 내용으로 엮어져 있기 때문이다.

하루키를 읽는 것은 즐거운 일이다. 그러나 정작 하루키를 즐겁게 읽고 있는 자신을 의식하는 것은 그리 즐거운 일이 아니다. 아직도 우리는 하루키를 포함한 일본 문학, 나아가 일본 문화를 상대화해서 바라보기 힘든 조건 속에 살고 있는 모양이다.

재미와 깊이 있는 자전적 명상 에세이

김진욱

《이윽고 슬픈 외국어》는 무라카미 하루키라는 작가의 내면세계에 관한 궁금증을 푸는 데 있어 최초이며 결정적인 참고 자료를 겸한 격조 높은 에세이이다. 그리고 하루키의 모든 작품들이 결코 우연의 소산이 아니라, 피나는 노력의 산물이라는 것을 이책의 여러 글을 통해서 충분히 엿볼 수 있다.

하루키는 이 책의 머리말에서부터 맨 끝의 후기에 이르기까지 여러 대목에서 이방 생활의 어려움과 고달픔을 솔직하고 재미있게 털어놓았다. 그는 〈롤 캐비지를 멀리 떠나보내고〉에서 자신을 가리켜 몸으로 생각하는 사람이라고 말했다. 몸으로 무엇인가를 배우고 몸으로 무엇인가를 쓰기 위해 그는 영어, 독일어, 프랑스어 등 일곱 나라의 '슬픈 외국어'를 배우며, 수년간 유럽 여러 나라와 미국 등지를 전전하며, 고달프고 슬픈 외국 생활을 자초해왔다. 그처럼 그가 고생길을 스스로 선택해서 이방인 생활을 자주 되풀이하고 있는 데 대해, 하루키는 많은 이야기보따리를 풀어놓고 보여주고 있다.

그는 이 책 속의 〈프린스턴—처음에〉와 《이윽고 슬픈 외국어》를 위한 후기〉를 포함한 열여덟 편의 글에서 새로운 작가적 성숙을 지향하며 미국의 명문 대학에서 열심히 배우고 가르치는 일상의 삶을 생생하게 기록해놓았다.

표면상 이 책은 그가 오랫동안 지적인 자양분을 가장 많이 섭취했다고 하는 미국과 그 문화, 그리고 문학에 대해서 철저하고 심도 있는 문명 비평적 시도를 했다고 볼 수 있다. 그러나 비단 그의 새롭고 예리한 '미국 읽기' 이상으로, 그가 야구 시합을 보다가 자신이 응원하던 야쿠르트 팀이 눈부신 태양 아래서 시원스런 2루타를 날리는 순간 소설 쓰기를 결심하고 처녀작 《바람의 노래를 들어라》를 잉태한 이야기 등 자신의 자전적 에세이로서의 성격도 상당 부분 내포하고 있어 더 한층 흥미를 갖게 한다.

왜 하루키는 고된 외국 생활을 감내하며 글을 써야만 했을까. 하루키 또한 이 질문을 자신에게 수없이 해보았다고 고백하며 여러 나라의 말을 배우면서 외국 생활을 하는 동안 일종의 '슬픈 감정'을 느껴왔다고 말한다. 고국에서의 안락한 생활을 버리고, 유럽 여러 나라와 미국 등지에서 생활하고 있지만, 문득 잘 모르는 자명성이 결여된 '외국어'에 둘러싸여 있는 상황 자체가 일종의 '슬픔'과 비슷한 것을 내포하고 있다는 것이다.

그런 뛰어난 지식인의 델리케이트한 감성은, 그가 문학의 중심축으로서 줄기차게 추구하고 있는 인간의 존재 증명, 바꾸어 말하면 레종 데트르를 소설 작품이 아닌 에세이로써 표현하려 한 것이 아닐까 싶다.

하루키는 에세이치고는 조금 긴 듯한 열여덟 편의 글을 통해 어떤 사물에 대한 깊이 있는 관찰을 보여주며 미국과 일본을 비교하고 자신의 자전적인 요소를 혼합하여 철학적인 명상록을 엮어냈다. 더욱이 그 철학적인, 어떻게 보면 동서의 문화에 정통한 경험담을 토로하면서 쉽고 재미있게 씀으로써 독자로 하여금 더욱 깊은 감동을 받게 한다.

이처럼 자전적 에세이의 성격을 띤 《이윽고 슬픈 외국어》는 하루키 문학의 산고(産苦)와 같은 호된 수련의 일화와 함께 작가로서의 그의 심오한 내면세계를 느낄 수 있다는 점에서 하루키 팬이라면 꼭 읽어야 하는 책이 아닐까 생각한다.

그린이 **안자이 미즈마루** 安西水丸

도쿄에서 태어나 니혼 대학 예술학부를 졸업했다. 출판사에서 아트 디렉터로 근무하다 1981년부터 프리랜서 일러스트레이터로 활동하며 북디자인, 광고, 만화, 소설, 에세이 등 다방면에서 활약하고 있다. 지은 책으로《보통사람》《손바닥의 토큰》, 무라카미 하루키와의 공동 작업물《밤의 거미원숭이》《랑게르한스섬의 오후》《쿨하고 와일드한 백일몽》《해 뜨는 나라의 공장》등이 있다.

옮긴이 **김진욱**

서울대학교 사범대학을 졸업하고 현재 전문번역가로 활동하고 있다. 옮긴 책으로는《갈매기조나단》《우연과 필연》《예술과 소외》《이데올로기란 무엇인가》《역사의 교훈》《세계의 끝과 하드보일드 원더랜드》《하루키 일상의 여백》《하루키의 여행법》등이 있다.

이윽고 슬픈 외국어

1판 1쇄	1996년 3월 5일	1판 31쇄	2013년 4월 19일
2판 1쇄	2013년 7월 31일	2판 13쇄	2024년 10월 28일

지은이　　무라카미 하루키
옮긴이　　김진욱

펴낸이　　임지현
펴낸곳　　(주)문학사상
주소　　　경기도 파주시 회동길 363-8, 201호(10881)
등록　　　1973년 3월 21일 제1-137호

전화　　　031) 946-8503
팩스　　　031) 955-9912
홈페이지　www.munsa.co.kr
이메일　　munsa@munsa.co.kr

ISBN　978-89-7012-888-7 (03830)

* 잘못 만들어진 책은 구입처에서 교환해 드립니다.
* 책값은 표지 뒷면에 표시돼 있습니다.